김중수 지음

국어시간에
자서전
쓰기

김중수 지음

국어시간에
자서전
쓰기

Humanist

이 책은 중학교 국어 시간에 학생들에게 자서전을 쓰게 하는 방법을 소개한다. 교과서에 자서전 단원이 나올 때 교사들이 실제로 자서전 쓰기를 지도하려면 시간도 많이 걸리고 어디서부터 어떻게 시작해야 할지 모르는 경우가 많다. 사례 글을 학생들에게 보여주고 시작하려 해도, 청소년들이 어려움을 극복하고 인생의 반전을 맞이한 극적인 내용의 수기들은 많이 있지만 평범하고 내세울 것 없다고 느끼는 학생들이 살아온 이야기를 담담하게 써낸 자서전 사례는 찾기 어렵다. 학교의 대부분의 아이들은 소외되고 힘들게 살아온 수기류의 글에서 감동을 받긴 하지만 공감을 하지는 못한다. 그리고 "나는 이런 경험이 없는데 어떻게 써요?"라고 되묻는다.

그래서 이 책은 첫째, 교사들에게 자서전이라는 장르와 그 교육적 효과를 알도록 도와준다. 둘째, 교사들에게 자서전을 쓰는 수업의 전체 흐름과 내용 생성, 내용 조직 등 구체적인 수업 내용, 평가 사례 등을 참고할 수 있도록 도와준다. 셋째, 교사들에게 수업에서 학생들에게 참고용으로 읽힐 만한 또래 수준의 자서전 작품 예시를 제공한다.

자서전 쓰기 수업을 할 때, '나의 미래 자서전 쓰기' 활동을 해도 되고, '주변 인물의 자서전 대신 써주기' 활동을 해도 된다. 이 책에서는 특별한 업적도 없고 삶의 위기도 없이 평범하게 살아온 청소년기 중학생 또는 고등학생이 '있는 그대로의 나'에 대해 쓰는 자서전 쓰기 수업을 소개한다. 있는 그대로의 나에 대해 쓰는 작업에 확신을 가지기 위해서는 자서전에 대한 개념을 재정립할 필요가 있다. 가치 있는 업적의 나열이라는 결과보다, '나'라는 인간상의 탐구라는 과정을 중심으로 자서전을 인식해야 한다. 특히 학교급이 바뀌어 새로 출발하는 중1과 고1, 그리고 새로운 학교급을 향해 인생의 선택을 해야 하는 중3과 고3처럼 인생의 갈림길에 있는 청소년들은 한 번쯤 자신의 인생을 되돌아볼 필요가 있다. 인생의 한 단락을 마무리하고 새로운 길로 나아가는 첫 단계에서, 학생들로 하여금 '나는 어떤 인간인가?'를 시간을 들여 탐구하게 하는 긴 호흡의 수업을 진행하려는 선생님들에게 이 책이 도움이 될 것이다.

교육과정이 바뀌면서 자서전 단독 단원이 빠졌다. 하지만 학생들에게 자서전을 쓰게 할 기회는 얼마든지 있다. 작문(쓰기) 영역의 모든 성취기준에서, 문학 영역의 표현 관련 성취기준에서 글의 장르만 자서전으로 정해주면 된다. 도덕 교과에도 유사한 성취기준이 있기 때문에 도덕 교과와 융합해서 수행평가를 진행해도 된다.

자서전을 전기적 사실의 나열이 아니라 인간상의 탐구로 보게 된 것은 대학원에서 〈전기문의 장르 관습〉이라는 논문을 쓰면서부터였다. 공책을 마련하여 내용 생성을 한다는 발상은 부산의 부지환 선생님에게서 듣고 발전시킨 것이다. 내용 생성을 위한 질문들은 린다 스펜서의 《내 인생의 자서전 쓰는 법》에서 따왔다.

힘든 수업을 끝까지 함께해 준 하단중학교와 감천중학교의 졸업생들에게 감사의 마음을 전한다.

김중수 씀

3부 학생들이 쓴 자서전

짧은 자서전

긴 자서전

자서전이란 무엇인가?

필립 르죈은《자서전의 규약》에서 자서전을 다음과 같이 정의했다.

자서전 - 한 실제 인물이 자신의 존재를 소재로 하여 개인적인 삶, 특히 개성의 이야기를 중점적으로 쓴 산문으로 된 과거 회상형의 이야기

이에 따르면 자서전은 한 개인이 실제로 살았던 삶의 이야기이며, 개인성의 역사를 중점적으로 다룬다. 서술 형식은 산문으로 되어 있으며, 시제는 과거형이어야 하고, '작가 - 화자 - 주인공'의 동질성이 유지되어야 한다.

독일의 할바우어는 18세기에 '장례 의식에서 고인의 이력과 인적 사항'에 바탕을 둔 고전적 자서전의 양식을 제안했다. ① 출생, ② 교육, ③ 타고난 성격, ④ 덕성, ⑤ 행복과 불행, ⑥ 업적, ⑦ 마지

막 질병과 죽음이란 항목의 순으로 되어 있다.

우리나라에서도 예부터 고인을 기리는 글을 지어왔는데, 그 장르 명칭은 '행장'이다. 서양이나 우리나라나 사람의 일대기를 역사 기술로서 이해한 것은 공통적인 인식이며, 출생 및 가계의 내력, 교육, 성격, 업적, 자손들에 관한 서술 항목 또한 거의 같다. 그러나 행장이 인물의 정치적·학문적 행적들의 서술에 중점을 두는 한편, 독일의 자서전은 개인의 성숙 과정을 엿보게 하는 '덕성'의 항목에 비중을 두는 점이 대조적이다. 행장에서 고인의 일대기를 그의 개인적인 성숙보다는 사회에서의 행적들을 중심으로 나열하는 것은 한국의 문학적 전통에서 비롯된다. 문학은 '개인'보다 사회와 역사를 논했고, 겸손과 체면을 강조하는 문화는 '개인'의 존재를 드러내는 것을 경계했다.

고려 시대의 탁전을 보면, '개인'을 드러내고 싶지만 드러낼 수 없는 문학적 전통 속에서 가상의 존재를 빌려서라도 자신의 이야기를 해야만 했던 문인들의 욕망을 읽을 수 있다. 하지만 문학적 전통이란 공고하여 우리나라의 자서전은 현대문학이 시작되고도 한참 뒤에야 본격적으로 씌어졌다.

자서전을 이해하기 위해 먼저 전기문을 이해하는 것이 도움이 된다. 어차피 자서전은 자기 스스로 쓴 자신의 전기문이다. 그렇다면 전기문은 무엇인가?

① 한 인물의 일생을 내용으로 하는 허구가 아닌 문학 형식. (브

리태니커 백과사전)

② 전기는 실제로 이 세상에 살았던 사람의 일생을 기록한 글로 써, 대상 인물의 삶의 모습이 작자의 의도된 집필 관점에 따라 꾸며지고 그것이 독자에게 정서적 반응을 불러일으킨다. (정상규)

③ 전기란 어떤 특정한 인물의 언행, 업적, 인간성 등을 중심 내용으로 하여 생애의 일부, 또는 전부를 사실의 토대 위에서 쓴 글로서, 개인적인 역사를 서술한 서사문이다. (김기창)

④ 전기는 외적 삶의 정황과 사건, 특히 시간의 역사적·사회적 상황과의 관련은 물론 정신적·영적 발달의 관점에서 인간의 생애를 기술하는 것이다. (Brockhaus)

전기문의 개념 정의는 대체로 비슷하다. 여러 정의의 공통점은 '인물의 일생'을 주요 내용으로 한다는 점이다. 그러나 각 정의가 전기문의 본질로 생각하는 지점은 약간씩 다르다. ①은 전기문의 '문학성'을, ②는 '작가의 주제 의식'과 '교훈성'을 전기문의 본질로 보고 있다. ③은 인물의 일생 중 '언행, 업적, 인간성' 등을 핵심으로, ④는 인물의 외형적인 삶과 함께 '정신적·영적 발달'을 핵심으로 보고 있다.

자서전은 '문학성', '교훈성', '언행·업적·인간성', '정신적·영적 발달' 중 어느 쪽을 강조하는지에 따라 수필, 수기, 회고록 등으로 불리기도 한다. 전기문, 위인전, 평전, 자서전, 수필, 수기, 회고록 등으로 불리는 이러한 장르들은 모두 '전기적 사실'을 공유한다.

전기적 사실에는 작가의 경험, 병력, 재산 정도, 결혼, 연애 관계, 학력, 가족 관계 등 출생에서 사망에 이르기까지의 사실들이 포함된다. 이를 그림으로 나타내면 다음과 같다.

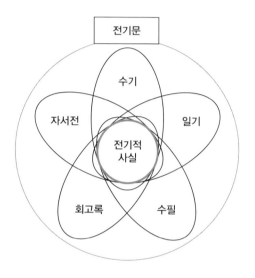

단편적인 전기적 사실들은 어떻게 전기문으로 바뀔까?《작가론의 방법 – 문학전기란 무엇인가》를 쓴 레온 에델은 전기문을 '포괄적 연대기, 문학적 초상화, 유기적 전기'로 구분했다. 포괄적 연대기란 작가에 관한 자료들을 시대 순서로 나열하여 제시한 것을 말한다. 문학적 초상화란 시각적이고 간단명료하게 기술되는 방식으로, 저자가 선택하여 제시한 해당 인물의 성격 양상만을 대하도록 나타낸 것이다. 유기적 전기란 비평가가 해석하는 방향으로 해석이 달라질 수도 있는 것을 이야기하는데, 이것은 하나의 예술로 접근하고 있다.

전기문과 마찬가지로 자서전도 '포괄적 연대기, 문학적 초상화, 유기적 전기'의 방식으로 쓸 수 있다. 학생들에게 자서전을 쓰라고 하면 자신의 전기적 사실을 시간순으로 늘어놓는 경우가 많다. 학생들에게 자서전을 쓰게 할 때는 포괄적 연대기 수준에서 출발하여 차츰 유기적 전기에 가까운 자서전이 되도록 도울 수 있다. 포괄적 연대기는 수준 낮은 자서전이고 유기적 전기는 수준 높은 자서전이라고 딱 잘라 말하기도 어려우므로, 학생들의 전체 수준이나 개별 수준에 따라서 교사는 자서전 쓰기 수업의 목표를 이중으로 설정할 수 있다.

최대한의 목표는 모든 학생이 유기적 전기에 가까운 자서전을 쓰도록 하되, 최소한의 목표는 모두가 포괄적 연대기 수준까지는 도달할 수 있도록 하는 것이다.

자서전을 왜 쓰는가?

이 대답도 전기문에서 출발해 보자. 전기문을 쓰는 목적은 대개 인물의 행적이나 사상 등에서 교훈을 발견하고 그것을 널리 알리거나 독자를 교화하기 위해서다.

① 경술이나 훈업도 없는 이항의 사람들은, 혹 언행에 가히 기록할 만한 것이나 시문에 가히 전할 만한 것이 있다 하더라도, 모두 적막한 물가의 풀이나 나무처럼 시들어버리거나 썩어버리고 만다. 아아, 내가 《호산외기》를 지은 까닭이 바로 여기에 있다. (조희룡)

② 윤봉길을 무식한 테러리스트나 의협심이 강한 열혈청년으로 생각하는 사람도 없지 않다. 그러나 그를 온당하게 평가하기 위해서는 그 암울했던 시대 상황을 생각하고 그의 정신세계를 먼저 살펴보아야 하리라. (방영웅)

조선 시대에 이름 없는 사람들을 위한 전기집인 《호산외기》를 지은 작가나, 현대에 아동을 대상으로 한 전기문 시리즈에서 《불꽃이 된 청년 윤봉길》을 지은 작가나 결국 전기문을 쓰는 목적은 같다. 그것은 대상 인물에게서 가치를 발견하고 그것을 널리 알리기 위한 것이다.

전기문의 작가는 자신이 흥미를 가지는 인물에 대해 '잘못 알려졌거나, 잘 알려지지 않았거나, 남들은 보지 못했던' 자신이 탐구한 대상 인물의 특별한 인간상을 밝히기를 원한다. 예를 들어, ①에서는 남들이 별 볼 일 없는 '이항의 사람들'로 치부하는 사람들에 대해 '가치 있는 이항 사람으로서의 인간상'을, ②에서는 '테러리스트나 열혈청년'으로 규정되어 왔던 윤봉길에 대해 '온당하게 평가된 윤봉길의 인간상'을 밝히려 한다.

즉 전기문은 한 인간의 일생을 기록하려는 목적이 있는데, 그것은 위대한 업적이나 교훈적인 행적을 널리 알리기 위해서다. 또한 그 인물에게서 남다른 인간상을 발견했기 때문이다. 그렇다면 '한 인물을 탐구하여 인간상을 조명하는 것'이 바로 전기문 생산의 근원적인 목적이라고 할 수 있다. 따라서 '일생의 기록'이나 '교훈을 주는 것'보다는 '인간상의 탐구'를 전기문의 본질로 보아야 한다. 그에 따라 전기문을 재정의하면 다음과 같다.

- 결과를 중심으로 한 기존의 전기문 정의
  → 한 인물의 일생을 내용으로 하는 허구가 아닌 문학 형식

- 과정을 중심으로 한 새로운 전기문 정의
  → 실제 인물의 일생을 내용으로 하여 그 인물의 인간상을 탐구하여 조명한 문학

새로운 정의는 완성된 결과물로서의 전기문 대신에 전기문이 실제 생산될 때의 모습을 반영한다는 점에서 실제 위주, 맥락 위주의 작문 교육에 효과적이다. 내용을 선정할 때 인물의 인간상을 조명할 수 있는 내용을 선정할 수 있고, 내용을 조직할 때 인물의 정체성이 형성되어 가는 과정에 따라 조직할 수 있고, 표현할 때 인간상을 잘 드러낼 수 있도록 문학적 형상화를 가미할 수 있고, 고쳐 쓸 때 '실제 인물의 일생'과 '내가 탐구한 인간상'이라는 두 기준을 중심으로 재고할 수 있다.

가끔 학교 현장에서 '부모님 전기문 쓰기' 활동을 하는데, 학생들은 '부모님에게는 위대한 업적이 없는데 무엇을 써야 할 것인가' 하는 문제 때문에 곤혹스러워한다. 하지만 '부모님의 인간상 탐구'라는 새로운 정의에 따르면, 위대한 업적에 얽매이지 않을 뿐 아니라 '부모님의 전기적 사실을 시간순으로 나열한 글'을 넘어서는 결과물을 기대할 수도 있다.

레온 에델은 헤밍웨이의 전기문을 예로 들어 '인간상의 탐구'를 설명한다. 헤밍웨이의 전기문에서 헤밍웨이가 남자다움에 지나치게 집착하는 모습을 묘사하는 것은, 헤밍웨이의 치부를 드러내는 것이 목적이 아니라 그런 허약함에도 불구하고 헤밍웨이가 위대한

업적을 이루어냈음을 보여주는 것이 목적이라고 했다. 즉 국민 영웅을 묘사하든 평범한 장인을 묘사하든, 성공을 그리든 실패를 그리든, 실제 존재한 개인의 고정되지 않는 정체성에 대한 탐구가 중요하다는 것이다.

전기문이 단순히 한 인간의 사실적 기록이 아니고, 본질적으로 전기 작가에 의해 탐구된 한 인간의 인간상을 조명한 문학임은 아무 전기문이나 한 번만 펼쳐 보면 쉽게 알 수 있다.

> 10여 년 전, 조지 워싱턴의 일대기를 쓰고자 마음먹었을 때, 나는 이 책과 같이 처음에는 한 권으로 완성하려고 했다. 그러나 한 권 분량으로 하기엔 그의 일대기가 수박 겉핥기식이 될 수밖에 없다는 결론을 내리게 된다. (중략) 이러한 과정을 거쳐 1965년에서 1972년 사이에 워싱턴의 전기는 네 권으로 출간됐다.

이 글은 퓰리처상을 받은 전기 작가 제임스 플렉스너가 네 권짜리 《조지 워싱턴》을 다시 한 권짜리 《조지 워싱턴》으로 바꿔 쓰면서 서문에 쓴 내용이다.

전기문에 대한 앞서의 정의를 가져와 보자.

> • 한 인물의 일생을 내용으로 하는 허구가 아닌 문학 형식

이와 같은 정의로는 '조지 워싱턴의 전기'가 왜 한 권이 아니라

네 권으로 출간되어야 했는지를 설명하기가 어렵다. 그러나 새로운 정의에 따르면 '조지 워싱턴의 인간상을 작가가 탐구한 그대로 조명하기에 한 권 분량으로는 지면이 부족했다'는 설명이 가능하다.

'실제 인물의 일생을 내용으로 하여 그 인물의 인간상을 탐구하여 조명한 문학'이라는 전기문의 재정의는 자서전의 이해에도 영향을 준다. '한 실제 인물이 자신의 존재를 소재로 하여 개인적인 삶, 특히 개성의 이야기를 중점적으로 쓴 산문으로 된 과거 회상형의 이야기'라는 고전적인 장르 개념은 내용이나 소재 면에서 자서전을 접근한 것이다. 만약 이를 '한 실제 인물이 자신의 존재를 소재로 하여 자신의 인간상을 탐구하여 조명한 문학'이라고 바꾸게 된다면, 이제 우리는 자서전이 지닌 가치의 면에서 자서전에 접근할 수 있게 된다. 그리고 자서전이 어떤 가치를 지니는지를 안다면 학생들에게 자서전을 쓰도록 설득할 수 있다.

자서전에 대한 이러한 접근은 이론적으로도 뒷받침된다. 유럽 문학의 전통에서 자서전은 주로 실용적 목적에 사용되는 텍스트로서 '역사 기술'의 특징을 인정받고 있었다. 그러나 빌헬름 딜타이에 의해 자서전은 '삶의 해석'이란 관점에서 새롭게 발굴되고, 자서전의 역사 기술은 서술 형식과 내용에 국한된 틀에서부터 벗어난 보편적인 개념적 특징에서 논의된다. 딜타이는 자서전을 삶의 의미를 해석할 수 있는 최상의 형식이며, 한 개인이 자신이 지나온 삶의 현실을 파악하며 서술한 글을 일컬어 '최고의 역사 기술'이라고 했다.

귄터 드 브륀은 자서전의 집필 동기를 내용적인 동기와 형식적인 동기로 나눈다. 내용적인 동기는 다시 '개인적인 것'과 '역사적인 것'으로 나뉘며, 형식적인 동기는 자서전의 문학적 형식에 연관된다. '개인적인 동기'는 자아에 관한 문제로서 '나는 누구인가?'라는 의문을 나 자신에게 해명하기 위한 시도와 관련된다. 이는 현대 자서전의 근본적인 특징에 속하는 것으로서, 고전적인 자서전의 전제와 변별되는 점이다.

괴테 시대의 자서전에서는 자기 동질성이 결코 의심되지 않으며, 개인의 성장사는 그 시대에 풍미한 문학적·사상적 영향과 주변 세계와의 폭넓은 관계 속에서 지속적인 발전을 보여준다.

그러나 20세기에 들어서면 삶은 단지 단편적인 조각으로서 경험되며, 자기 동질성을 확신할 수 없는 상황이 지배한다. 1970년대 작가들은 이런 자아의 주관적인 체험과 내면적인 상태에 주목하게 되면서 자기 관찰, 자기 탐구, 자기 묘사를 위한 문학적 형식으로서 자서전을 발굴한다. 실제로 내가 어떤 존재인지 알기 위해, 자기 자신을 묘사하는 것보다 더 유용한 것은 없다.

그러다 보니 자서전의 교육적 효과를 다룬 논문들은 대체로 청소년기의 '자아 정체성'을 언급한다. 인간의 발달 단계를 나눈 에릭 에릭슨은 사춘기 청소년의 발달 과업을 '정체감 대 정체감 혼미'의 시기로 규정했다. '나는 누구인가? 나의 신념, 감정, 태도는 어떤 것인가?'를 찾는 시기다. 그래서 이 시기에는 자신이 어떤 사람이 될 것인가에 깊은 관심을 갖게 된다. 그 결과로 심리적 혁명이 마음에서 일어나며, 끊임없는 자기 질문을 통해 자신에 대한 통찰과 자아

상을 찾기 위한 노력을 하게 된다. 이 시기에 내적 안정성과 계속성을 보장받고 잘 정의된 성 역할 모델과 긍정적 피드백을 받으면 그 결과로 얻는 것이 자아 정체감, 성 역할 정체감이다. 이것이 형성되지 못하고 방황하게 되거나 목적의 혼미, 불분명한 피드백, 잘못 정의된 기대를 받으면 역할 혼란 또는 자아 정체성 혼미가 온다. 이는 직업 선택이나 성 역할 등에 혼란을 가져오고 인생관과 가치관의 확립에 심한 갈등을 일으킨다.

자서전을 쓰면서 '나는 누구인가?'를 지속적으로 탐구하는 경험은 자아 정체감을 형성하는 데 도움이 된다.

에릭슨은 또한 가장 마지막 단계인 노년기의 발달 단계를 '통합성 대 절망감'의 시기로 규정했다. 노년기에 자신의 인생을 돌아보며 인생을 그대로 인정하고 받아들여 인생에 대한 통찰과 관조로 자신의 유한성을 인정하고 죽음까지도 수용하는 것을 의미한다. 종결감을 맛보며, 통일성과 방향감을 갖게 되면 자아 통합성을 이루게 된다.

그렇지 못하고 완성의 결여를 느끼거나 불만족하게 되면 인생이 짧음을 탓하게 되고, 불가능함에도 불구하고 다른 인생을 시도해 보려고 급급하게 되며, 급기야 생에 대한 절망감에 빠져서 헤매게 된다.

자신의 삶을 돌이켜 보고 인간상을 탐구하며 자기 동질성을 확신하는 것이 자서전을 씀으로서 얻게 되는 효과라면, 아직 노년기는 아니지만 청소년기에 자신의 인생을 하나로 통합하는 자아 통합성을 이루는 연습으로도 볼 수 있다. 아직 살아갈 날이 많이 남아 있고 인간상이 변할 수도 있겠지만, 언젠가 자아 정체감이 흔들리고 자기 동질성이 의심되고 인생의 결여를 느낄 때, 그것을 극복하는 하나의 방편으로 '자서전 쓰기'라는 방법을 사용할 수 있다. 즉 자서전은 살면서 죽기 전에 딱 한 번 쓰는 것이 아니라, 삶의 고비마다 언제든 쓸 수 있는 것이다.

학교에서 청소년기의 학생들에게 자서전 쓰기 교육을 하는 목적도 이와 같다. 자서전 쓰기는 살아갈 인생을 위한 준비, 흔들리지 않는 삶을 위한 연습이라 하겠다. 교육과정에서는 이것을 '삶을 성찰하는 글쓰기'라고 표현한다.

자서전을 어떻게 쓰는가?

전기문을 쓴다고 생각해 보자. 전기문의 구성 요소는 대체로 '배경, 인물, 사건, 논평'이라고 한다. 하지만 인생의 수많은 사건 중에서 어떤 사건을 고르고, 인물의 인생에 대해서 무엇을 기준으로 논평을 할 것인가? 결국 지금까지 논의한 대로 '인간상'이 그 기준이 될 것이다. 이와 관련하여 전기문의 장르 관습을 도식화하면 다음과 같다.

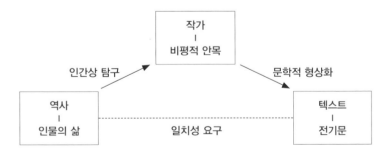

이것은 자서전에도 그대로 적용된다. 이 도식에서 '인물'이 타인이 아니라 바로 자기 자신으로 바뀔 뿐이다. 자서전에 맞게 용어를 다듬으면 다음과 같이 될 것이다.

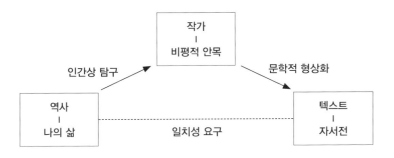

그러므로 학생들이 자서전을 쓸 때 다음 세 가지를 고민해야 한다. 첫째, 나의 삶을 최대한 정확하게 기억해 내는 것이다. 둘째, 그 삶 속에서 발견되는 나의 인간상을 탐구하는 것이다. 셋째, 글로 풀어내는 문학적 형상화 능력을 갖추는 것이다.

자서전 쓰기 교육은 결국 이 세 가지 문제에서 출발하게 된다. 첫째는 학생들이 어떻게 하면 자신의 삶을 최대한 정확하고 솔직하게 기억해 내고 기록하게 만들 것인가의 문제다. 둘째는 학생들이 어떻게 하면 자신, 즉 '나'라는 인간에 대해 탐구하게 만들 것인가의 문제다. 셋째는 학생들이 어떻게 하면 전기적 사실의 무더기를 '한 편의 글'로 꿰어내게 만들 것인가의 문제다.

스스로 동기부여가 되거나 자기 조절이 잘 되는 성인이라면 조성일의《나의 인생 이야기 - 자서전 쓰기》, 강진·백승권의《손바닥 자서전 특강》, 안정효의《자서전을 씁시다》등을 읽고 그대로 실천하면 된다. 학생들도 일부는 아마 그렇게 할 수 있을 것이다. 이런 책들은 읽는 자체로 동기부여가 될 뿐 아니라 앞의 세 가지 문제에 대한 해답도 들어 있기 때문이다.

교사의 도움을 받은 학생들이 자서전을 쓸 때 가장 참고가 되는 책은 린다 스펜서의《내 인생의 자서전 쓰는 법 - 삶은 어떻게 책이 되는가》이다. 학생들에게는 굳이 읽히지 않아도 되지만, 교사가 먼저 한번 읽어보고 시작하면 좋다. 책의 일부를 발췌해서 학습지에 읽을거리로 제공하면 학생들에게 도움이 된다.

2부

자서전 쓰기 수업

01 자서전 쓰기 수업 설계

자서전을 수업 중에 쓰려고 할 때 어려운 점은 쓰는 시간을 확보하는 것이다. 주제 선정, 내용 생성, 내용 조직, 초고 쓰기, 고쳐쓰기의 단계를 지켜 글을 쓰려면 시간이 꽤 많이 걸린다. 자서전을 쓰기 위한 시간을 확보하기 위해서는 교육과정 또는 교과서의 재구성이 필수다.

자서전 단원이 실려 있는 중학교 3학년 국어 교과서 하나를 예로 들어보자.

1. 삶의 기록과 성찰

(1) 킹콩의 눈(장영희)

(2) 나의 진리 실험 이야기(간디)

⑵ 그 많던 싱아는 누가 다 먹었을까(박완서)

⑶ 살아 있는 이중생 각하(오영진)

더 읽어보기 - ① 하여가(이방원) / 단심가(정몽주)

　　　　　　　② 돌베개(장준하)

5. 토론과 주장

⑴ 토론하기

⑵ 주장하는 글 쓰기 - 휴대 전화는 사람 사이를 멀어지게 한
다(김주현)

더 읽어보기 - ① 토론의 필요성(한상철)

　　　　　　　② 더 많은 일을 하게 된 어머니(강양구)

위의 대단원 다섯 개를 3~7월 사이에 가르쳐야 한다. 7월에는
기말고사가 있으니까 3~6월 사이에 다섯 단원을 가르쳐야 한다.
성취 기준을 중심으로 위의 단원을 정리하면 다음과 같다.

단원	학습 내용	평가 방법
1단원	자서전 쓰기	수행평가
2단원	문학의 표현 방법	지필평가
	설득 광고	수행평가
3단원	문법 요소	지필평가
4단원	문학의 반영론적 해석	지필평가

이를 큰 덩어리로 나누어서 월별로 배치하면 다음과 같다.

3월	4월	5월	6월	7월
자서전 준비			자서전 쓰기	마무리
문학 이론		토론하기 논설문 쓰기	문법 요소	
	광고 찍기			

3월 시작과 동시에 자서전 쓰기를 준비시킨다. 자서전 쓰기를 위한 준비는 자서전 읽기와 자서전의 내용 생성이다. 내용 생성은 3월에 시작한 이후 6월에 내용을 구성할 때까지 꾸준히 하도록 시킨다.

자서전 읽기는 문학 이론을 배울 때 같이 묶어서 공부한다. 교과서의 자서전 제재와 문학 제재를 따로 배우는 것이 아니라 하나의 덩어리로 묶어 수업한다. 문학 제재의 학습 목표는 표현 방법, 반영론적 해석이다. 교과서의 본문 제재와 '더 읽어보기' 제재를 모두 모아 〈킹콩의 눈〉, 〈간디 자서전〉, 〈먼 후일〉, 〈깃발〉, 〈양반전〉, 〈돌아오지 않는 새들을 기다리며〉, 〈그 많던 싱아는 누가 다 먹었을까〉, 〈살아 있는 이중생 각하〉, 〈안중근〉, 〈내가 8000미터가 넘는 산을 오른 이유〉, 〈운수 좋은 날〉, 〈굴뚝도 총이 될 수 있다〉, 〈하여가〉, 〈단심가〉, 〈돌베개〉에서 표현 방법과 반영론적 해석에 대해서 배운다.

내용 파악을 모두 끝내고 작품 이해가 완료되면 '자전적 이야기'가 담겨 있는 〈킹콩의 눈〉, 〈간디 자서전〉, 〈안중근〉, 〈내가 8000미터가 넘는 산을 오른 이유〉, 〈굴뚝도 총이 될 수 있다〉, 〈돌베개〉에서 인물의 '인간상'을 탐구해 본다.

이때 문학 수업이 완전히 끝나지 않더라도 4월이 되면 광고 수업을 시작한다. 광고와 관련한 이론적 내용이나 방법 등을 2주 동안 배우고 나서, 직접 광고를 찍고 편집하여 제출한다. 우선 광고에 대해 배우고 나서 촬영을 하고 나면 편집, 수정, 재촬영 등의 처리가 필요하다. 그사이에 계속해서 문학 수업을 진행해서 마무리한다. 학생들은 수업 시간에는 문학에 대해 공부하고, 방과후에는 모둠별로 모여서 광고 수행평가를 마무리한다.

5월에는 토론 수업을 하고 모둠 대항 토론 수행평가를 한다. 그 결과를 주장하는 글로 쓰는 것까지가 수행평가이다.

6월에는 문법 요소를 4주 동안 공부한다.

6월 말부터 자서전을 실제로 쓴다. 3월부터 5월까지 생성한 내용을 바탕으로 내용을 조직하고 초고를 쓰고 고쳐 쓴다. 완성된 작품은 7월 기말고사 이후에 컴퓨터실에서 워드프로세서로 타이핑을 한다.

이러한 자서전 쓰기 수업의 일련의 과정을 흐름도로 정리해 보면 다음과 같다.

| 기 | 자서전 쓰기 안내 |

| 승 | 내용 생성 |
| | 내용 생성 과제를 하는 동안 다른 단원의 진도를 나감 |

| 전 | 내용 구성하고 글쓰기 |

| 결 | 고쳐 쓰고 엮어내기 |

자서전 수행평가 안내

3월 첫 주 국어 시간에는 보통 한 학기 전체 수업의 방향과 평가 계획을 학생들에게 안내한다. 교과서의 차례를 보며 단원을 어떤 순서로 배울 것인지, 어떤 방식으로 재구성할 것인지, 어느 부분을 지필평가에 반영할 것인지, 수행평가는 어떤 것을 할 것인지 등을 안내한다. 수업의 특별한 규칙이나 주의사항 등을 안내하고 수업을 진행하기 위해 필요한 모둠 구성이나 교과 도우미 선정 등도 이때다 한다.

국어 시간 전체 틀에 대한 안내가 끝나면 곧바로 자서전 쓰기 수업이 시작된다. 자서전 쓰기 수업의 1차시에는 자서전 쓰기 수행평가에 대한 구체적인 계획과 평가 방법 등을 설명한다. 다음은 수행평가 문항과 채점 기준에 대한 예시 자료이다.

주제	자서전 쓰기
평가 유형	개별 평가
성취 기준	2937-2. 자신의 삶에서 의미 있는 사건들을 중심으로 쓸 내용을 정리할 수 있다. 2937-3. 여러 가지 표현 방법을 활용하여 자신의 삶을 성찰하고 계획하는 글을 쓸 수 있다. 2954-2. 문학적 표현 방식을 활용하여 자신의 의도를 표현할 수 있다.
핵심 역량	문제 해결 능력, 정보 활용 능력, 창의력, 의사소통 능력

교수 · 학습 활동 및 평가 계획 (4차시)	차시	교수 · 학습 활동 계획	평가 계획
	1	자신의 삶에서 의미 있는 사건들을 중심으로 쓸 내용을 정리한다.	[문항 1] 사건을 기록한 공책 검사
	2	자신의 삶을 성찰하고 계획할 수 있도록 쓸 내용을 구성한다.	[문항 2] 사건을 구성한 개요 검사
	3	여러 가지 표현 방법을 활용하여 자신의 삶을 성찰하고 계획하는 글을 쓸 수 있다.	[문항 3] 초고 검사
	4	문학적 표현 방식을 활용하여 자신의 의도를 효과적으로 드러내도록 초고를 고쳐 쓴다.	[문항 4] 표현 방식의 적절성 기준으로 퇴고 검사

평가 시기	3~7월	반영 비율	20%

문항	평가 요소	배점	평가 준거			
[문항 1] 사건을 기록한 공책 검사	글의 내용 생성	25	내용 생성 질문에 대한 답을 100개 이상 기록하였다.	내용 생성 질문에 대한 답을 80개 이상 기록하였다.	내용 생성 질문에 대한 답을 60개 이상 기록하였다.	내용 생성 질문에 대한 답을 60개 미만 기록하였다.
			25	20	15	10

[문항 2] 사건을 구성한 개요 검사	글의 개요 짜기	25	인간상의 세 측면이 드러 나도록 답들 을 분류하여 개요를 짰다.	인간상의 세 측면이 일부 드러나도록 답들을 분류 하여 개요를 짰다.	답들을 분류 하여 개요를 짰으나 인간 상의 구현이 잘 되지 않았 다.	답들을 분류 하지 못하고 나열만 하였 다.
			25	20	15	10
[문항 3] 초고 검사	초고 쓰기	25	자신의 인간 상과 삶에 대 한 성찰, 계획 이 잘 드러나 있는 자서전 의 초고를 완 성하였다.	자신의 인간 상과 삶에 대 한 성찰, 계획 이 일부 드러 나 있는 자서 전의 초고를 완성하였다.	자서전의 초 고를 완성하 였으나 자신 의 인간상과 삶에 대한 성 찰, 계획이 드 러나지 않는 다.	초고를 완성 하지 못하였 다.
			25	20	15	10
[문항 4] 표현 방식 의 적절성 기준으로 퇴고 검사	고쳐 쓰기	25	문학적 표현 방식이 자서 전의 주제를 효과적으로 드러내도록 고쳐썼다.	문학적 표현 방식을 썼으 나 자서전의 주제를 효과 적으로 드러 내지 않는다.	자서전을 고 쳐 썼으나 문 학적 표현 방 식을 사용하 지 못하였다.	자서전을 고 쳐 쓰지 못하 였다.
			25	20	15	10
합계		100				

이 평가표에서 [문항 4]는 교과서 재구성에 따라 다른 내용이 들어갈 수 있다. 현재는 '표현 방식' 단원과 연계되어 있는데, '공감적 대화', '어문 규범', '한 권 읽기' 등 무엇이라도 자서전이라는 글 속에 녹여낼 수 있다.

이때 자서전은 단지 평가를 위해 쓰는 것이 아니며, 자기가 자서전을 씀으로써 스스로를 성찰할 뿐 아니라 타인의 자서전을 통해 자신의 삶을 되돌아볼 수도 있다고 알려준다. 그리고 연말에 자서전을 모은 '문집'을 만들 것이라고 미리 안내한다. 그러면 학생들이 좀 더 책임감을 가지게 된다.

예산이 있는 경우나 예산을 추경으로 잡을 수 있는 경우라면 책자로 인쇄해서 나눠 가져도 되고, 예산이 없는 경우에는 학생들이 문집비를 모아서 책자를 인쇄해도 된다. 학생들 주머니 사정이 어려울 때는 자서전을 E-Book으로 만들어서 파일을 나눠 가져도 된다.

자신의 글을 보여주기 싫다는 학생이 있을 수 있다. 6월까지 잘 생각해 보고 7월에 최종적으로 글을 공개할지 말지 알려달라고 하면 된다. 교사에게는 어차피 검사받아야 하니까 공개해야 하고, 친구들에게 공개하기 싫다고 하면 문집에서 빼면 된다. 그리고 교사는 자서전에서 읽은 내용은 누구에게도 말하지 않겠다는 약속도 해야 한다. 물론 그렇게 해도 학생들은 결국 민감한 내용은 적절히 포장할 줄 안다.

나를 찾아가는 인터뷰

뉴욕타임스에서 맨디 렌 카트론이 〈누군가와 사랑에 빠지기 위해 할 일〉이라는 칼럼에서 소개한 마법의 질문이 있다. 이 질문을 이용하면 상대방과 사랑에 빠질 수 있다고 했다. 카트론 본인이 그랬다고 한다. 심리학자 아서 아론이 자신의 논문 〈대인 친밀감 생성 실험〉에서 사용한 36가지 질문인데, 이 질문들을 하나씩 묻고 답한 후 4분간 서로의 눈을 바라보면 그 이전보다 둘의 친밀감이 높아진다고 한다.

이 질문들은 대단히 사적인 영역의 정보를 요구한다. 4개의 세트로 이루어져 있고 뒤로 갈수록 점점 깊이 파고든다. 자서전 쓰기의 첫 단계로 이 질문지를 이용하면 좋다.

방법은 간단하다. 2인 1조로 짝을 나누어 서로에게 질문을 하고 답한다. 답하는 사람은 질문자의 종이에 답을 적어주지 않고 반드시 말로 들려준다. 학생 수가 홀수라서 한 명이 남으면 교사와 짝을 이룬다. 전체 질문과 답변이 다 끝나면 질문자와 답변자를 바꿔서 묻고 답한다. 교사는 학생들이 조급해하지 않고 천천히 할 수 있도록 분위기를 조성해 준다.

학생들에게는 굳이 친밀감 향상이나 사랑에 빠지는 질문 같은 이야기를 하지 않아도 좋다. 그저 "자서전을 쓰기 위해서는 자신에 대한 많은 정보가 필요합니다. 이 활동은 나의 정보를 상대방의 질문을 통해 알아차리는 인터뷰입니다."라고만 알려줘도 된다. 평소 친밀한 관계인 아이들끼리 짝을 지어 진지하게 활동하는 경우 여학생들은 눈물을 보이기도 한다.

이 활동의 첫째 목표는 자기 자신에 대해 깊이 생각해 보기 위함이다. 학생들은 청소년이 되면서 자기 자신과 또래 관계에 대해 생각을 많이 한다. 그러면서 자신에 대한 인식을 점차 형성해 나가는데, 자신이나 친구들을 보는 관점이 확립되어 있지 못하기에 다른 사람의 말에 잘 휘둘릴 뿐 아니라 있는 그대로의 자신을 보지 못한다. 진지하게 자신을 성찰하고 싶은 학생도 어디서부터 자신을 찾아야 할지 모르고, '나의 외모가 나인가, 나의 지식 상태가 나인가, 나에 대한 타인의 평가가 나인가, 내가 진짜로 원하는 것은 무엇인가' 등 상투적이고 관습적인 고찰에 그치는 경우가 많다. 지금 소개할 이 질문들은 평소에 생각해 보지 않았던 자신의 모습을 생각해 보게 함으로써 '나'라는 존재가 얼마나 다면적인지를 깨닫게 한다. 그리고 자서전이라는 글의 양식에 자연스럽게 가까워지게 한다.

이 활동의 둘째 목표는 학생들끼리 서로 친해지게 하려는 것이다. 아래의 질문 중에는 비밀스러운 내용도 있다. 서로의 비밀을 공유하는 것은 친밀감 형성에 큰 도움이 된다. 학생들끼리 친해지는 것은, 특히 비밀스러운 이야기를 통해 친해지는 것은 신뢰 관계를 형성해 준다. 자서전을 쓰다 보면 부끄러운 이야기나 나의 비밀을 써야 할 순간이 온다. 그리고 그것을 쓸지 말지 갈등할 때, 그 글을 읽을 이와의 관계를 떠올린다. 자서전을 읽을 이는 일차적으로 교사지만, 문집을 만들 경우 친구와 가족을 고려해야 한다. 가족이야 원래 신뢰로 연결된 사람들이니 걱정하지 않는다. 친구들이라면? 바로 이 인터뷰를 통해서 쌓은 작은 신뢰감이, 나의 비밀을 자서전에 써야 한다는 부담감을 조금은 줄여주는 것이다.

질문 (말로 또박또박 크게 읽어줌)	답변 기록
세트 1	
1. 이 세상의 누구와도 저녁식사를 할 수 있는 기회가 주어진다면 누구를 저녁식사에 초대하고 싶습니까?	
2. 유명해지고 싶은가요? 어떤 식으로 유명해지고 싶은가요?	
3. 전화를 걸기 전에 할 말을 미리 연습하나요? 왜 그런가요?	
4. 당신에게 완벽한 하루란 어떤 날인	

가요?

5. 마지막으로 혼자 노래 부른 긴 언제인가요? 다른 사람에게 불러준 것은 언제인가요?

6. 당신이 만일 30세가 되는 해에 마법사가 나타나 정신을 30세 수준으로 영원히 유지하거나 신체를 30세 수준으로 영원히 유지하는 것 중 선택하라면 어떤 것을 고를 건가요?

7. 당신이 어떻게 죽을 것 같다는 예감이 있나요?

8. 당신과 지금 당신 앞의 파트너와 공통적으로 보이는 것 세 가지를 말씀해 주세요.

9. 인생에서 가장 감사하다고 느끼는 것은 무엇인가요?

10. 당신이 자라온 방식 중에 바꿀 수 있는 것이 있다면 무엇을 바꾸고 싶은가요?

11. 상대방에게 지금부터 4분간 당신의

삶에 대해 최대한 상세하게 이야기
해 주세요.

12. 당신이 내일 일어났을 때 한 가지의
자질 혹은 능력을 가질 수 있다면
그건 무엇일까요?

세트 2

13. 마법의 수정 구슬이 당신 자신과 당
신의 삶, 미래, 또는 어떤 것에 대해
진실을 이야기해 줄 수 있다면 무엇
에 대해 알고 싶은가요? 이유는?

14. 지금까지 해보려고 오랫동안 꿈꿔
왔던 것이 있나요? 왜 아직 하지 않
았나요?

15. 당신의 삶에서 가장 큰 성취는 무엇
인가요?

16. 교우 관계에 있어서 가장 소중하게
생각하는 것은 무엇인가요?

17. 당신에게 가장 소중한 기억은 무엇
인가요?

18. 당신에게 가장 끔찍한 기억은 무엇 인가요?

19. 당신이 일 년 안에 갑자기 죽게 된 다면, 지금 살아가는 방식에서 무엇 을 바꾸겠습니까? 그 이유는 무엇 인가요?

20. 당신에게 우정이란 무엇을 의미하 나요?

21. 사랑과 애착이 당신의 삶에서 어떠 한 작용을 하나요?

22. 상대방과 번갈아 가면서 상대방의 긍정적인 특징을 각각 5가지씩 이 야기해 주세요.

23. 당신의 가족은 얼마나 친밀하고 따 뜻한가요? 당신의 유년 시절이 다 른 사람들의 유년 시절보다 행복했 었다고 생각하나요?

24. 당신과 당신 어머니의 관계에 대해 어떻게 생각하나요?

25. 각자 '우리'로 시작하는 참인 문장 3개를 만들어보세요.

26. 다음의 문장을 완성하세요. "나는 ＿＿＿을(를) 함께 나눌 수 있는 사람이 있었으면 좋겠다."

27. 당신이 지금 상대방과 가까운 친구가 된다면, 상대방이 반드시 알아야 할 것들에 대해 말해주세요.

28. 상대방의 어떤 점이 좋은지 말씀해 주세요. 이번에는 반드시 진실만을 이야기하되, 상대방이 처음 보는 사람이었다면 말하지 않았을 만한 것들을 이야기해 주세요.

29. 당신의 인생에서 가장 당혹스러웠던 순간을 상대방에게 이야기해 주세요.

30. 마지막으로 다른 사람 앞에서 울었던 적은 언제인가요? 혼자 울었던 것은 언제인가요?

31. 상대방에 관해 이미지가 좋아진 점
    에 대해 말해주세요.

세트 3-2

32. 혹시 농담으로 하기에는 너무 진지
    하다고 생각해서 농담거리로 삼지
    않으려고 하는 것이 있나요?

33. 당신이 오늘 저녁 누구하고도 이야
    기할 수 있는 기회 없이 죽음을 맞
    는다면, 당신이 누군가에게 하지 못
    한 말 중 가장 후회스러운 것은 무
    엇일까요?

34. 당신이 소유한 모든 것이 있는 집
    이 불타고 있습니다. 사랑하는 사람
    들과 애완동물을 구출한 후 한 가지
    아이템을 마지막으로 가지고 나올
    수 있는 기회가 있습니다. 그것은
    무엇이며 그 이유는 무엇인가요?

35. 당신의 가족 중 누구의 죽음이 당신
    을 제일 힘들게 할까요?

36. 상대방과 개인적인 문제를 공유하고 상대방의 조언을 구해보세요. 그리고 그 문제에 대해 당신의 감정이 어떠할지 상대방에게 생각해 보게 하세요.

자서전 내용 생성

자서전을 쓰기 위한 내용을 생성하기 위해 80매짜리 대학노트를 한 사람마다 한 권씩 준비한다. 학교에 예산이 있다면 학교에서 사 줘도 된다. 학교에 예산이 없다면 학생들에게 사 오라고 한다. 만약 학생들에게 사 오도록 하려면 자서전 수행평가를 안내하는 첫날에 알려주어야 한다. 그리고 인터뷰가 진행되기 2, 3일 전에 모두 준비가 될 수 있도록 매시간 검사하고 확인한다.

자서전 내용 생성은 질문에 대한 답을 80매짜리 공책에 쓰는 일이다. 린다 스펜서의 《내 인생의 자서전 쓰는 법》이라는 책에는 480개의 질문이 들어 있다. 이 질문은 나의 어린 시절, 학창 시절, 청소년기, 중년기, 노년기에 있을 법한 사건, 경험, 느낌, 추억 등을 묻는다. 그 질문들 중 150개 정도를 추린다. 어린 시절, 학창 시절, 청소년기의 질문이 위주가 되며, 중년기와 노년기를 상상할 수 있도록 몇 가지를 추가한다.

　150개의 질문을 공책 크기 용지에 모두 인쇄하여 학생들에게 나눠 준다. 교사는 질문이 인쇄된 용지와 칼, 가위, 풀을 준비한다. 학생들은 나눠준 질문 용지의 질문들을 하나씩 오려 공책에 붙인다. 붙이는 방법은 다음과 같다.

　① 한 문제를 잘라낸다.
　② 공책 맨 위에 붙인다.
　③ 다음 문제를 잘라낸다.
　④ 공책 맨 위에 붙인 문제와 여백을 두고 공책 한가운데에 다음 문제를 붙인다.
　⑤ 그다음 문제를 잘라낸다.
　⑥ 공책 다음 쪽의 맨 위에 붙인다.

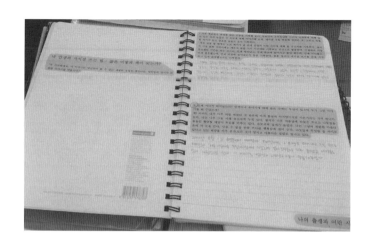

여백에다 질문에 대한 답을 쓰면 된다. 150문제를 잘라 붙이는 일은 생각보다 시간이 많이 걸린다. 교실 바닥도 더러워진다. 교사는 교실을 순회하면서 학생들을 도와주어야 한다. 1차시 만에 안 끝날 경우, 인내심을 가지고 다음 차시에도 계속해야 한다. 한 문제 자르고 한 문제 붙이는 학생은 괜찮은데, 모든 문제를 다 잘라놓고 하나씩 붙이려고 한다면 잘라놓은 가느다란 문제 종이가 바람에 날아가거나 사라질 수도 있다. 교사가 세심하게 챙겨야 하지만, 한두 문제 정도 적게 붙인다고 큰일 나는 것은 아니다. 꼭 필요한 문제라면 친구 공책을 보고 손으로 문제를 베껴 써도 되기 때문에 너무 정성껏 붙이지 않아도 좋다.

다음은 린다 스펜서의 《내 인생의 자서전 쓰는 법》에서 청소년 자서전에 어울리는 질문들만 가려서 뽑은 것이다. 여기에 더 넣거나 빼거나 해서 응용이 가능하다. 교사가 질문을 수정·삭제·추가

해도 되며, 학생들 스스로 질문을 만들어보게 하는 것도 좋다. '나의 장점은 무엇인가? 나의 단점은 무엇인가? 배신을 당했던 때는 언제인가?' 등 학생들이 질문을 만들어도 된다.

"꼭 기억하세요. 이 이야기는 당신만이 쓸 수 있는 세상의 유일한 것입니다. 당신만의 언어가 진실한 이야기를 만듭니다."

나의 출생과 어린 시절

1. 가족 계보에서 최대한 많은 이름을 기록해 본다. 부모님과 조부모님뿐 아니라 조상들에 대해 알고 있는 것과 들었던 것 모두에 대해 이야기해 보라. 태어난 곳을 비롯해 살았던 곳, 그리고 특별한 의미가 있고 중요한 날들도 모두 기록하라.

2. 언제 어디서 태어났는가? 탄생이나 유아기에 대해 들은 것에는 무엇이 있으며, 누가 그런 이야기를 해주었는가?

3. 가장 어릴 적 기억은 무엇인가?

4. 어릴 때는 어디에 살았으며 누구와 함께 살았는가?

5. 어린 시절에 살았던 집을 그려보라.

6. 어디서 놀았는가? 가장 좋아했던 놀이 중 하나를 묘사해
보라. 어떤 놀이(소꿉놀이, 병원놀이, 식당놀이 등)를 했던 것으로
기억하는가? 아이로서 가장 즐거웠던 것은 무엇인가? 어떤
공상을 하였는가?

7. 어린 시절 가장 좋아했던 동물에 대해 이야기해 보라.

8. 당신의 별명은 무엇이었는가?

9. 학교는 언제부터 다니기 시작했는가? 학교와 관련된 가장
오래된 기억을 떠올려보라. 학교에 처음 간 날을 기억하는
가? 그때의 느낌은 어떠했는가? 주로 무엇을 배웠는가? 무
엇이 재미있었고, 어떤 것이 흥미로웠는가? 첫 시험은 어
떠했는가? 어려웠거나 무서웠던 것은 무엇인가? 가장 좋아
하는 선생님은 누구였는가? 왜 좋아했는가? 초등학교 시절
가장 기억에 남는 것은 무엇인가?

10. 어린 시절 친구들은 누구였는가? 그 친구들과 함께 어떤 일을 하고 싶었는가? 가장 친한 친구는 누구였는가? 친구들과의 우정은 언제, 어떻게 시작되었는가? 그 우정을 통해 얻은 것은 무엇이었다고 생각하는가? 세월이 지나면서 그 우정은 어떻게 되었는가?

11. 학교에서 집으로 돌아오면 무엇을 했는가? 집에 있는 사람은 누구였나?

12. (1) 일상적인 식사 시간의 모습을 그려보라. 내 주위에 누가 있었는가? 주로 무엇을 먹었는가? (2) 일상적인 저녁 시간을 그려보라. 토요일과 일요일은 어떠했는가?

13. 어릴 때는 주로 어떤 음악을 들었는가? 음악과 관련된 기억을 써보라.

14. 어떤 읽을거리가 집에 있었는가? 어떤 책 또는 이야기를 가장 좋아했는가? 책을 읽어준 사람이 있었는가? 어떤 느낌이었는가? 어디에서 책 읽을 때가 가장 즐거웠는가?

15. 어린 자신에게 강한 인상을 남겼던 영화나 텔레비전 프로그램이 있었는가?

16. 학교나 지역공동체 활동에 참여한 적이 있는가?

17. 가족의 명절맞이는 어떠했는가? 가족 고유의 전통이 있었는가? 가장 두드러지는 명절에 대한 기억을 이야기해 보라. 가족들이 함께 모여 즐거워했던 때를 묘사해 보라.

18. 선물로 받은 것 중 가장 기억에 남는 것은 무엇인가? 가장 특별한 선물을 준 사람은 누구인가?

19. 집에서 '착하다'는 것은 어떤 의미였는가?

20. 어린아이로서 내게 주어진 일은 무엇이었는가? 어린아이로서 내가 지켜야 할 일은 무엇이었으며, 그 일이 어떻게 느껴졌는가?

21. 어릴 때 앓았던 병 가운데 기억나는 것이 있는가? 홍역, 볼거리, 감기 등에 걸렸다면 누가 돌봐주었고 돌보면서

무엇을 해주었는가? 병원에 간 일에 대해 이야기해 보라. 무엇을 보고 느꼈는가?

22. 어린 시절 이웃이나 살고 있는 마을은 어땠는지 머릿속에 그려보라. 그때의 기억 속으로 한번 찬찬히 걸어 들어가 보라. 무엇이 눈에 보이는가? 어린 시절 특별한 감정이나 의미가 있던 곳으로 가보자. 그렇게 느꼈던 이유는 무엇인가?

23. 이웃에는 누가 살았는가? 그들은 당신의 가족과 어떻게 지냈는가?

24. 부모님이나 다른 어른들은 지역사회의 일에 어떤 방식으로 참여했는가?

25. 어린 시절 일어난 가장 역사적인 사건은 무엇이었고, 어떻게 그 사건을 접하게 되었는가?

26. 흥분되거나 모험심을 느꼈던 때에 대해 이야기해 보라.

27. 위험에 처했다고 느꼈던 때를 설명해 보라.

28. 거짓말은 해야 한다고 생각했던 때는 언제인가?

29. 부러움의 감정을 자각한 것은 무엇이었나?

30. 스스로에 대해 자신감을 얻은 때에 대해 이야기해 보라. 어린 시절, '나는 할 수 있다.'라고 느끼게 한 계기가 있었는가? 자신을 가장 자랑스럽게 만든 것은 무엇이었는가?

31. 어느 여름날을 회상해 보라.

32. 당신이 알았던 가장 사랑스러운 장소를 묘사해 보라. 어린아이인 자신을 가장 기쁘게 했던 것은 무엇인가? 영원히 함께하고 싶은 누군가 또는 무엇이 있었다면?

33. 어릴 때 재미 삼아 하던 일 중 지금도 하고 있는 것 혹은 다시 해보고 싶은 것은 무엇인가?

34. 비밀 이야기는 누구에게 했는가? 평온을 찾고 싶을 때는

어디로 갔는가? 어린 시절 용기를 주던 것은 무엇인가? 누구의 인정을 받는 것이 가장 중요했는가? 그 인정을 받기 위해 무엇을 했는가? 누군가가 자신을 보호하거나 옹호했던 때를 이야기해 보라.

35. 어린 시절의 영웅은 누구였는가?

36. 어린 시절 자신에 대해 가졌던 믿음에는 무엇이 있는가?

37. 자신을 특별하다고 생각했는가? 그런 생각을 갖게 해준 사건이 있었는가?

38. 자신을 소중하게 느꼈던 때를 예로 들어보라.

39. 사랑받는다고 느꼈던 특별한 경험을 될 수 있는 한 정확하게 이야기해 보라.

40. 어떤 두려움을 느꼈는가? 두려움을 어떻게 숨겼는가? 두려움을 표현하면 보통 어떤 반응을 얻었는가? 공포감을 느꼈던 특별한 시간에 대해 이야기해 보라.

41. 아이로서 상처받은 감정을 어떻게 숨겼는가? 드러냈다면 어떻게 드러냈는가? 크게 상처받았던 때를 이야기해 보라.

42. 어른들에게 실망한 때는 언제인가?

43. 부모님이나 조부모님 외에 어린 시절에 중요한 역할을 한 어른에 대해 이야기해 보라.

44. 가족의 영성적 삶에 대해 이야기해 보라. 종교 활동을 했는가?

45. 가족 중에서 특별한 재능이 있던 사람에 대해 이야기해 보라. 가족 중에 있었던 영웅이나 악당에 대해 들은 이야기가 있는가?

46. 가족 전체가 함께한 일이나 행사를 기억해 보라. 어른들은 그때 무엇을 했는가? 또 아이들은 무엇을 했는가? 기억에 강하게 남아 있는 장면을 서술해 보라.

47. 어릴 때 방학은 어떻게 보냈는가? 가족들은 휴가를 함께

보냈는가?

48. 처음으로 가족과 멀리 떨어진 때는 언제였는가? 그때 느꼈던 감정을 묘사해 보라. 떨어져 있는 시간이 특별히 힘들었거나 즐거웠던 경우를 기억해 보라.

49. 가족이나 친지, 친구 중에 싫어한 사람은 누구였고 그 이유는 무엇이었는가? 좋아했던 사람에 대해서도 이야기해 보라.

50. 가족들 간에 서로 피한 이야기는 무엇인가?

51. 가족들이 지켰던 규칙은 무엇이었는가?

52. 대답을 듣지 못할 것 같은 질문에는 어떤 것이 있었는가?

53. 어릴 때 하고 싶었지만 할 수 없었던 일은 무엇인가? 그중 해서는 안 되는 것은 무엇이었나? 하고 싶었지만 어린아이의 능력을 벗어난 활동은 무엇이었는가?

54. 괴로웠거나 슬펐던 때를 기억해 보라. 어떤 일이 있었는
가? 어떻게 대응했고 그것에 잘 내처하는 네 도움을 준 것
은 무엇이었다고 생각하는가?

55. 죽음이라는 것을 처음으로 가까이 접한 때를 묘사해 보
라. 무슨 일이 일어났고 사람들이 어떤 말을 나누었으며
당신에게는 무슨 말을 했는가? 무엇을 생각하고 느꼈는
가?

56. 조부모님의 삶에 대해 알고 있는 것은 무엇인가? 조부모
님에 대해 특별히 무엇을 기억하고 있는가?

57. 조부모님은 당신에 대해 어떤 감정이었다고 생각하는가?
할아버지나 할머니를 방문하는 일이 당신에게는 어떤 일
이었는가? 조부모님은 서로 어떻게 대했던 것으로 기억하
는가?

58. 어머니의 어린 시절에 대해서는 무엇을 들었는가?

59. 어릴 때 본 어머니가 일상적으로 했던 일에 대해 어떤 것

을 알고 있는가?

60. 아버지의 어린 시절에 대해서는 무엇을 들었는가?

61. 어릴 때 본 아버지가 일상적으로 하셨던 일은 무엇이었는가? 어린 시절, 당신에게 아버지는 어떤 존재였는가? 아버지에 대한 기억을 가능한 한 구체적으로 묘사해 보라.

62. 어린 시절 가족의 경제적인 상태는 어떠했던 것으로 기억하는가?

63. 부모님은 자신들의 미래에 대해 어떤 꿈을 가지고 계셨는가?

64. 어머니를 보면서 결혼에 대해 어떤 생각을 갖게 되었는가? 아버지를 보면서는? 부모님의 삶을 돌이켜볼 때, 두 분이 삶에서 행복을 느꼈다고 생각하는가?

65. 형제자매들의 탄생에 대해 기억하고 있는 것이 있는가?

66. 형제자매가 있어서 기뻐한 때는 언제였는지 기억해 보라. 형제자매와 함께한 일을 말해보라.

67. 가족 중에서 누군가를 시기하거나 질투한 적이 있는가? 자신이 크게 화가 났을 때를 기억해 보라.

68. 당신 가족만의 독특한 점이 있었다면 그것은 무엇인가?

69. 지울 수 없을 만큼 강하게 남아 있는 어린 시절의 기억에는 어떤 것이 있는가? 어린 시절을 되돌아볼 때, 오늘날까지도 진정 가치 있다고 느끼는 배움과 깨달음에는 어떤 것이 있는지 말해보라.

70. 어린아이인 자신을 돌이켜보았을 때, 오늘날의 자신을 만든 밑거름이 된 행동과 경험은 무엇이었는가?

71. 어린 시절부터 간직하고 있는 물건이 있다면 그것은 무엇인가? 그것을 만졌을 때는 어떤 느낌이고 무엇을 기억하게 하는가? 오래도록 간직하고픈 물건에는 무엇이 있는가?

72. 즐겨 떠올리는 어린 시절의 추억은 무엇인가?

73. 어린 시절의 자신을 그려보라. 그런 다음 그 아이 앞에 지금의 당신이 서 있는 모습을 상상해 보라. 당신을 바라보고 있는 그 아이에게 무엇을 이야기하고 싶은가?

청소년기

청소년기를 이야기할 때는, 자신의 '청소년기'라고 규정할 수 있는 시기 구분이 먼저 필요하다. 그 다음, 당신이 속해 있던 세계를 독자들에게 이야기하도록 한다. 주변 친구들이 즐겨 입던 의상에 대한 묘사나 당시 친구들 사이에 유행했던 영화나 게임, 놀이, 음악 등에 대한 얘기도 좋다. 당신이 이용했던 교통수단도 있을 것이고 좋아하는 음식이나 음료도 있을 것이다. 청소년기에 일어난 역사적·정치적·문화적 사건들도 독자에게 말해주자. 그러면서 그 사건들로 어떤 영향을 받았는지도 이야기해 보자.

학1. 당시 어디에 살았고 누구와 살았는가? 그 시기 가족들은 어떻게 지냈는지 묘사해 보라.

학2. 어느 학교를 다녔는가? 학교 전체와 학급의 학생 수는 몇 명이나 되었는가? 어느 학년을 가장 좋아했는가? 추구하고자 했던 관심사에는 무엇이 있었는가? 돌이켜볼 때, 미래를 대비하기 위해 당시 반드시 학습했어야 하는 것은 무엇인가?

학3. 청소년기의 당신이 학교 앞에 서 있는 모습을 상상해 보라. 문을 열고 교정에 들어서 보라. 무엇이 들리고 누가 보이는가? 또 교실에도 들어가 보라. 맨 처음 느껴지는 전반적인 감정은 무엇인가? 자신이 앉아 있던 교실을 바라보자. 어떤 구체적인 기억이 떠오르는가? 선생님이 용기를 북돋워 주었거나 좌절하게 했던 경우가 있었는가?

학4. 학교 수업 말고 다른 학교 활동에도 참여했는가? 그러한 경험에 대해 서술해 보라.

학5. 가장 친했던 친구에 대해 말해보라. 어떻게 친구가 되었는가? 만나서 보통 무엇을 함께했는가? 서로에게 어떤 영향을 끼쳤다고 생각하는가?

학6. 재미 삼아 즐겨 했던 것을 구체적으로 써보라.

학7. 청소년기에 즐겼던 음악에 대해 써보라.

학8. 그 시절 어떤 춤이 유행했고 당신은 어떤 것을 좋아했는 가? 사람들은 춤을 추기 위해 어디로 갔는가?

학9. 운전은 언제 어떻게 배우고 싶은가? 자동차는 몇 살 때 살 계획?

학10. 데이트나 성, 술, 흡연에 대해 어른들로부터 들은 규칙 은 무엇인가?

학11. 첫눈에 반한 일에 대해 이야기해 보라.

학12. 어른들이나 반 친구들이 당신을 어떻게 생각한다고 느 꼈는가?

학13. 당시 자신에게 가장 중요한 일은 무엇이었는가? 열정적 이고 지속적으로 매달렸던 중요한 일은 무엇이었는가?

하고는 싶었지만 할 수 없었던 일은 무엇이었는가?

학14. 위험한 행동을 한 적이 있는가? 자신이 했던 반항적인 행동에 대해 이야기해 보라. 무엇이 그런 행동을 하게 만들었고 어떤 결과를 가져왔는가?

학15. 10대 시절, 가장 어렵게 느꼈던 일은 무엇이었나? 그 일에 대한 자신의 생각은 어떠했고 그 결과는 어떻게 되었는가?

학16. 그 시절 알게 된 가족의 불화가 있었는가? 그 일은 당신에게 어떤 영향을 끼쳤는가?

학17. 당신은 가족과 주위 사람들로부터 어떤 기대를 받았는가? 그에 대해 자신은 어떻게 느꼈는가?

학18. 동아리나 조직에 속해 있었는가?

학19. 방과후에는 무엇을 했는가?

학20. 살았던 지역에 대해 이야기해 보라. 그곳의 날씨와 환경은 사람들의 생활에 어떤 영향을 미쳤는가? 학교나 집 외에 자주 갔던 곳은 어디인가?

학21. 청소년기의 이웃은 누구였는가? 당신 가족과의 관계는 어떠했는가?

학22. 10대 시절, 부모님은 무슨 일을 하셨는가? 두 분이 일에 대해 말씀하시는 것을 들은 적이 있는가? 두 분이 하시던 일에 대해 당신이 생각하거나 느낀 것은 무엇인가?

학23. 청소년기를 거치며 아버지, 어머니와의 관계는 어떻게 변화했는가? 어머니 또는 아버지와 보낸 시간에 대해 가능한 한 구체적인 기억을 떠올려 보라.

학24. 부모님이 무엇을 해주기를 바랐는가?

학25. 듣기 싫었던 말은 무엇인가?

학26. 청소년기의 가족 여행에 대해 이야기해 보라.

학27. 키웠던 애완동물이 있었다면 말해보라. 없으면 키우고 싶은 동물을 말해보라.

학28. 봄, 여름, 가을, 겨울 각 계절별로 기억나는 때를 묘사해보라. 계절마다 느끼는 변화에는 무엇이 있었는가? 특별히 좋아하는 계절이 있었는가?

학29. 10대 시절 경험한 여름밤에 대한 느낌을 적어보라. 별자리를 바라보며 나눈 대화나 품었던 희망이 있는가?

학30. 당신이 미래에 대해 바랐던 꿈과 야망은 무엇인가?

학31. 자신의 현재 삶과 다른 어떤 것을 동경한 적이 있는가?

학32. 당시 가장 믿었거나 존경했던 사람은 누구인가?

학33. 할 수 없으리라고 생각했지만 끝내 해낸 일에 대해 말해보라. 어떤 사람이나 사건으로 용기를 얻었던 때를 기억해 보라.

학34. 초등학교를 떠난 해는 언제인가? 중학교 졸업식 행사를 떠올려 보라. '끝이자 시작'을 의미하는 이 행사에서 무엇을 느꼈는가?

학35. 열광적으로 임했던 사건에 대해 설명해 보라. 지금까지도 생생하게 살아 있는 경험에 대해 서술해 보라.

학36. 인생의 중요한 10대 시절에 가장 많은 것을 가르쳐준 사람은 누구였다고 생각하는가? 배운 것 중에서 이후에 크게 도움이 되었던 것에 대해 말해보라.

학37. 그 시절 가장 힘들었던 부분은 무엇이었는가? 그것을 잘 이겨내도록 도와준 사람이나 일은 무엇이었는가?

학38. 자신의 10대 시절 모습을 어떻게 묘사할 수 있겠는가?

학39. 승리감을 느끼게 한 일은 무엇인가?

학40. 10대로서 가치 있다고 여긴 일은 무엇이었는가? 자신에게 가장 중요한 이상은 무엇이었는가?

학41. 자신의 10대 시절의 어떤 면이 진정 고맙게 느껴지는
가? 당신이 가장 감사한 일과 사람은 누구였는가?

지금, 여기의 나

현1. 모험을 감행했던 일을 말해보라.

현2. 자신감을 갖게 된 특별한 계기가 있었는지 말해보라.

현3. 언제 어른이 되었다고 느꼈는가?

현4. 미래에는 무엇을 이루리라 마음먹었는가?

현5. 언제 공포나 두려움을 느꼈으며, 어떠했는가?

현6. 자신에게 가장 중요한 것은 무엇이었는가?

현7. 눈이 번쩍 뜨였던 경험에 대해 말해보라.

현8. 스승으로 여겨온 사람에 대해 이야기해 보라.

현9. 인생의 한 기간으로서 가장 힘들었던 점은 무엇이었으며, 어떻게 그것을 극복했는가?

현10. 자신과 주변의 삶을 성찰하면서 깨닫게 된 것에는 무엇이 있었는가?

현11. 역사와 사회를 향해 어떤 의견을 제시한 적은 없었는가?

현12. 당시 하고 있던 일은 어떻게 진행되었는가? 만족감을 느꼈는가? 부담감은 없었는가?

현13. 관심이 있던 조직이나 이상은 무엇이었는가? 그 조직에는 어떻게 참여했는가?

현14. 그때 가지 않은 길은 무엇이고 지금은 그에 대해 어떻게 생각하는가?

현15. 누군가가 필요하다고 느꼈을 때는 언제인가? 그때 옆에 있어준 사람이 있었는가? 그는 누구인가?

현16. 크게 낙심했던 때와 그 때를 어떻게 극복했는지에 대해 이야기해 보라.

현17. 인생의 한 시기로서 20대와 30대는 자신에게 어떤 의미가 될 것 같은가?

나의 미래

미1. 결혼 생활

⑴ 결혼하기까지 과정과 결혼 초기에 가장 신경 쓰고 싶은 부분은 무엇이며 그 생활을 어떻게 묘사할 수 있는가?

⑵ 아이가 태어나면 배우자와의 관계, 당신의 부모님과의 관계는 어떻게 변할까?

미2. 부모가 되어

⑴ 아이가 태어난 날에 대해 설명해 보라. 첫아이에 대한 가족들의 반응을 상상해 보라.

미3. 중년으로 접어들어

⑴ 40대의 어느 평일 하루를 어떻게 보냈는지 설명해 보라.

(2) 당시 하고 있을 모든 압박과 스트레스를 느낄 때 무엇으로 풀었는지, 40년의 인생을 통해 무엇을 배웠는지 상상해 보라.

(3) 자신의 힘으로 가장 잘했다고 생각하는 일, 가장 두려워하고 걱정한 일은 무엇일 것 같은가?

미4. 할아버지, 할머니가 되어

(1) 당신의 부모님이 더 이상 세상에 없다는 것은 어떤 느낌일까?

(2) 태어난 손자를 처음 봤을 때의 느낌과 당시의 상황을 상상해서 설명해 보라.

(3) 자식과 손자들과의 관계는 어떠했는가? 할아버지, 할머니로서 자신의 모습을 묘사해 본다면 배우자와의 관계, 자식들과의 관계는 어떻게 변화했는가?

미5. 노년을 보내며

(1) 노년의 자신을 묘사해 보라, 어디에서 어떻게 살고 있으며 수입원은 무엇인가?

(2) 젊은 시절 꿈과 비교해 지금 만족스러운 것과 불만족스러운 것이 있다면?

(3) 노년의 마지막 순간에 가장 걱정하는 것, 가장 화나게 하는 것, 가장 기쁘게 하는 것은 무엇인가?

(4) 당신이 세상을 떠난다면 당신의 자식과 손자들은 어떤 느낌이 들까?

(5) 자식과 손자, 친구와 친척들에게 남길 유언장을 멋지게 작성해 보라.

만약 이와 같은 긴 호흡으로 자서전의 내용을 생성할 여유가 없다면 다음 몇 가지 방법을 통해 짧은 기간 내에 내용을 생성할 수 있다.

친구 인터뷰하기

인터뷰는 유명인의 자서전을 대신 써줄 때도 널리 쓰이는 자서전 내용 생성의 대표적인 방법이다. 요즘은 지역 어르신들의 자서전을 써주는 마을 교육의 일환으로 생애를 구술하게 하는 인터뷰를 많이 한다.

친구끼리 짝을 지어 상대방의 인생에 대해 인터뷰를 한다. 메모를 하거나 녹음을 하는 것도 좋다. 교사가 '가족 관계, 어린 시절의 추억, 인생의 가장 큰 사건, 자신의 인간상이 형성된 과정, 영향을 주고받은 사람이나 인간관계' 같은 몇 가지 큰 주제를 주고, 그 외에 그 친구에게 듣고 싶은 이야기나 궁금한 것들을 질문거리로 만드는 시간을 1차시로 하고, 2차시에는 실제로 교내 여기저기 흩어져서 가장 편안한 장소에서 단둘이 인터뷰를 해 오게 하며, 3차시에는 질문자와 답변자를 바꾸어 인터뷰를 한다. 그리고 그 내용을 정리하여 친구에게 적어 주면, 서로가 서로의 내용을 생성해 주는 셈이 된다.

인생 곡선 그리기

이 책에서도 공책에 붙인 150개의 질문에 답 쓰는 과정이 끝나면 그 답들을 인생 곡선에 배열하는 작업을 한다. 하지만 그 과정을 거치지 않고 곧바로 인생 곡선을 그려도 된다. 시간의 흐름을 가로축에 놓고 위쪽은 행복한 일, 아래쪽은 불행한 일을 쓰도록 하면 시간이 흘러감에 따라 나의 인생이 어떻게 변해왔는지를 한눈에 파악할 수 있다.

인생 곡선은 보통 다음과 같이 그래프 모양으로 생겼다.

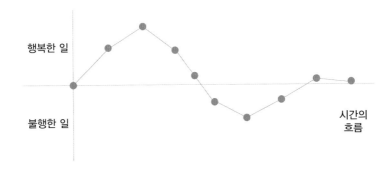

10개 정도의 행복한 일, 불행한 일을 그래프에 점을 찍고 그 점을 이으면 곡선이 완성된다. 그러나 그것으로 내용 생성이 끝나는 것은 아니다. 각각의 사건에 대해 구체적인 시간적·공간적 배경과 함께 묘사하고, 대화를 넣어 생생하게 만들고, 그 사건이 지금 나에게 가지는 의미 등을 메모하게 한다. 그렇게 해서 10개의 메모가 완성되면 내용 생성이 끝난다.

기쁨, 화남, 슬픔, 즐거움, 사랑, 미움, 욕망의 사건 고르기

인생의 사건들을 단순히 행복과 불행으로 판단하기 어려울 경우에는 자신의 인생에서 '희노애락애오욕'의 감정을 느꼈던 경험을 하나씩 기억하게 하는 방법도 있다.

가장 기뻤던 일, 가장 화났던 일, 가장 슬펐던 일, 가장 즐거웠던 일, 가장 사랑했던 일, 가장 미웠던 일, 가장 욕망했던 일을 기억 속에서 끄집어내도록 한다. 혼자서 기억을 떠올리기 어려우면 부모님에게 도움을 청하거나 어릴 때 같은 학교를 다녔던 친구들과 모둠을 만들어 추억을 회상하게 해도 된다.

각각의 사건을 떠올렸다면 역시 그 사건에 대해 구체적으로 묘사하고, 그 사건이 자신의 인생에 미친 영향을 정리해야 내용 생성이 완료된다. 일곱 개의 감정 모두에 알맞는 사건이 없을 수도 있다. 그럴 경우 감정의 종류를 바꿔서 떠올려 보게 해도 된다. 예를 들어, '가장 미웠던 일'이 없었다면, '가장 고마웠던 일' 등으로 바꿔서 생각하게 한다.

인생의 키워드 찾기

자신의 인생을 3가지 키워드로 표현하게 하는 방법도 짧은 기간에 내용을 생성하는 데 도움이 된다. 학생들은 '긍정', '오지랖', '싫증' 등 자신에 관한 키워드를 금방 찾아낸다. 각각의 키워드를 상세한 에피소드로 풀어내도록 메모하고, 글의 초반부에 '자신의 출생과 성장 과정'을 추가할 수 있도록 내용을 생성하면 된다.

키워드는 추상적인 단어가 아니어도 좋다. 구체적인 사물로 인생을 나타내는 내용을 생성해도 된다. 그런 경우 사물은 자신의 삶에 대한 '은유'이어도 괜찮고, 가장 소중한 사물, 가장 의미 있는 사물, 특별한 경험을 떠올리게 하는 사물이어도 괜찮다.

내용 생성 과정평가

공책에 150여 개의 질문이 있다. 그 질문에 매일 5개씩 답한다. 답은 3줄 이상 쓰도록 하고, 내용이 기억이 안 나면 친구나 가족, 친척에게 물어서 답을 하도록 한다. 형제자매, 반려동물에 대한 질문인데 실제로 형제자매나 반려동물이 없을 수 있다. 그러면 형제자매가 없는 상황이 어떠한지, 반려동물을 갖고 싶은 적은 없었는지 등 원래 질문의 의도를 고려하여 적절하게 수정한 후 답을 하도록 한다.

공책에 질문을 붙이고 나면 일주일 정도는 수업 시간에 교사의 지도를 받으며 5개씩 답을 하는 시간을 갖도록 한다. 교사는 질문에 답을 성의 있게 쓰도록 안내하고, 스마트폰을 휴대하도록 하여 필요한 경우 부모나 조부모에게 전화를 걸어 어린 시절의 기억을 물어보게 해도 된다. 어린 시절을 함께 보낸 친구가 있다면 서로 의논하거나 알려주어도 된다.

5개의 답을 모두 쓴 학생이 있으면 교사가 검사해 주고 과정평가에 반영한다. 대략 15분 정도의 시간을 주는 것이 좋다. 15분 뒤에 전원이 답을 다 썼으면 검사지에 동그라미 표시를 해주고, 남은 30분 동안 해당하는 차시의 진도를 나간다. 중요한 것은 학생들이 과거의 기억을 진지하게 떠올리고 3줄 이상의 글로 풀어내는 습관을 들여서 앞으로 30일간의 과제를 해내는 발판을 마련해 주는 것이다.

일주일이 지나면 다른 영역의 진도를 나가고, 수업 중에 시간을 내어 문제에 답을 쓰지는 않는다. 대신 매일 종례 시간에 5문제에 답했는지 검사한다. 국어 교과 도우미를 운영한다면 일은 더욱 쉽다. 교과 도우미가 없다면 학습부장이나 학급회장 등에게 검사하는 임무를 부여한다. 검사지를 교실 뒤편에 붙여두고 매일 종례 시간에 5문제씩 답을 했는지를 확인하여 검사지에 표시하게 한다. 학생들은 자습 시간, 쉬는 시간, 점심시간 틈틈이 자기 인생을 돌아보고 답을 쓴다.

이렇게 학생들 스스로 자서전의 내용을 생성하는 수행평가를 하게 되는데, 자발적으로 잘 안 될 수도 있다. 그래서 교사는 매주 금요일이 되면 직접 공책을 걷어서 과제를 다 못한 학생들을 확인한다. 다 못한 학생들은 방과후에 남겨서 하게 하거나 점심시간에 불러서 하게 하거나, 도서관에 모아서 과제를 하도록 지도하고 정해진 분량에 답을 다 했다면 동그라미 표시를 해주면 된다.

교사의 판단에 따라 세모 표시를 둬서 차등 점수를 부여해도 된다. 하루에 5문제는 쉽지만 1, 2주 밀리면 모아서 답하기는 쉽지 않다. 과제가 많이 밀리면 몰아서 하려 해도 학생들이 해내지 못한다. 그래서 교사가 중간중간 계속 독려해야 한다.

자서전의 장르 관습

학생들이 과제로 자서전의 내용 생성을 하는 동안, 수업 중에는 자서전의 장르 관습을 익힌다. 장르 관습을 익히기 위해서는 다양한 자서전을 많이 읽어보면 되는데, 교과서에는 소단원 본문뿐만 아니라 적용학습이나 보충·심화학습에 읽을거리가 많이 실려 있어서 도움이 된다.

　앞서 말한 대로, 자서전은 자기에 대한 전기적 사실의 나열보다는 '나'라는 인간상을 탐구하는 장르이다. 따라서 교과서에 실린 자서전들을 읽으며 어떤 인간상이 드러나는지를 찾아보는 것이 좋다. 수업이 시작되면 자서전들을 읽으며 사건을 요약하고, 각 사건을 겪을 때마다 작가가 느꼈던 '마음', 즉 사건 전의 계기나 결심, 사건 후의 느낌이나 변화 등을 찾아본다. 그리고 같은 사건을 겪더라도 서로 다른 마음가짐이 있다는 것을 전제로 작가의 인간상을 파악해 본다.

예를 들어, 교과서에는 '간디 자서전'이 나온다. 간디가 변호사가 되었지만 인도 출신이라는 이유 때문에 인종차별을 겪으면서 인권에 눈을 뜨고, 결국 민속의 녹립 영웅이 된다. 이때 사건의 결과만을 놓고 보면 간디는 독립운동가, 투쟁가, 위대한 인물이 된다. 하지만 간디가 여러 사건을 겪을 때마다 어떤 마음으로 그 사건들을 극복해 나갔는지를 파악해 본다면 간디라는 인물의 '인간상'을 조명할 수 있게 된다. 어떤 사람은 내가 믿는 진리(종교, 철학, 조국 등)가 있음에도 상황에 따라 변절하거나 진리를 굽히는 사람이 있는데, 간디는 "이 진리가 맞다면 내가 이길 것이다."라는 가설을 끝까지 실험해 본 사람이다. 특히 간디는 '인류는 평등하다.'라는 말이 정말로 진리라면 끝내 승리하리라는 확신을 가지고 어떤 순간에도 평등한 인류의 권리를 확보하기 위해 끝까지 실험해 보는 삶을 살았다. 간디의 삶은 투사의 삶이 아니라 진리 추구의 구도자, 인생을 실험하는 철학자에 가까운 것이었다고 보아야 한다. 그렇기 때문에 《간디 자서전》의 부제는 '나의 진리 실험 이야기'가 된다.

산악인 엄홍길의 자전적 이야기도 교과서에 실려 있다. 엄홍길이 어떤 계기로 8000미터 이상 16좌를 완등하게 되었는지를 보여 준다. 마찬가지로 이러한 글을 읽으면서 중요하게 파악해야 할 것은, 엄홍길이라는 산악인이 16좌 완등이라는 전무후무한 기록을 세운 위대한 인물이라는 사실이 아니다. 엄홍길은 2000년에 칸첸중가에서 죽음의 위기를 느끼고 마음속으로 유서를 남긴다. 거기에는 자식들이 자라서 어른이 된 후에는 아버지가 위대한 도전의 삶을 살았음을 이해받기를 바라는 마음이 담겨 있다. 가족들에게조차 이해받기 어려운 도전을 계속하는 엄홍길의 외로움은 엄홍길 본인만이 알 수 있는 것이다.

우리가 그의 이야기를 통해 읽어내야 할 것은 14좌 완등에 이어 16좌를 완등한 '위대한 산악인'이 아니라, 끝없이 도전하는 사람, 도전할 거리가 없으면 만들어서라도 도전하는 사람, 도전하는 삶을 자녀에게 이해받고 싶어 하는 사람이라는 그의 인간상이다.

학생들이 자서전에 써야 할 것도 바로 그러한 인간상이다. 학생들이 청소년기에 이르기까지 10여 년 동안 '업적'이라 할 만한 것은 그리 많지 않을 것이다. 하지만 태어나서부터 지금까지 살아온 그 학생만의 삶의 방식 자체는 가치 있는 것이다. '친구의 어깨에 묻은 실밥을 뜯어주는 일' 하나에도 그 학생의 관찰력, 섬세함, 배려심, 실천력이 드러난다. 이것이 바로 학생의 자서전에 들어가야 할 내용이고, 읽을 가치가 있도록 만들어주는 힘이다.

자서전 읽기

교과서의 모든 자서전과 자전적 수필을 읽고 나면 교과서 밖의 또
다른 자서전을 읽어보도록 한다. 가장 좋은 것은 한 권 분량의 자서
전을 완독하는 것이다. 예를 들어, 교과서에는 《간디 자서전》이 일
부만 실려 있는데, 《간디 자서전》한 권 전체를 읽어볼 수 있다. 학
생들이 저마다 자서전 책을 한 권씩 들고 와서 각자 읽고 인간상을
탐구하면 좋다.

하지만 수업 시간은 제한되어 있으므로 한 권 읽기는 자율에 맡
기고 수업 중에 읽을 수 있는 추가 자료를 준비해야 한다. 첫째는
다른 위인의 자서전을 발췌한 자료인데, 작은 글씨로 규격지 20쪽
정도 분량으로 제법 길게 발췌하고 윤문해서 적절하게 완결될 수
있도록 편집한다. 그것을 수업 시간에 30분 정도 시간을 들여 각자
읽도록 한다. 한 반 분량을 복사해서 나눠줬다가 다시 걷어서 다른
반에서도 돌려 읽는다. 이렇게 긴 호흡의 자서전을 읽으면 학생들

이 어린 시절의 묘사가 얼마나 세밀해야 하는지를 알게 된다.

둘째는 다른 학생들이 쓴 자서전인데, 이것은 학생들이 실제로 해내야 할 최종적인 결과물의 윤곽을 알 수 있게 해준다. 읽으면서 공감이 될 만한 글을 준비하는데, 학교 선배들이 남기고 간 자서전이 있다면 더욱 좋다. 아니면 교사 자신이 청소년기를 돌아보며 자서전을 시범적으로 쓴 다음, 학생의 글인 것처럼 제시해도 좋다. 학생들은 다른 학생의 자서전을 읽으면서 '아, 나도 이런 식으로 쓰면 되겠구나.'라는 것을 느끼게 된다.

자서전 예시글

미완성 전개도 (윤OO)

우리 가족은 아빠, 엄마, 나, 이렇게 셋뿐이다.

아빠는 우리 집 가장으로 해양 관련 일을 하시는데, 부산이 아닌 다른 지역에서 일하고 계셔서 한 달에 다섯 번도 볼 수가 없다. 그래서 아빠가 오는 날에는 냉장고가 가득하고, 집이 깨끗하다. 그런데 아빠는 진수성찬이 있어도 맛있다는 말 한마디 안 한다. 전에 갔던 괜찮았던 식당에 데려가기도 했지만 맛있다고 하지 않으셨다. 아빠는 지금 하는 일 말고 미식

가를 했어야 할 것 같다.

엄마는 우리 집 모든 살림을 도맡아 하신다. 엄마는 평소에 하는 일을 잘 미루는 타입인데, 마음 먹고 시작하면 끝을 본다. 그리고 엄마는 무언가를 꾸미는 일을 잘한다. 음식도 접시에 예쁘게 담고, 내가 친구 생일선물을 포장할 때도 꾸미는 걸 잘 도와주신다. 그래서 그걸 받은 친구들이 포장이 예쁘다며 칭찬하기도 했다.

마지막으로 나. 나는 외동딸이다 보니 사랑도 독차지하고 옷이든 물건이든 다 새거였다. 양보할 필요도 없었기에, 학교에서 남들이 내 물건을 사용하는 것이 싫었다. 그리고 나는 초등학교 때부터 그림을 그리는 것을 좋아했는데, 이걸 진로로 삼아야겠다고는 생각하지 않았다. 그런데 중학교에 들어가서 내가 제일 관심 가는 것이 무엇일까 생각했더니, 미술 말고는 없었다. 순수미술은 좋아하지 않지만 캐릭터를 그리거나 디자인하는 것엔 관심이 갔고, 올해 여름방학부터 미술학원에 다니게 되었다. 아마 친구들이나 주변 사람들이 내 그림을 칭찬해 주었기에 더 관심을 두게 된 것 같다.

나는 앞에서 말했듯이 남이 내 물건을 사용하는 것이 싫고, 양보하는 것도 싫어한다. '외동이라서'라는 말은 핑계겠지만 어쨌든 난 그렇다. 또 집에서는 내가 하고 싶은 것은 거의 할

수 있었기 때문에 친구들과 조별 과제를 할 때도 내 주장이
세서 내 의견 위주로 과제를 했다. 또 나는 친구들 기분을 생
각하지도 않고 독설을 자주 한다. 이러면 안 된다고 생각하고
주의하려 하지만 정신차려 보면 이미 그 말을 뱉고 난 뒤다.
그런 내 행동에 비해서 나는 별것도 아닌 말에 상처를 잘 받
는다. 이런 내 성격 때문에 친구들과 싸울까 봐 걱정된다. 초
등학교 때도 친구들과 다툼이 있었고, 중학교 때도 예외는 아
니다. 무조건 내 잘못이라곤 생각하지 않지만 나의 그런 성격
도 다툼의 원인이 된다고 생각한다.

내 외모는 평범한 편이다. 처진 눈썹 때문에 나쁜 인상도 아
니고, 쌍꺼풀이 있어 눈이 큰 건 아니지만 눈이 작은 것도 아
니다. 코뼈가 코끝까지 없어서 콧대가 낮은 편이지만, 그렇다
고 얼굴에 거의 붙어 있는 수준도 아니다. 그냥 말 그대로 평
범한 외모다. 아빠의 외모와 엄마의 외모가 적절하게 섞인 것
같다.

난 사실 내 장점을 잘 모르겠다. 엄마는 내 성격이 모나지 않
은 것이 장점이라 했고, 초3 때부터 다닌 피아노학원 선생님
은 내가 친구들을 잘 도와주는 것이 장점이라 했는데, 나는
잘 모르겠다. 하지만 단점을 찾아보라고 하면 얘기할 수 있
다. 툭하면 화내는 이 다혈질 성격도 단점이고, 게으른 것도,

욕심 많은 것도, 독설하는 것까지 다 단점이다. 단점이 너무 많아서 장점을 못 찾는 걸지도 모른다.

내 인생…… 여기 써도 될지 모르겠지만…… 뭐랄까 호구인 생? 어릴 땐 성깔도 있었고 내 주장이 있었는데, 요즘 들어서는 남들에게 내 물건도 잘 빌려주고, 고장을 내거나 잃어버려도 괜찮다며 넘어간다. 또 부탁도 잘 거절 못 하고 들어준다. 친한 친구 몇몇이 나보고 호구냐며 뭘 그렇게 해달라는 대로 다 해주고, 빌려달라는 대로 다 빌려주고 있냐고 그랬다. 그래도 이런 행동 덕분에 안 친한 친구랑 얘기도 하며 조금 친해지기도 했고, 빌려간 애들이 돌려주며 고맙다고 할 때도 기분이 좋다. 하지만 잘못해도 내가 다 넘어가니까 무시하는 애들도 있었다. 일부러 쳐놓고 실수라며 넘어가기도 한다. 그래도 더 심하게는 안 하니까 그냥 참고 넘어간다. 뭐 그냥 난 소심한 것이다. 그래도 어릴 땐 이 정도로 소심하지는 않았다. 조금 소심하긴 했지만 옛날에는 당돌한 면도 있었다.

내가 초등학교 3학년 때 일이다. 그 나잇대 애들은 놀이터에서 처음 본 애들도 금방 친해져서 같이 놀곤 했다. 하루는 그런 애들과 같이 놀고 있었다. 근데 같은 아파트 1층에 사는 승호(가명) 엄마가 와서 나를 빼고 다른 애들만 불러서 자기 집에 가서 승호랑 놀지 않겠냐며 구슬렀다. 승호는 대여섯 살쯤 되는 어린아이였는데, 항상 자기 하고 싶은 대로 하고 안 되면 울어서, 어린 나에게는 피곤하고 짜증나는 애였다. 승호 엄마도 날 볼 때 째려보듯 봐서 평소 마음에 들지 않았다. 어쨌든 그 말을 듣고 아이들이 나한테 와서 "아줌마가 승호랑 놀라고 그러는데 어떻게 할까?"라고 물었고, 나는 "승호 집엔 다음에 가고 원래 나랑 놀고 있었으니까 나랑 더 놀자!"라고 구슬리며 같이 놀았다. 그렇게 놀다가 얼마 지나지 않아 아이들이 다들 가야겠다며 가버렸다. 나는 한꺼번에 그렇게 다 가니까 자기 집에 갔다고 생각 못 하고, 승호 집으로 갔다고 생각했다. 애들이 가고, 조금 뒤에 나보다 위층에 사는 한 살 차의 남동생이 와서 왜 혼자 놀이터에 있냐고 그러기에 "승호 엄마가 애들을 강력히 데려가셨어."라고 대답했다. 애들이 안 가겠다고 했는데도 데려갔다고 생각했기 때문에 난 끈질긴 것 같다고 생각해 '강력히'라는 말을 썼다. 근데 그 말을 하고 난 뒤부터 아줌마가 자꾸 날 쳐다봤다. 부담스러워서 놀이터 의자에 앉았는데 그때서야 아줌마가 다가와서 말했다.

"애, 너 웃긴다? 내가 언제 걔네를 강력히 데려갔어? 걔네가 안 간다고 해서 더 안 물어봤잖아!"라고 하자 어린 나는 당황했다.

"네? 저는 애들이 간다고 해서 이모가 데려가신 줄 알았어요."

라고 하자, 아줌마는 "내가 데려간 거 아니야. 지네들이 지 집 간 거지! 나 참 어이가 없어서. 앞으로 나보고 이모라고 부르지 마. 난 네 이모 되기 싫으니까! 그리고 앞으로 네 입에 우리 승호 이름도 담지 마!"라고 화낸 뒤에 집으로 돌아갔다.

그때 당시 나는 내가 그렇게 잘못했다고 생각 못 했는데, 아줌마가 그렇게 화내길래 내가 엄청 잘못한 줄 알고 엄마한테도 말 안 했다. 그 뒤로 확 소심해졌다. 생각해 보면 어이없다. 아줌마라 하면 기분 나쁠까 봐 이모라 했던 거고, 내가 좋아서 승호 이름 부르면서 그렇게 논 줄 아는지⋯⋯. 내가 아줌마를 이모라 한다고 어떻게 생판 남인데 아줌마가 내 이모가 될 수 있단 말인가. 그 뒤로 아줌마를 피해 다녔는데 어느 순간부터 안 보여서 이사 간 줄 알았다. 근데 중3이 된 후 그 아줌마를 다시 보았다. 아마 난 평생 그 아줌마를 잊지 못할 것이다. 죽을 때까지 그 아줌마 싫어할 것 같다. 내가 한 뒤끝 하거든. 혹시 아줌마가 이 글을 보게 된다면 반성 좀 하면 좋겠다. 어린 시절 나에게 아줌마의 그 생각 없는 발언이 나를 어떻게 만들었는지.

뭐 그 상황이 지나며 중학교에 들어갔다. 근데 중학교에는 나보다 훨씬 직설적인 애들이 많았다. 나쁜 애들은 아니었는데 너무 솔직해서 애들이 상처받기 딱 좋았다. 그래서 날 디스해도 그냥 넘어갔다. 그렇게 또 참고 살다가 난 호구가 된 것이다. 이렇게 소심한 내가 싫어서 고치려고 충동적이긴 해도 대담한 행동도 하고, 다혈질을 고치기 위해서 화도 참고 지내니 친구들이 옛날에 비해 화도 잘 안 내고 착해진 것 같다고 했다. 그래도 아직 내가 싫어하는 애들이나 너무 친한 애들은 좀 막 다룬다. 또 욕심 많던 내가 남들에게 내 물건을 나눠주고, 지기 싫어했지만 때론 친구들한테 져주기도 했다. 그리고 아직 확실히 정한 것은 아니지만 내 관심사인 미술을 배우기 위해 학원을 다니며 노력 중이다. 내 스스로도 날 변화시키고 있다. 아직 게으른 건 잘 고쳐지진 않지만 노력 중이다.

나는 이기적이기도 했고, 또 그러면서도 소심하기도 했고, 호구 같기도 했다. 아마 커서도 이 점은 크게 안 바뀔 것 같다. 그래도 소심해도 내 주장도 말하고, 호구 같아도 욕심도 내며 살 것이라 생각한다. 내가 커서 크게 잘 될지는 모르겠지만 잘 지낼 것이라 생각한다. 또 하나 바라는 것이 있다면 지금 내 곁에 있는 친구들이 날 떠나지 않고 계속 남아 있는 것이다.

아쉬움은 남지만 후회는 없도록 (김○○)

나는 초등학교 6학년 때 부산으로 전학 왔다. 부모님은 두 분 다 일하러 나가셔서 학교 마치면 맨날 형이랑 여동생과 집에서만 놀았다. 장난감 로봇 가지고 놀기도 하고 종이접기하면서 놀기도 하고 베개싸움도 했다. 가끔씩 싸우기도 했다. 형이 시킨 심부름하기 싫어서 형하고 싸우고, 동생이 내 심부름 안 한다고 동생과 싸웠다.

나는 소심했다. 선생님이나 부모님께 내가 원하는 것을 제대로 말한 적이 없다. 너무 소심해서 초등학교 때는 선생님이 발표 시키면 울었다. 하지만 전학 올 때는 큰 용기를 내었다. 두려움을 무릅쓰고 부모님께 전학 안 가고 싶다고 말하였지만 내 말은 간단히 무시당했다. 그 뒤로 부모님께 내가 진짜로 원하는 것이나 나의 진짜 계획을 말한 적이 없다.

나는 친구들과 헤어지는 게 싫거나 낯선 곳이 두려워서 전학 가기 싫었던 것은 아니다. 원래 살던 곳은 약간 시골이었는데 친구들이랑 "우리는 어른이 되어도 고향을 버리는 사람이 되지 말자." 이런 이야기를 하며 약속을 했었다. 전학을 가면 그 약속을 어기는 배신자가 되는 것 같은 기분이 들어서 싫었던 것이다.

그 친구들은 지금까지 한 번도 못 만났다. 아마 만난다면 나는 약속을 어긴 배신자가 된 기분을 다시 한번 느껴야 할 것이다. 그렇다고 초등학교 6학년 때 갑자기 전학 온 내가 새 초등학교 친구들과 1년 만에 친해질 수가 없었다. 몇 명하고는 친하게 지냈지만 졸업하고 모두 끝났다. 지금은 초등학교 때 친구는 아무도 없다.

중학교 첫 시험은 어쩌다 보니 반에서 2등을 했다. 우리 반에는 집도 잘살고 공부 잘하고 학원도 같이 다니고 엄마들끼리도 잘 아는 그런 아이들의 무리가 있었는데, 갑자기 내가 2등을 하니까 "야, 쟤 누군데?" 이러면서 다들 나한테 관심을 보였다. 우리 엄마는 일하느라 바쁘고 내가 학원을 다니는 것도 아니어서 아무도 나를 몰랐다.

사실 나는 밤새서 죽어라 공부하는 스타일은 아니었다. 그냥 아무 생각 없이 공부 잘 되면 많이 하고 안 되면 놀기도 하는데, 특히 잠자는 것을 좋아한다. 시험 기간에는 밤에 엄마가 공부하라고 책상에 붙여서 감시하기도 하는데, 내가 막 졸려서 꾸벅꾸벅 조니까 잠 깨고 오라고 집 밖으로 쫓아낸 적도 있다.

첫 시험 이후로는 성적이 반에서 5~6등 정도로 계속 유지되었다. 엄마는 그게 마음에 안 들었는지 "왜 성적이 이것밖에 안 나와? 더 올려야지! 열심히 해서 누구보다는 잘해야겠다, 이런 생각도 안 들어?" 이러면서 혼을 냈다. 나는 성적이 잘 나오면 기분이 좋았지만, 성적 올리기에는 큰 관심이 없어서 왜 혼나는지 이해를 잘 못했다.

나중에 안 일인데, 다른 아이들은 모두 학원 다니면서 숙제로 내준 수학 문제도 풀고, 매일 영어 단어도 몇십 개씩 정해놓고 외우고 했던 것이었다. 내가 만약 수학 문제도 억지로 매일 풀고, 영어 단어도 매일 억지로 몇 개씩 외웠으면 성적이 훨씬 더 잘 나왔을 것이다. 나는 솔직히 영어 단어를 매일 그렇게 외워야 되는 건지도 몰랐다.

대신 나는 책을 많이 읽었다. 도서관에 있는 책을 모두 읽고 졸업하겠다는 생각을 한 적도 있었다. 그리고 이름을 어디서 들어봤다 싶은 유명한 책만 골라서 빌렸다가 어려워서 못 읽고 반납한 적도 많다. 매일 방과후에 도서관에서 책 읽고, 책 빌리고 하였다. 어차피 학원을 안 다니니까 시간은 남아돌았다. 한 200권은 읽었을 것이다.

나는 점심시간에 남학생들이 운동장에서 축구를 할 때도 교실에 앉아서 책을 읽는 것이 더 재미있었다. 어느 날 교생이 왔는데, 교생 선생님이 점심시간에 교실에 놀러 왔다가 남학생이 앉아서 책을 읽고 있으니까 신기하고 기특했는지, "이야, ○○이는 점심시간에도 열심히 책을 읽고 있네." 해서 기분이 좋았다.

내 인생에 가장 큰 영향을 준 건 아마 그 책들일 것이다. 특히 위인전은 정말 큰 영향을 준 것 같다. 위인전을 읽으면 항상 어려운 환경에 놓인 주인공이 나온다. 그리고 강한 의지로 자기의 목표를 이룬다. 그들은 아무리 어려운 상황에서도 포기하지 않는다. 위기를 기회로 바꾸기도 한다. 너무 멋있었고, 나도 모르게 그런 위인들처럼 살고 싶어졌다.

책을 읽다 보니 어려운 말이나 한자 같은 것을 많이 알게 되었다. 그래서 TV에서 퀴즈 프로를 보면 문제를 잘 맞추기도 하고 특히 학교 한문 시험 문제는 1학년 때부터 하나도 안 틀리고 다 맞았다. 근데 3학년 때 어떤 한문 시간에 선생님이 무슨 글자의 부수를 물어봤는데 모르겠다고 하니까 팔을 때리면서 "애 봐, 이제 공부 안 하네." 이러셨다. 그때는 너무 억울했다.

억울한 일은 또 있다. 음악 시간에 음악 선생님이 외국 팝송을 들려주셨는데, ABBA라는 그룹의 노래였다. 노래가 맘에 들어서 영어 책에 ABBA라고 크게 써놨다. 영어 시간에 영어 선생님이 그걸 보더니 책에 낙서했다고 내 귀 옆에 있는 살을 꼬집었다. 기가 막혔다. 집에 와서 ABBA의 노래를 더 찾아서 들었는데 노래가 참 좋았다.

나의 첫 번째 특성으로는 어떤 징크스가 있다는 것이다. 내가 뭔가 진짜 원하는 것이 있을 때 그것을 말해버리면 절대 이루어지지 않는다. 내 느낌으로는 분명히 잘 될 것 같은 생각이 들 때가 있다. 그럴 때 누가 "잘 돼가?" 하고 물으면 절대로 "잘 될 거야." 이렇게 말해선 안 된다. 그렇게 말하면 결국 실패하기 때문이다.

나는 이런 일을 엄청나게 많이 겪었다. 그래서 잘 될 것이 분명한 일이고, 진짜로 잘 되었으면 좋겠다고 생각하는 일이 진행 중일 때는 누가 물어도 "잘 안 돼가." "아직 잘 모르겠어." 이렇게 부정적으로 대답한다. 내가 부정적으로 생각하지는 않는다. 속으로는 잘 되고 있다고 생각하면서도 말로는 절대 잘 될 거라고 말하지 않는 것이다.

나의 두 번째 특성으로는 약간 거지 근성이 있다는 것이다. 남한테 빌붙는 일을 하는 것은 아닌데, 남의 호의를 별로 거절하지 않는다. "고맙지만 사양할게." 이런 말을 잘 안 한다는 뜻이다. 남이 뭘 해준다고 하면 덥썩 받는다. 이 일은 어떤 계기가 있는데, 어릴 때 명절에 손님들이 용돈을 주면 "와, 고맙습니다." 하면서 순수한 아이의 마음으로 덥썩 받았다. 그런데 갑자기 아빠가 나를 밖으로 불러내서 혼을 냈다.

"야, 어른이 용돈을 주시면, '괜찮아요' 하고 두 번쯤 사양하고, 그래도 주시겠다고 하면 그때 '고맙습니다' 하고 받는 거야. 자, 연습해 봐."

나는 잘 이해가 안 되었지만 그 뒤로는 누가 뭘 준다고 하면 속으로는 너무너무 받고 싶지만 꾹 참고 "괜찮아요." 이렇게 말하게 되었다.

초등학교 3학년 때 학교 마치고 혼자 남아 담임 선생님 일을 도와드리고 집에 가는데, 담임 선생님이 불렀다.

"야, 이 빵 맛있는데 가져가서 먹을래?"

나는 그동안 연습한 대로 "괜찮아요, 선생님." 이렇게 말했다. 물론 속으로는 너무 먹고 싶었고, 나는 일을 도왔으니 먹을 자격이 있다고 생각했다.

그런데 선생님은 "그래?" 하시더니 빵을 도로 집어 넣으셨다. 나는 당황했지만 더 달라고 말은 못 하고 그냥 우울하게 집으로 돌아왔다. 아빠의 가르침은 틀렸다. 나는 그 뒤로 결심했다. 어차피 아빠도 안 보고 있는데, 남이 준다는 것은 사양하지 않고 첫 번에 받기로 했다. 그리고 내가 진짜로 안 받고 싶을 때만 "괜찮아요."라고 사양하기로 했다.

나의 세 번째 특성이자 내가 잘 못하는 것은 거절하는 것이다. 미술 시간에 뭔가 멋진 작품을 만들어서 뿌듯한 적이 있었다. 미술 선생님도 칭찬해 주면서 "이렇게 고치면 더 좋을 거야." 하고 아이디어도 말해주셨다. 집에 가서 자랑하려고 교실 책상 위에 올려뒀는데, 국어 선생님이 들어오시더니 "와, 이거 정말 잘 만들었네. 나 주면 안 돼?" 이러시는 거다. 나는 깜짝 놀랐다. 칭찬 받아 기분은 좋았지만 주기 싫었다. 아니, 주더라도 집에 가서 엄마한테 자랑 한 번만 하고 주고 싶었다. 그런데 선생님한테 "안 돼요."라고 말하면 선생님이 실망하고 나를 싫어하게 될까 봐 거절을 못 했다. 어색하게 웃으면서 "네, 가지세요." 했다. 선생님은 기분 좋아하며 가져갔지만 나는 씁쓸했다.

너무 아까웠고 거절 못 하는 내 성격을 원망했다. 그리고 '중학생 애가 만든 걸 달라고 하는 게 부끄럽지도 않나.' 하면서 선생님을 원망했다. 솔직히 중학생이 만들어봤자 얼마나 잘 만들었겠는가. 가게에서 파는 거에 비하면 형편없을 텐데. 그 선생님이 순간적으로 마음에 들어서 가져갔지만 결국 며칠 지나서 먼지 덮어쓰고 버려질 거라는 생각에 더 우울했다.

그 뒤로는 《화내지 않고 웃으면서 거절하는 대화의 기술》이런 책도 찾아서 읽었다. 그래도 여전히 거절을 잘 못한다. 아마 위인전에 나온 위인들이 막 거절을 잘하는 모습을 보였으면 나도 거절을 잘하는 사람이 되었을지도 모른다. 하지만 위인들은 거절하지 않고 닥치는 대로 받아들이고 그 모든 것을 극복하였다.

나는 커서 위인이 될 생각이었다. 그렇지만 구체적인 계획은 아무것도 없다. 솔직히 '과학고'라는 말도 3학년 때 처음 들어 보았다. 친한 친구가 1학기 때 과학고 간다면서 과학 문제집을 막 풀고 있길래 그때 처음 들었고, 특목고라는 게 있다는 것도 3학년 되어서야 알았다. 우리 부모님은 공부하라고 하면서 그런 쪽에는 정보가 없었던 것이다.

나도 가끔은 특목고라는 목표를 정해놓고 공부했으면 성적이 더 올랐을까, 생각해 본다. 근데 딱히 내가 그랬을 것 같지는 않다. 수학을 제일 못했는데, 수학만이라도 학원을 다녀서 보충해야겠다는 생각도 못 했으니까. 그냥 되는 대로 살았던 것 같다. 운 좋게 머리가 좋게 타고 나서 성적이 조금 잘 나왔을 뿐, 위인들처럼 주어진 환경을 극복하며 산 것도 아니다.

나도 얼마 있으면 고등학교에 올라가야 하고 대학도 정해야 하고 언젠가는 직업을 정해야 한다. 아직은 잘 모르겠다. 그냥 다 막연하다. 그래도 잘 될 거라는 희망은 있다. 막 꿈에 부풀어 사는 것도 좋지만 살다 보면 어떤 운명이라는 것이 나를, 내가 있어야 할 곳으로 이끌어줄 것이라고 생각한다. 우선은 고등학교나 좋은 곳에 걸렸으면 좋겠다.

언젠가 친구 생일이라고 같은 반 아이들이랑 친구 집에 놀러 간 적이 있었다. 친구 엄마가 맛있는 음식을 잔뜩 차려 줘서 맛있게 먹었고, 부럽기도 했다. 또 어떤 친구 집에 놀러 갔을 때는 파출부 아줌마가 있어서 놀랐다. 또 어떤 친구 집에 놀러 갔을 때는 집에서 피자빵을 구워 먹어서 놀랐다. 우리 집은 가난해서 생일잔치도 못 하고 피자도 못 시켜 먹기 때문이다. 파출부 아줌마는커녕 우리 엄마가 파출부라도 해서 돈을 벌어야 할 지경이었다.

한번은 찬장에 있는 3000원을 꺼내 장난감 자동차를 샀는데, 밤에 엄마가 엄청 안타까운 얼굴로 "혹시 여기 있던 돈 못 봤나?" 해서 "모르겠는데?" 하고 잡아뗐지만 진짜 미안했다. 엄마가 쓰려고 챙겨둔 돈인 줄 미리 알았으면 꺼내 쓰지 않았을 텐데. 학교에 뭐 돈 낼 거 있으면 엄마가 앞집 슈퍼에서 "만 원만 빌려주세요." 하면서 돈 빌려서 나한테 주는 걸 알고 있었기 때문이다.

그런 환경에서도 부모님이 공부하라고 혼내준 건 고맙다. 그리고 공부를 하라고 했지 어떤 고등학교로, 어떤 진로로 가라고 강요하지 않아주신 건 더 고맙다. 나를 믿어서라기보다는 부모님들도 잘 몰라서 그랬겠지만 어쨌든 다행이다. 나는 약간 기분파에 결정 장애가 있어서 어떤 길을 강요당했으면 어떻게든 따랐겠지만 신나게 열심히 최선을 다하지는 못했을 것이다.

나는 아마 위인은 되지 못할 것이다. 그러나 위인처럼 살려고 노력한다면 마지막에 어떤 결과가 있든 그 노력하고 살아온 과정만은 보람 있게 느껴질 것이다. 미래의 나는 안정적이고 돈 많이 버는 직장을 다니고 있으면 더 좋겠다. 그러면서도 용기, 사랑, 의지, 노력, 극복, 의리…… 이런 말들과 늘 함께 하고 있을 것이다.

내용 생성 완료

학생들이 과제를 해 오는 동안 교과서에서는 다른 단원을 배우고 있을 것이다. 계획대로라면 30일이 지나면 자서전 내용 생성이 완료되어야 한다. 하지만 학생들이 그대로 움직이지 않을 수 있다. 과제를 안 해 왔다고 감점하고 그치기보다 시간을 더 줘서라도 공책에 답 쓰기 과제를 끝까지 해 오도록 기회를 주는 것이 좋다. 내용 생성을 바탕으로 내용 선정, 내용 조직, 쓰기까지 진행하려면 학생들의 내용 생성이 최대한 많이 되어 있어야 하기 때문이다.

만약 학생들 전원이 과제를 해 왔다면 내용 선정 단계로 넘어가도 되고, 그렇지 않다면 개인적으로 독려하는 동안 나머지 교과서 진도를 더 나가도록 한다. 내용 조직, 초고 쓰기, 고쳐쓰기까지 할 시간이 필요하므로 학기 말 성적을 산출하기 한 달 전까지는 시간을 더 준다. 전교생 모두는 아니라도 대다수 학생이 공책에 답을 다 썼다면 국어 시간에 자서전을 쓰기 위한 준비는 끝난 셈이다.

자아 성찰

내용 생성이 끝나면 개요를 짠다. 자서전의 개요는 인간상을 중심으로 단락을 구분하고 시간의 흐름을 따라 배열한다. 가장 먼저, 생성된 내용을 통해 자신의 인간상을 탐구하는 시간을 준다. 활용할 수 있는 방안은 여러 가지지만, 우선 '조하리의 창'을 이용해서 마음의 구조를 알게 한다.

조하리의 창 구조	
개방 영역 나도 알고 남도 아는 나의 모습	**장님 영역** 나는 모르는데 남들은 다 아는 나의 모습
숨긴 영역 나는 알지만 남들은 모르는 나의 모습	**미지의 영역** 나도 모르고 남도 모르는 나의 모습

개방 영역 - 이름, 나이, 성별, 형제 유무, 동물 기르기, 간단한 취향 등. 개방 영역에 대한 칭찬이 많으면 아부가 된다. 개방 영역을 비판하면 아프고 사이가 나빠진다.

장님 영역 - 남의 눈에 비친 내 모습, 나에 대한 비밀스러운 평판들, 무의식적 행위 등. 장님 영역을 알려주면 좋아하는 사람들이 많다. 자신을 알게 되는 기쁨, 상대에 대한 존경, 호감.

숨긴 영역 - 진정한 욕망, 남에 대한 호감도, 간절한 바람 등. 이것 때문에 오해가 발생한다. 숨긴 영역을 건드리면 짜증이 난다.

미지의 영역 - 트라우마나 콤플렉스 등. 이게 많으면 인간관계가 고립되며, 심할 경우 치료가 필요하다.

사람들은 원래 모두 다르고, 자신의 특성 그 자체로 존중받아야 한다. 그렇기 때문에 나만이 알고 있는 나의 자서전을 쓰고, 나 또한 남의 자서전을 읽는 것이 서로의 이해에 도움이 되며, 그것으로 위로를 받고, 많은 이의 자서전을 통해 인류 전체 또는 인간 존재에 대한 통찰에 이를 수 있음을 알려준다.

조용한 명상 음악을 틀고 10분 정도 명상을 하면서 자신의 삶을 되돌아본다. '나와 남이 아는 나', '나만이 아는 나', '내가 몰랐던 나'를 중심으로 '나는 어떤 사람인가'를 떠올리기 위해 명상한다.

명상이 끝나면 친구들과의 대화를 통해 자신의 인간상을 3가지 정도로 묘사한다. 묘사는 길고 자세할수록 좋으며, 그것이 어떤 특성인지 분명해야 한다.

내용 조직

앞서 공책에 붙여서 대답을 적었던 질문들은 생각의 자유로운 흐름에 따라 만들어졌기 때문에 재구조화해야 한다. 시기별로 자신과 타인, 외면의 사건과 내면의 심정 등에 따라 문제의 번호들을 분류하면 다음 표와 같다. 이 표를 학생들에게 제공한다.

분류		문제 번호
배경		1, 56, 58, 60, 22
어린 시절 (초3까지)	나	2, 3, 5, 4
		6, 11, 71, 72, 31, 32, 33
		13, 14, 15, 8, 18, 21, (47, 17), 19, 20, 26, 27, 28, 29, 30, 36, 37, 38, 39, 40, 41, 52, 53, 54
		69, 70, 73, 64
	남	22, 23, 24, 25, 43
		45, 46, 48, 49, 50, 51, 57, 59, 61, 62, 63, 68, 67
		(65, 66)–있는 사람만
학창 시절 (중2까지)		학38, 학35
		학20, 학16, 학21, 학22, 학23, 학24, 학25, 학26, 학28, 학29

	학34, 학2, 학3, 학4, 학5, 학18, 학19, 학17
	학7, 학8, 학9, 학10, 학27
	학5, 학11, 학12
	학13, 학14, 학15, 학30, 학31, 학32, 학33, 학37, 학39, 학40, 학41
	학36
지금 현재	현3, 현13, 현6
	현5, 현9, 현16, 현2, 현11, 현12, 현10
	현8, 현15
	현14, 현4, 현7
	현29
미래	미1
	미2
	미3
	미4
	미5

앞서 자아 성찰을 통해 발견한 자신의 인간상을 아래 학습지에 정리하고, 답이 적힌 공책을 뒤져 보며 그 인간상과 관련된 답이 적혀 있는 질문의 번호를 찾는다. 그 번호를 아래 학습지에 적는다.

인간상 1

→ 이와 관련되는 경험이나 계기가 된 일, 이러한 인간상 1의 모습을 보여주는 사건 등의 번호를 공책에서 찾아서 여기에 쓴다.

번호:

인간상 2

→ 이와 관련되는 경험이나 계기가 된 일, 이러한 인간상 2의
모습을 보여주는 사건 등의 번호를 공책에서 찾아서 여기
에 쓴다.

번호:

인간상 3

→ 이와 관련되는 경험이나 계기가 된 일, 이러한 인간상 3의
모습을 보여주는 사건 등의 번호를 공책에서 찾아서 여기
에 쓴다.

번호:

　학습지에 옮겨 적은 번호는 위의 표에서 삭제한다. 자신의 인간
상을 표현하는 질문이 번호가 다르므로 여기서부터 학생들의 학
습지 결과물이 달라진다. 표에서 삭제한 번호는 학습지의 '인간상
1~3'에 적혀 있을 것이다. 표와 학습지의 번호를 한데 모으면 개요
가 완성된다. 최종적으로 다음과 같은 표를 빈 양식으로 학생들에
게 주고 질문 번호로 된 개요를 만들도록 한다.

대분류	소분류	질문 번호
배경		
어린 시절 (초3까지)	나	
	남	
학창 시절 (중2까지)		
지금 현재		
주제 배열	인간상 1	
	인간상 2	
	인간상 3	
미래		

초고 쓰기 준비

초고를 쓰기 전에 자서전 쓰기와 관련된 글을 읽는다. 글쓰기의 막막함과 글쓰기의 보람을 느낄 수 있는 읽기 자료를 인터넷 게시판, 신문 기사에서 발췌하여 편집한 글이다.

글을 읽으면서 핵심 내용을 다음과 같이 정리한다.

① 쓰는 것은 왜 어려운가?
② 자서전을 쓰는 이유
③ 자서전을 쓰면 좋은 점

1. 쓰는 것은 원래 어렵다

연구원 졸업 작품으로 자서전을 집필해 볼 요량인 나는 내 인생을 어떻게 써야 할까를 두고 사실 고민이 많다. 나름 질곡의 삶을 헤쳐왔다고 생각되기도 하고, 무엇보다도 유년과 다른 환경으로 인한 심적 고통이 오랫동안 지속되어서 그 전후 사정을 이야기로 털어놓자면 옛날 어른들의 푸념 어린 말씀마따나 아마도 책 3권은 너끈히 쓰고도 남을 것이지만, 그래도 그렇지 책이란 것이 어디 그리 만만하기야 하겠는가.

자칫 넋두리나 실어놓은 일기장 같은 꼴이 되지나 않을까 왜 아니 염려가 되겠는가 말이다.

게다가 영웅적인 자랑스러운 전기도 아니고, 흔해 빠지고 식상한 주제 나부랭이를 가지고 글솜씨도 어쭙잖은 내가 당치도 않게 책을 쓴다니 얼마나 우스운 일이겠나. 그러나 나는 또 내가 하면 모두 할 수 있다는 본보기가 되고, 그 참에 나도 사람다운 인간으로 탈바꿈해 보자 하는 속셈이고 보면 이래저래 누이 좋고 매부 좋은 일이 아니겠나. 그러니까 쓰기만 하고 좀 잘 다듬어질 수 있어서 책으로까지 발간이 되면야 뭐가 문제겠는가. 그래서 겁 없이 한번 첨벙 뛰어들어 보려고 하는 것이니, 스스로도 과연 귀추가 주목된다고 아니할 수 없겠다.

나는 나의 글쓰기 능력 또한 믿지 못하였다. 처음부터 분에 넘치도록 사기를 진작시키시면서 오매불망하는 애정으로 응원을 아끼지 않으신 초아선생님이 계시고, 가끔씩은 사부님께서도 그 부족함을 뒤로하고 괜찮은 부분 한 가지에 긍정적인 면의 멘트를 주시기도 하셨지만, 나는 기실 아무것에도 의지하지 못하고 내 글에 대해 두렵고 의심스럽기 짝이 없었다. 나는 나의 변화를 감지하지 못했고 또 원래의 외고집인 면이 강해 둔하기까지 하며 아직도 그 부족함이야말로 다 할 수 없다. 그러나 그렇더라도 나는 과정만큼은 제대로 마치고 싶었는데, 책을 내야 졸업이라니 아니 할 수 없는 노릇이 아니겠나. 처음의 어설픔과 무턱대고 덤비게 된 연유를 뒤로하고 어쨌거나 글쓰기에 몰입해 볼 작정을 하고 나서도 자서전을 쓰는 것이 '변화 경영'과는 동떨어진, 고작 내 이야기밖에는 할 것이 없는 사람으로 비춰지는 듯해서 창피하기도 했었다.

만약에 내가 내 인생의 이야기에 대하여 한 권의 책으로 엮어낼 수만 있다면 그것 자체가 큰 소득이다. 출판 등과는 상관없이 정말 나 한 사람 개인에게만이라도 너무 괜찮은 일임이 틀림없다. 내 지난날들의 적나라한 회고를 통한 통찰과 반성·정리가 될 것이며, 내 삶 자체의 폭과 그 테두리가 좀 더 넓게 확장되고 더 아름답게 나아져 갈 것이라는 것을 확신한다. 나는 내 삶이, 내 인생이 좀 더 온전한 생명력을 발휘하여 기운차기를 바란다. 그리하여 후련히 살다 홀연히 사라질 수 있도록.

좋다. 해보는 거다. 책을 쓰는 것이 막연한 짓거리가 아닌, 내 삶과 직결되는 고속도로같이 뻥 뚫린 길을 찾는 것이라는 소름끼치는 깨달음이 등골을 오싹하게 만든다.

가는 거다. 내 인생의 길을 찾아 쭉 내달려 보는 것이다. 거듭 나기를 목이 터져라 외치면서, 손가락이 부르터라 죽도록 줄기차게 쓰면서, 제대로 살아볼 수 있게 나 스스로에게 절실하게 매달려 끝장을 보겠다고 쳐들어가면서, 그리고 신 앞에 무릎 꿇고 간절히 기도하는 심정으로.

- 《내 인생의 자서전 쓰는 법》도서 리뷰에서

(http://www.bhgoo.com/2011/110276)

2. 그래도 쓰면 좋다

"이 부분에서는 단독자로서의 여자의 모습을 좀 더 강조했으면 해요."

"제1장은 (A4) 7~8매보다 좀더 짧아도 될 것 같은데요."

지난달 21일. 북적거리는 서울 홍대거리 한켠 모임 공간에 6명의 여성이 열띤 토론을 벌이고 있었다. 이들은 '글쓰기를 통한 삶의 혁명'(이하 글통삶)이라는 제목의 강연을 듣고 있는 수강생들. 여섯 여성 중 한 명은 한명석(53) 씨다. 13년 동안 운영하던 보습학원을 그만두고 쉰 살 넘어 《늦지 않았다》라는 책을 펴낸 한씨가 이들의 첫 책 쓰기를 돕고 있다. 이미 1년 넘게 한씨의 수업을 듣고 있는 수강생들은 '여자, 마흔'을 주제로 함께 책을 써 올해 말 출간하려 한다. 주부·프로그래머·회사원 등 수강생들의 직업은 다양하다. 지난 몇 달 동안 토론을 하며 책의 내용을 채워나간 이들은 이날 모임에서는 이번 달 출판사에 제안하려는 예비 원고 작성과 목차 확정을 위한 의견을 주고받았다.

많은 이들은 한 분야의 전문가가 아닌 이상 책을 쓴다는 것 자체가 쉽지 않다고 생각한다. 그러나 그런 막연함과 막막함을 무릅쓰고 책 쓰기에 도전하는 이들도 늘어나고 있다. 홀로 글쓰기 과정을 거쳐 책을 내는 경우도 있지만, 최근에는 이 수업처럼 책 쓰기의 '방법론'을 설명해 주는 강연을 찾아 나서는 경우도 늘어나고 있다. 이들 수업에서는 글쓰기를 어떻게 할 것인지, 어떤 글을 쓸 것인지, 출간은 어떻게 준비하는지 등을 배운다. 지난 3월까지 출판사를 다니면서 책과 비교적 가깝게 생활했다는 김난희(39) 씨도 '글통삶' 강의를 들으며 책 쓰기의 막막함을 걷어내고 있다. 그는 "그동안 쉬운 글쓰기만 했는데, 강의에서 사람들을 만나 서로의 글에 호응하고 격려하다 보니 글쓰기에 점점 욕심이 생기고 있다"고 말했다.

가장 널리 알려진 책 쓰기 강좌로는 구본형 변화경영연구소의 연구원 과정이 있다. 1년 단위로 연구원을 선발해 무료로 운영하는 이 프로그램은 한 해 동안 책 50권을 읽어 서평을 쓰고, 칼럼 50개를 쓰면서 '어떤 책을 쓸지' 고민한다. 7년 동안 운영하면서 수십 명의 다양한 저자를 배출하기도 했다.

영화배우 출신으로 다양한 책을 낸 명로진(45) 씨가 운영하는 '심산스쿨'의 '인디라이터' 반도 첫 책을 준비하는 이들이 많이 찾는 강의다. 명씨는 "평균 20~30대 전문직 종사자가 대부분이지만 대학교수, 목사, 고3 학생 등 다양한 이들이 모인다"며 "내 경험이면 책을 낼 수 있지 않을까 생각하는 '스페셜리스트+제너럴리스트'가 대부분"이라고 말했다.

평범한 직장을 버리면서까지 첫 책 쓰기에 뛰어드는 이들은 과연 무엇을 꿈꾸는 것일까. 강의에서 만난 이들은 모두 유명한 작가가 되기보다는, 책을 통해 지친 자신의 삶을 바꾸고 싶어 했다. 글통삶 강의실에서 만난 정경화(43) 씨는 얼마 전까지만 해도 약국을 운영하던 약사였다. "인생 2막을 생각하면서, 지금을 집중적 휴식기로 정했어요. 약국을 접고 다른 약국에 3일만 일하는 파트타이머로 직장을 옮겨서 인문학 강연을 들었어요. 지금은 아예 일을 쉬고 있죠. 어떤 내용을 쓸지는 모르지만, 읽고 생각하는 과정을 거치면서 내 생애 첫 책이 새로운 꿈을 향한 도약이 되지 않을까 생각하고 있어요." 방송국 안에서 카페를 운영했던 김재용(53) 씨는 건강이 나빠져 일을 접으면서 어린 시절 작가의 꿈을 다시 꺼내든 경우다. "그동안 일에 치여서 못 했던 것에 도전을 하니 삶이 풍요로워지더라고요. 돈 많이 벌고 쓸 때와는 전혀 다른 풍요로움이 있습니다."

이들은 책 쓰는 과정을 통해서 자신의 삶을 돌아보기도 한다. 대학을 졸업한 뒤 유명 다국적 제약회사에서 안정된 생활을 해온 유재경(39) 씨도 지난해 14년 동안 다니던 회사를 그만두고 책 쓰기를 하고 있다. "직장 생활 10년이 넘어가면서 실력 말고 다른 노력이 필요하더라고요. 아이 둘을 키우면서 육아도 버거워지고요. 재충전이 절실해져서 회사를 그만두고 저 스스로에게 1년 동안의 '안식년'을 선물했죠." 현재 구본형 변화경영연구소의 프로그램에 참여하고 있는 그는 '인정받고 싶은 자의 휴식'이라는 주제로 책을 쓰려 한다. 이 주제는 그가 직장 생활을 하면서 끊임없이 고민했던 문제이기도 하다. "저 스스로가 성공 지향적이고 출세 지향적이던 사람이었더라고요. 그런 사람들은 휴식을 잘 모르죠. 쉴 때도 뭔가 잘하려는 강박을 갖거든요. 그런 사람들이 어떻게 휴식을 해야 하는지를 써보려고요. 실은 저도 아직 그 방법은 잘 모르겠어요." 그는 본격적인 책 쓰기에 앞서 글쓰기 과정을 통해 불명확한 생각을 정리하고 있다.

익숙한 것을 놓아가면서까지 많은 이들이 책 쓰기에 몰입하는 것은, 글 쓰는 과정을 통해 스스로의 상처를 치유할 수 있기 때문이다. 한명석 씨는 "사고, 정리, 불만 등 모든 언어가 글이기 때문에 자기다운 삶, 독자적인 삶의 기점이 글쓰기가 될 수 있다"고 말했다. 문자의 힘도 영향을 미친다. 명로진 씨는 "책을 내고 싶어 하는 이들은 표현 방식이 모두 다르지만, 문자의 힘을 믿으며 인쇄가 된 자기의 글로 인생의 한 부분을 정리하고픈 사람들"이라고 말했다.

전문가가 아닌 일반인들이 첫 책을 내고자 하는 흐름은 앞으로도 더욱 거세질 게 분명하다. 종이책뿐만 아니라 다양한 매체가 등장하면서 첫 책 쓰기의 진입 장벽이 계속 낮아지고 있어서다. 구본형 변화경영연구소 소장인 구본형(56) 씨는 "앞으로는 개인이 중요 소셜 미디어 통로가 되면서, 지식의 생산자와 소비자가 거의 동일하게 되고 그 한계와 경계가 모호한 상황에서 완성도 가장 높고 어려운 자기 의사 표현의 결정체인 책을 향한 요구가 늘어날 것"이라고 말했다.

- 김성환 기자, 〈사표 집어던지고 책 쓰기 나선 까닭은?〉

(한겨레신문, 2011년 10월 6일자)

학생들이 자료를 읽고 알게 되는 사실은 다음과 같다. 글을 읽으며 아래 내용을 판서로 정리해 주어도 좋다.

① 자서전을 쓰는 것은 왜 어려운가?
- 내용: 흔한 이야기라서, 영웅이 아니라서, 식상해서
- 형식: 글솜씨가 없어서

② 자서전을 쓰는 이유
- 수행평가(연구원 졸업)
- 자기 성찰

③ 자서전을 쓰면 좋은 점
- 삶이 풍요로워짐
- 자신의 삶을 돌아봄
- 삶의 기점이 됨
- 스스로 상처를 치유함

학생들도 이와 비슷한 감정을 느낄 것이다. 학생들의 두려움과 불안을 인정해 주고, 동시에 기대감을 갖도록 교사가 격려해 준다.

초고 쓰기 진
-자서전의 문체 익히기

초고를 쓰기 전에 A4 15쪽 안팎의 좀 긴 자서전을 마지막으로 읽는다. 학생들이 쓰게 될 분량이다. 질문의 답을 성실하게 옮겨 적으면 A4 15쪽 내외가 되는데, 만약 다른 방식으로 초고를 쓰게 하면 분량이 달라질 것이다. 학생들에게 어느 정도 분량의 자서전을 쓰게 할지를 먼저 정하고, 학생들에게 읽힐 자서전의 분량도 그에 맞추어 조정하면 된다. 크게 나누면 10쪽 이상의 긴 글과 2쪽 내외의 짧은 글로 구분할 수 있다.

입맛에 딱 맞는 자서전은 존재하지 않으므로 긴 자서전을 읽고 교사가 적절히 발췌하고 편집하고 요약해서 읽기 자료로 가공해야 한다. 교과서에 실린 자서전의 좀 더 긴 판본을 주어도 되고, '헬렌 켈러 자서전' 같은 고전적인 자서전을 주어도 된다.

어려운 일은 위인들의 기존 자서전을 한두 쪽 내외로 요약하는 것이다. 교사에게 너무 고된 작업이다. 자서전보다는 위인들이 자신의 인생을 이야기하는 짧은 강연을 글로 풀어내는 것이 분량이나 내용 면에서 적당하다. 예를 들어, 스티브 잡스의 '스탠포드 대학 졸업 연설문'은 적절히 재구성하면 짧지만 훌륭한 자서전이 된다.

1955년 내가 태어나자마자 당시 대학원생이었던 나의 생물학적 어머니는 미혼모가 되었다. 어머니는 내가 태어나기 전 나를 다른 가정에 입양 보내기로 결심했는데, 나의 미래를 위해 양부모의 조건으로 반드시 대학을 졸업한 사람이어야 한다고 주장했다. 입양기관에서는 그녀의 의견을 받아들여 내가 태어나면 변호사 집안에 입양될 수 있도록 했다. 그러나 내가 태어나자 양부모가 될 사람들은 자신들은 아들이 아닌 딸을 원한다며 입양을 거부했다. 입양기관에서는 내가 태어난 날 한밤중에 입양 희망자 대기 리스트에 있던 부부에게 전화를 걸어서는 "우리의 기대와는 다르게 아들이 태어났습니다. 당신들은 아들이어도 괜찮습니까?"라고 물었다. 그들은 아들도 물론이라고 대답했고, 나는 그들에게 입양되었다. 현재 나의 부모님이시다.

나의 친어머니는 나중에서야 나의 양어머니가 대학을 나오지 않았고, 양아버지는 고등학교조차 졸업하지 않았다는 것을 알게 되었고, 입양 동의서에 서명하는 것을 거절했다. 몇 개월을 망설이던 친어머니는 양부모님으로부터 반드시 나를 대학에 보내겠다는 약속을 받고서 입양 동의서에 서명했다.

그리고 17년 뒤 나는 대학에 입학했는데, 가정형편도 고려하지 않은 채 순진하게도 스탠포드대학만큼이나 비싼 대학을 골랐고, 노동자였던 양부모님의 저축 전부가 나의 대학 수업료에 쓰이고 있었다. 6개월 뒤에 나는 대학에서 내가 내는 수업료만큼의 가치를 찾을 수 없다는 생각이 들었다. 나는 인생에서 내가 원하는 것이 무엇인지 몰랐고, 대학이 앞으로 나의 삶에 어떤 도움을 줄지에 대해서도 확신하지 못했다. 게다가 나는 대학에서 양부모님이 평생 모은 돈 전부를 쓰고 있었다. 그래서 나는 모든 것이 잘될 것이라 믿으며 자퇴를 결정했다. 그 당시에는 꽤 두려웠지만, 나의 삶을 뒤돌아보면 그것이야말로 최고의 선택 중 하나라고 생각했다. 자퇴하자마자 나는 흥미가 없었던 필수 과목들 듣는 것을 그만두었고, 평소 듣고 싶었던 수업들만 듣기 시작했다. 물론 나의 삶의 모든 것이 낭만적이지는 않았다. 지낼 곳이 없어서 친구들 숙소의 방바닥에서 잠을 자고, 음식을 사기 위해 5센트 콜라병을 주우러 돌아다녔고, 하라 크리샤 사원에서 매주 일요일마다 제공하는 질 좋은 음식을 먹기 위해 일요일 저녁마다 7마일을 걸어갔다. 그러나 나는 그것을 불편하게 여기기보다는 즐겼다. 내가 다닌 리드대학은 당시 미국에서 최고의 캘리그라피 수업을 제공하고 있었다. 캠퍼스 전역의 모든 포스터, 모든 라벨은 아름답게 손으로 캘리그라피 되어 있었다. 자퇴를 했기 때문에, 나는 평범한 수업을 들을 필요가 없었고, 캘리그라피를 어찌하는지 배우는 수업을 듣기로 결정했다. 물론 그 수업에서의 경험이 나의 인생에 실질적으로 적용될 것이라고 생각하지는 않았다.

그러나 10년 후, 내가 첫 번째 매킨토시 컴퓨터를 구상할 때 이 경험들을 그대로 사용했다. 그것은 아름다운 서체를 지닌 첫 번째 컴퓨터였다. 만약 대학에서 그 수업을 듣지 않았다면, 매킨토시는 여러 폰트와 자동 자간 맞춤과 같은 기능은 결코 가질 수 없었을 것이다. 그리고 매킨토시를 따라 한 윈도우에도 이런 기능은 없었을 것이기 때문에 결국 개인용 컴퓨터에는 이런 기능이 탑재될 수 없었을 것이다. 만약 학교를 자퇴하지 않았다면 이런 캘리그라피(서체) 수업을 들을 수 없었을 것이고, PC에는 오늘날처럼 뛰어난 글씨체가 없었을 것이다.

나는 운이 좋게도 인생에서 정말 하고 싶은 일을 일찍 발견했다. 워즈(스티브 워즈니악)와 나는 부모님 차고에서 스무 살 때 애플을 창업했다. 우리는 열심히 일했고, 둘이 시작한 애플은 10년 만에 4천 명이 넘는 직원이 함께하고, 연 200억 달러 이상의 수익을 내는 회사가 되었다. 우리는 1년 전에 매킨토시라는 첫 번째 제품을 내놓았다. 그리고 내가 막 서른 살이 되었을 때 나는 애플에서 해고되었다.

이후 5년 동안 나는 '넥스트'를 설립하고 '픽사'를 인수했으며, 지금의 아내가 되어준 여자와 사랑에 빠졌다. 픽사는 세계 최초의 3D 애니메이션 영화인 〈토이스토리〉를 시작으로 지금은 가장 성공한 애니메이션 제작사가 되었다. 몇몇 일들이 성공하자 애플은 넥스트를 인수했고, 나는 애플로 복귀를 했다. 그리고 넥스트 시절 개발했던 기술들은 애플에서 중추적인 역할을 하고 있다.

2004년 마흔아홉 살이던 나는 암 선고를 받았다. 내 췌장에 종양이 있다는 것이다. 나는 췌장이 뭔지도 몰랐었다. 의사는 이게 치료할 수 없는 암의 종류라고 말했다, 그리고 앞으로 나에게 남은 시간은 3개월에서 6개월 정도라고 말하면서 집으로 돌아가 순서대로 일을 정리하라고 조언했다. 그것은 죽음을 준비하라는 의사의 말씀이다. 그것은 향후 10년 동안 아이에게 해줄 말을 불과 몇 개월 안에 모두 해야 한다는 것을 의미하는 동시에 작별 인사를 하라는 의미였다.

나는 하루 종일 각종 진단을 받았다. 그날 저녁 이후, 조직 검사를 했다. 목구멍에 내시경을 집어넣어 내시경이 위와 창자 속으로 들어가면, 췌장에 바늘을 꽂아 종양에서 약간의 세포를 추출하는 방식이다. 나는 마취 상태였는데, 거기 있던 아내가 전해주길 현미경으로 세포 검사했을 때 의사들이 기뻐 소리쳤다고 한다. 수술로 치료가 가능한 매우 희귀한 형태의 췌장암으로 판명되었기 때문이다. 나는 수술을 받았고 이제는 건강하다. 이것이 죽음과 가장 가까이 마주했을 때인데, 앞으로 몇십 년까지도 가까워지지 않으면 좋겠다.

내가 어렸을 때 《전세계편람》이라는 굉장한 간행물이 있었는데, 우리 세대엔 바이블과 같은 존재였다. 여기서 멀지 않은 멘로 파크(뉴저지주)에서 사는 스튜어트 브랜드라는 사람이 만들었는데, 특유의 시적 필치로 쓰인 생기발랄한 책이었다. 일종의 '구글'의 문고본과 같은 형태인데, 구글이 출현하기 35년 전의 일이다. 그 책은 이상적이었고, 쌈박한 도구와 훌륭한 생각으로 흘러넘쳤다. 스튜어트 외 편집진들은 《전세계편람》을 몇 차례 발행했고, 책이 운을 다할 때쯤 마지막 호를 내놓았다. 마지막 호 뒤표지엔 이른 아침 시골길을 찍은 사진이 실렸는데, 모험심에 가득 차 여행을 떠나는 어느 날 히치하이킹을 하다 만났을 법한 길이었다. 그 밑에는 "계속 갈증을 느끼세요. 계속 바보로 남으세요."라는 문구가 새겨져 있었다.

그것은 그들이 전한 마지막 인사말이었다. 그리고 나도 항상 내 자신이 그러길 바란다. 끊임없이 갈망하고 끝없이 배움을 추구하기를.　　　　　　　　　　　　　　(재구성한 스티브 잡스 연설문)

초고 쓰기

모든 준비가 끝나면 수업 시간에 초고를 쓴다. 초고 쓰는 시간은 2~4차시 정도를 주고, 그래도 완성하지 못하는 학생들은 집에서 과제로 완성해 오게 한다. 느리게 쓰는 학생들이 집에서 완성해 오는 동안 먼저 쓴 학생들에게 고쳐쓰기를 하게 한다. 만약 학기 전체 진도상 시간 여유가 없다면 1, 2차시 정도만 함께 쓰고 나머지는 과제로 해도 된다.

자서전만이 아니라 모든 글쓰기가 마찬가지인데, 초고 쓰기에서 가장 조심해야 하는 것은 생각하느라 글을 멈추는 일이다. 글쓰기를 한번 멈추면 다시 이어 나가기가 쉽지 않다. 초고 쓰기 단계에서는 내용 구성 단계에서 작성한 개요표에 따라 해당 질문의 번호를 기계적으로 옮겨 적는 것이 가장 좋다.

아이들이 이런 말을 한다. "말이 안 되는 것 같아요." "이 글자가 맞는지 모르겠어요." "내용을 좀 보충해도 돼요?"

교사는 그 모든 말들에 "다 괜찮다."로 답해준다. "너 자신이 작가이므로 모든 것은 네 마음대로 해라."라고 덧붙여 줘도 된다.

그리고 아이들에게 글은 '쓰는' 것이 아니라 '만드는' 것임을 지속적으로 알려준다. 타고난 글재주가 있고 번뜩이는 영감이 있어서 일필휘지로 써나가는 것이 '글짓기'라고 착각하는 아이들이 많다. 하지만 글쓰기 교육에서 글짓기는 작은 아이디어와 약간의 성실함을 가지고 내용 생성, 내용 조직, 초고 쓰기까지 단계적으로 한 다음 고쳐쓰기를 통해 점점 좋은 글로 '만들어'가야 한다. 고쳐쓰기를 통해 좋은 글로 만들어가는 과정을 반복해서 경험하여 능숙한 필자가 된 다음에는 내용 생성 단계부터 고쳐쓰기를 염두에 두고 글을 시작하기 때문에 남들이 보기에는 글재주가 있는 것처럼 보일 뿐이다.

80매 공책에 150여 가지 질문을 붙이더라도 뒤쪽에 빈 종이가 많이 남는다. 우선 그곳에 답만 옮겨 적는 방식으로 초고를 쓰는데, 중간중간에 소제목을 빠뜨리지 않고 적어야 나중에 고쳐쓰기가 쉽다.

배경
답 옮겨 적기

어린 시절 (나)

답 옮겨 적기

어린 시절 (남)

답 옮겨 적기

학창 시절

답 옮겨 적기

지금 현재

답 옮겨 적기

인간상 1

답 옮겨 적기

인간상 2

답 옮겨 적기

인간상 3

답 옮겨 적기

미래

답 옮겨 적기

    학생들 중에는 손글씨가 불편하여 휴대폰이나 노트북으로 입력하기를 원하는 학생들이 있다. 그런 경우, 휴대폰과 노트북의 관리를 철저히 한다는 다짐을 받고 허용해 줘도 좋다. 이때 파일을 잘 저장하는 것은 물론, 매시간 끝난 후에 교사에게 이메일로 보내도록 안내하여 파일이 에러 나는 상황에 대비한다.

초고 쓰기를 촉진하는 방법

초고를 쓸 때는 원래 시간이 많이 걸리고, 학생들마다 쓰는 속도의 편차가 심하다. 만약 4차시 정도를 학생들과 함께 쓰려고 계획했다면, 1~2차시에는 묵묵히 쓰기만 하고, 3~4차시에는 수업 시작 시간에 초고 쓰기를 촉진하는 방법이 있다.

1~2차시에 많은 분량을 써낸 학생들의 글을 교사가 미리 검토하고, 그중에 잘 쓴 학생 3명 정도를 골라 초고의 2쪽 정도 복사한다. 초고 전체를 복사할 필요는 없지만, 2쪽 내에서 어느 정도 완결성이 있는 부분을 발췌하는 것이 좋다. 어린 시절의 가족 이야기나 초등학교 시절의 이야기 등 한 시기 전체를 고르면 편리하다.

그것을 3차시와 4차시 시작할 때 목소리가 크고 발음이 좋은 학생이 읽어주도록 한다. 나머지 학생들은 친구들이 쓴 자서전의 일부를 귀로 듣는다. 3편을 다 읽고 나면 들은 학생들에게 느낀 점을 말하게 한다. 교사가 글을 잘 고르기만 하면 대부분의 학생들이 '감동적이다, 잘썼다' 같은 반응을 보인다. 그리고 "누가 쓴 거예요?"라고 매우 궁금해한다.

만약 읽어줄 글을 고르고 그 글을 쓴 학생에게 허락을 받은 경우라면 누가 썼는지 말해줘도 좋고, 그렇지 않으면 교사가 "글만 보고 골라 와서 누가 쓴 글인지 표시를 못 했네. 나도 몰라."라고 넘어가면 된다. 아이들의 반응이 좋으면 글 주인이 스스로 "저거 내 거야."라고 밝히기도 한다.

교사는 이런 분위기 속에서 "이 학생 글이 특별히 잘 쓴 것이 아니다. 너희 모두가 이와 비슷한 내용으로 쓰고 있다. 너희 글도 이 글처럼 친구들에게 감동을 줄 수 있다." 같은 말로 격려해 준다. 초고 쓰기는 어려운 것이 아니며 글쓰기는 좋은 것임을 학생들이 스스로 느낄 수 있는 분위기를 만들어주기 위한 다른 방법이 있으면 더 활용해도 된다.

또 다른 초고 쓰기

처음부터 긴 자서전을 쓰지 않도록 계획을 세운 경우에는 초고 쓰기 방법이 달라진다. 학생들이 A4 1~2쪽 내외의 자서전을 쓰게 하기 위해서라면 공책의 모든 질문을 하나하나 옮겨 적을 필요는 없다. 이 경우는 한 번 더 내용 조직을 해서 짧은 개요를 짜야 한다.

① 나의 출생과 가족관계

② 내 인생에 가장 기억나는 사건들

③ 내가 겪은 사건들이 나의 인간상 형성에 미친 영향

④ 나에 대한 성찰과 미래의 다짐

답이 적힌 공책을 참고하면서 위와 같은 개요에 들어갈 내용을 간략히 메모한다. A4 2쪽에 담을 수 있는 내용은 그리 많지 않기 때문에 기억나는 사건이 많아도 3가지 이상 넣기는 어렵다. 내용 구성 단계에서 자신의 인간상을 3개로 정리했기 때문에 사건도 그에 맞추어 3개 정도 고르면 된다.

짧은 초고를 쓰면 학생들이 글 쓰는 부담도 덜어지고, 교사도 고쳐쓰기 해주는 부담을 덜 수 있다. 짧은 초고에 담기지 못하고 공책에 남은 답들에도 소중한 자신의 기억과 경험이 담겨 있으므로, 학생들에게 관심이 있다면 방학 등을 이용해서 남은 답들을 모두 넣은 긴 자서전을 써보도록 선택형 과제를 주어도 좋다.

긴 자서전을 쓰게 하고 싶은데 시간이 모자란다면 또 다른 초고 쓰기 방법이 있다. 1학기 동안 자서전 읽기와 자서전 쓰기 중 내용 생성과 내용 조직까지 수업하고, 여름방학 동안 충분한 시간을 주어 초고를 써 오게 하는 방법이다. 2학기에 고쳐쓰기 수업을 하면서 수행평가에 반영하는 방법도 있다. 이 경우 다음과 같은 두 가지 선택이 가능하다.

① 1학기에는 내용 조직까지 수행평가
   + 2학기에는 고쳐쓰기까지 수행평가
② 1학기에는 내용 조직까지 하고 평가는 지필로만 함
   + 2학기에 고쳐쓰기로 수행평가

2학기 평가에 반영하더라도 방학 동안 초고를 써 오게 하는 방식은 과정평가의 원칙에 맞지 않으므로 초고 자체는 평가의 대상에서 제외하고, 교사가 안내한 대로 고쳐쓰기를 하는 형식 면과 그 안에 자신을 성찰하는 내용이 담겨 있는지에 대한 내용 면에서 평가 기준을 세워 평가하면 된다.

이 경우 '성찰하는 글쓰기'와 관련된 성취 기준이 1학기와 2학기에 있느냐가 문제가 되는데, 2009 교육과정을 기준으로 천재(박) 교과서는《국어 ⑤》(3학년 1학기)에도 성찰하는 글쓰기가 학습목표인 단원이 있고,《국어 ⑥》(3학년 2학기)에도 성찰하는 글쓰기가 학습목표인 단원이 있다. 하지만 반드시 성찰하는 글쓰기 단원이 없더라도 '고쳐쓰기'와 관련된 어문 규범이나 문법 요소, 쓰기의 원리와 과정 등 통합적인 수행평가의 일부 영역에 자서전 고쳐쓰기를 포함시키는 방법도 있다.

글답게 고쳐 쓰기

초고를 완성하는 것이 어떤 아이들에게는 매우 힘든 일이다. 한 학기 분량의 국어 교과서에는 '자서전 쓰기' 말고도 중요한 교육 내용이 많이 들어 있다. 다른 교육 내용도 모두 가르치고 자서전도 다 쓸 수 있다면 이대로 고쳐쓰기 단계로 넘어가면 된다.

그런데 다른 단원 수업을 모두 하고 나면 고쳐쓰기까지 할 시간이 모자랄 것이 예상된다면 교사는 자서전 쓰기의 수행평가를 초고 쓰기 정도까지 마무리해도 된다. 거기까지 수업 과정을 충실히 따라온 정도에 따라서 과정평가를 하고, 기말고사 후에 고쳐쓰기를 해도 되기 때문이다.

다 같은 국어 교사라 해도 화법에 관심이 많은 교사, 독서에 관심이 많은 교사, 작문에 관심이 많은 교사, 문법에 관심이 많은 교사, 문학에 관심이 많은 교사, 매체에 관심이 많은 교사 등 자신이 좀 더 가치 있게 여기며 조금 더 힘을 쏟아 가르치고 싶은 부분에 대한 생각이 교사마다 다르다. 학기 시작 전에 전체 수업과 평가 계획을 작성할 때 본인의 성향을 잘 파악하여 영역별 균형이 맞도록 계획을 짜면 된다.

수행평가에 반영하든 안 하든 고쳐쓰기 과정은 매우 중요하다. 전통적 작문 이론에서 내용 구성 단계의 개요는 확정적 개요로, 초고 쓰기 이후에는 반드시 고쳐쓰기 단계로 넘어가야 하며, 고쳐쓰기 단계에서는 개요를 기준으로 초고를 평가하고 고쳐 쓴다. 현대적 작문 이론에서 내용 구성 단계의 개요는 작문의 어떤 단계에서든 수정이 가능하고, 초고 쓰기를 한 다음 고쳐쓰기 단계로 가지 않고 내용 생성이나 내용 구성 등 작문의 어느 단계로든 돌아가서 작문의 과정을 점검하고 조정할 수 있다.

지금까지의 안내대로 초고를 완성한 학생들의 글은 완성된 글이라기보다는 조각난 답변들의 집합일 뿐이다. 그래서 고쳐쓰기의 첫째 원칙은 질문의 답을 모아둔 집합체를 완결된 글로 만들어주는 것이다.

글답게 고쳐 쓰기

① 기계적으로 답만 옮겨 적어서 '어떤 질문'에 대한 답인지 알 수 없는 경우
② 서로 다른 질문이었지만 그 답의 내용이 비슷한데, 개요의 번호에 따라 옮겨 적다 보니 여기저기 흩어져서 기록된 경우

③ '어린 시절, 학창 시절, 지금 현재'라는 소분류에 배치되어 있는 답이지만 내용상 '인간상 1, 인간상 2, 인간상 3'에 포함되어도 좋았을 경우

④ 문단의 개념 없이 그냥 막 쓴 경우

⑤ 답을 적긴 했으나 구체적인 설명이 부족한 경우

⑥ 내용상 대화체가 필요한 경우

⑦ 상황이나 심정, 물건에 대한 구체적인 묘사가 필요한 경우

⑧ 답의 내용이 무의미해서 빼도 되는 경우

⑨ 당시 사건에 대한 심정, 느낀 점, 깨달은 점이 더 필요한 경우

⑩ 주어, 서술어 호응이나 문법의 문제

교사는 학생의 글을 읽으면서 이러한 부분들을 찾아 빨간 볼펜으로 위치 이동, 더 넣을 내용, 뺄 내용 등을 잘 적어서 돌려준다. 맞춤법, 띄어쓰기는 아직 다루어야 할 문제가 아니다.

만약 스마트폰이나 컴퓨터로 입력해서 파일로 제출한 학생이 있다면 그 글은 교사가 출력해서 출력물에 빨간 볼펜으로 표시해 주는 것이 고쳐 쓰기 편하다.

다음에 제시한 자료는 실제 학생들이 쓴 초고를 바탕으로, 위에서 제시한 '글답게 고쳐 쓰기' 항목을 중심으로 고쳐 쓰는 데 도움이 되는 내용과 방향을 표시한 것이다.

고쳐 쓰기 지도 사례 1

길가다 아는 사람들 만나 고개숙여 인사할때, 친절하게 예의있게 하면은때
착하다고 하는거 같다.   (5쪽의 ⑦ 넣기
어렸아이때 장난을 아빠에게 바쳐야 된다. 장난을 귀즙하면 먼저아이들 어른들이
있었는데 -랜 동 관심이 동성돼서 끌려서 혼자 옆집개로 나가다가 아는사랑이
찾아서 안에 앉았다. 하지만 지금은 내성향이 좋다. ← ⑧ 넣어서 안의 이야기

① 4. 비행기를 탔을때이다. 비행기를 타니깐 뭔가 감동 느낌이고 울릴말까 많은
붙이거든 다른 기분이였다. 다른곳 내향성 비행기가 많은 사람들에서 중앙이고
④ 간단거됐다.

처음에때 아빠랑 놀러갔다가 장애물인 같이 산등이 있었는데 그산등에게
인사려고 손을 내밀었다. 내가 내려고 진심는 순간 차가 쌓하고 지나갔다.
약간 겁받이라 위험하는데 차는 단번 빨리 지나갔는 아빠가 날 막아주었고
치이게 생을 넘였다. 이럴땐 아빠가 차 번호로 혼내주는 태였다.

②② 가: 공부를 잘하는 사람들이랑 운동이 좋은사람들 이다 정확히 말하면 기억력
이 좋은사람이라고 판단이 왔었다. 영어단어 같은 시험을 칠때 분명 다단 기르는
시험인때 틀리게 틀리기 쉬워다. 그래서 성적이 나지않을때 작으면 운이
좋으면 맞기때문이다. 아 또 시험같은게 자신감이 닿은 사람이다.
자신감이 없으면 답을 맞을때 이문제일까 저건일까 고민이다 이문
했다. 전체 시간이 다 됐을때쯤 저걸로 내줘서 답을 보면 이게줬다. 그래서
자신감이 있치면 좋겠다.

내가 특별하다고 느꼈은 다른사람들이 내가 필요하다고 한것때이다.
또 다른사람이 하는일을 그사람이 해결하기 못했을때 내가 나서서 해결
을 했을때 특별하다고 생각된다.

⑧ 돌에서 속상에 눈가 튼지 못했는데 그때 이웃주인들과 우리가족이 날 찾는
검비까지는 엉엉갈 행복하고 그날 하룻동안 내게 모든걸 쏟아주었을때 이어
사 당받는다고 느낄때는 화와 다툴때 형아가 하빙이 졌을래 듣는 내가
내편을 본안하고 내가 편하는것이 있던 걸 서어했다. 오 남이 다녔이
↓ 않고 살때 이다.

140

고쳐 쓰기 지도 사례 2

보였고 다들 좋고 있었다. 그래서 나는 우리 가족과 달리 화목한 가족들을
초 1 때 3반 이었던 김희봉 선생님을 존경했었다. 선생님 께서는 재미
얘기 들도 많이 들려주시고 내 얘기를 잘 들어주시는 선생님 이셨다.
자전거를 탈 수 없을꺼라고 생각 했었지만 친구에게 도움을 받고 땀이 나
노력해서 2발 자전거를 탈 수 있었다. 난 다른 사람들 처럼 2발 자전거를
타고 진짜 시원하게 달리고 싶었다.
사촌이 가족이 내 말을 들어주지 않고 날 무시한다는 말과 행동들 때
원구를 봐야 말을 안 하니까 정말 힘들었다 그리고 친구관계 내 옆에 좀
슬펐다. 도와줄 사람은 없다.
시험을 학교를 들어와 처음으로 100점을 맞았을 때 승리 감에 젖어 내 노력에
서막 감사했고 기뻤다. 그래도 부모님은 '응, 그래'
내 꿈을 위해 무언가를 해보는 것이 10대로서 가치 있는 일이라고 생각 했는데
내 꿈이 가수고 방과후 너컬밴드도 들어가고 꿈에 대해 검색 해보기
김희봉 선생님 지금도 너무 감사하게 생각하고 우리집 형편 알아주시고
도움을 주신 선생님 그리고 항상 친절하게 대해 주셔서 정말 감사 했다고 말하고싶다.
초 1 때 김희봉 선생님께서 고등학교는 어디 어떻게 가는지 잘 알려주셔서
내 꿈에 대해 확신을 가졌었다. 김희봉 선생님 정말 감사합니다.
─── 지금 현재의 나 살아가는 단계
엄마의 일을 도와줄 수 있고 키가 크고 이게 말로 성숙 하게 하고 신중하게
하는 것을 느끼고 어른이 되었다고 느끼고 이제 전 보다 많이 컸다고느꼈다
보컬밴드에 들어가고 1학년 맨 내 꿈을 정확히 정하지 않아서 즐기만 했었
점점 노래가 너무 좋고 재미있어져서 2학년 맨 엄마 에게 말씀드려 서 그
방과후에 중 3까지 계속 이어간다. +12쪽 이동. +12쪽 이동
나 에게 가장 중요한건 집이다. 왜냐하면 내 개인공간이 있고 내가 하고 싶은일
할 수 있는 편안한 공간이기 때문이다 그리고 가족들이 모이는 장소이기 때문이다.
혼자만이 있었을때 내가 여기서 숨을 더이상 쉬지 않으면 진짜 죽겠다는 생각이 들어

자서전답게 고쳐 쓰기

고쳐쓰기의 둘째 원칙은 앞의 첫째 원칙에 따라 글다운 꼴을 갖춘 상태에서 좀 더 자서전답게 만들어주는 것이다. 공책에 붙여 답을 쓴 질문들을 보면 알겠지만 학생들의 내면에 집중된 질문이 많다. 그래서 그 답들만 옮겨 적으면 '나의 심정이 이랬다, 나의 특성은 이렇다.' 같은 내용은 많은데, '나는 이런 일을 겪었다.'처럼 학생들이 겪은 사건이 잘 드러나지 않는 글이 된다. 고쳐쓰기 단계에서 학생들에게 '사건'을 추가하도록 안내하는 수업을 한다.

자서전답게 고쳐 쓰기

① 인생의 10대 사건을 목록으로 만들어본다.

② 각 사건마다 3줄 정도로 구체적인 내용을 쓴다.

③ 그중 가장 큰 깨달음을 얻었던 사건을 하나 골라 '대화'를 넣

어서 길고 자세하게 써본다. (공책 1쪽 이상)

④ 자신의 초고를 보고 인생의 10대 사건들이 일어난 시점을 찾아 각 사건을 끼워 넣는다.

초고에서 초등학교 이전의 경험을 쓴 부분이 있다면, 인생의 10대 사건 중 초등학교 이전에 일어난 사건을 거기에 쓰면 된다. 만약 어느 특정 시기에 인생의 중요한 사건이 많이 일어났다면 같은 곳에 몰아서 써도 된다.

10대 사건을 찾는 방법으로 다음과 같은 인생 곡선을 그려보는 것도 좋다.

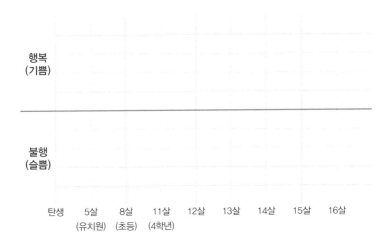

인생의 10대 사건을 왜 '내용 생성' 단계에서 하지 않고 '고쳐쓰기' 단계에서 할까?

내용 생성 단계에서 해도 문제는 없다. 하지만 사건을 중심으로 내용을 생성하면 학생 자신의 '전기적 사실'의 나열을 극복하고 인간상의 발견이나 자아 성찰로 나아가는 글을 만들기가 어렵다. 내면을 들여다보는 질문들, 예를 들어 '나의 어릴 적 영웅, 어느 여름 밤의 기억, 승리감을 느낀 적' 등에 답을 쓰다 보면 그 계기가 된 경험이나 사건도 자연스럽게 적게 되기 때문에 굳이 사건을 중심으로 내용 생성을 하지 않아도 되는 것이다.

학생들이 질문의 답을 공책에 쓸 때 다음과 같은 두 가지 형태로 쓴다.

① 질문: 가족들이 무엇을 해주기를 바랐는가?
그냥 힘들 때 좀 아무 말 않고 제발 좀 끝까지 듣고 위로만 해줬으면 좋겠다. 진심 어린 공감과 위로 한마디라도 좋으니 그래주면 좋겠다.

② 질문: 가족들이 무엇을 해주기를 바랐는가?
그냥 힘들 때 좀 아무 말 않고 제발 좀 끝까지 듣고 위로만 해줬으면 좋겠다. 중학교 1학년 첫 시험을 치고 성적이 안 나와서 힘들었다. 초등학교 땐 공부 잘한다고 생각했는데 나도 너무 충격이었다. 부모님이 시험 잘 쳤냐고 물으셔서 못 쳤다고 했더니 위로는커녕 "중학교 공부는 초등학교 때처럼 쉽지 않다고 엄마가 말했잖아. 자만하더니 결국 이렇게 됐네. 이제 어떻게 공부

할지 말해봐."라고 해서 더 속상했다. 진심 어린 공감과 위로 한 마디라도 좋으니 그래주면 좋겠다.

길이의 문제가 아니라 ②와 같은 답에는 이미 '사건'이 포함되어 있다. ①처럼 답을 쓴 학생들에게는 "네가 힘들 때 가족들이 끝까지 듣고 위로해 주지 않아 속상한 경험이 언제 어떤 상황에서 있었는지 구체적으로 써봐."라고 고쳐쓰기 단계에서 알려주면 된다.

그런 방식의 고쳐쓰기를 통해 학생들은 일단 글을 쓰고 자기 글의 부족한 부분을 나중에 채워 넣는 방식으로 글을 '만드는' 법을 배우게 된다.

18 문학 창작 단원과 연계하기

만약 문학 창작 수업을 이전 학년이나 이전 학기나 이전 단원에서 미리 했다면, 고쳐쓰기 단계에서 그 작품을 적절한 곳에 삽입하도록 안내한다. 예를 들어, '경험을 시로 쓰기' 단원을 수업하면서 모두가 시를 창작했다면, 교사가 그것을 가지고 있다가 학생들에게 나눠주고 해당하는 경험과 관련 있는 시기에 삽입하라고 알려줄 수 있다.

예시글 1

우리 동생은 나와 달리 머리가 좋고 사고방식이 특이하다. 아는 단어는 많이 없는데, 글 쓰는 데 재주가 있고 수학을 매우 잘한다. 진짜 너무 천재인 것 같다. 가끔은 그런 머리를 가진 우리 동생이 너무나도 부럽다. 그래서인지 나는 우리 동생을 질투한 적이 많이 있다. 우리 동생은 머리가 잘 돌아가고 융통성이 뛰어나다. 또한 문학적 감각도 있어서 시나 소설 같은 것도 잘 쓴다. 어릴 때부터 숫자를 가지고 노는 것을 좋아한 우리 동생은 수학도 잘한다. 미적 감각도 있고 창의력도 있어서 그림도 잘 그린다. 그에 비해 나는 노력파라서 모든 것을 우리 동생보다 더 힘들게 하는 것 같아서 너무 부러웠다.

우리 동생한테 이겼을 때 가장 승리감을 느꼈다. 동생도 승부욕이 강해서 나랑 내기를 하면 무조건 이기려고 했다. 그런 동생을 이겼을 때 승리감을 크게 느꼈다. 또 친구들과 시험 내기를 해서 이겼을 때도 내가 노력한 만큼의 결과가 나온 것 같아서 기뻤다.

나랑 동생은 성별은 다르지만 진짜 잘 놀았었다. 소꿉놀이도 같이하고, 병원놀이, 카드놀이, 고무딱지치기, 시장놀이 등도 같이했다. 지금 생각해 보면 동생이 있었기에 내가 안 심심했던 것 같다. 요즘은 동생이 많이 나대서 거의 매일 다툰다. 나는 이런 내용을 시로 지어보았다.

동생 (김동화)

동생이 너무 싫다

만나는 순간부터 자는 순간까지 짜증난다

사소한 거 하나하나 시비를 건다

밥 때문에 싸우고

지우개 때문에 싸우고

자리 때문에 싸우고

TV 채널 때문에 싸우고

귀찮게 해서 싸우고

동생 때문에 혼나서 싸우고

공부를 방해해서 싸우고

욕을 해서 싸운다

곁에 있으면 짜증나지만

곁에 없으면 허전한

목욕탕의 뜨거운 공기 같은 존재

항상 만나면 싸우지만

없을 땐 찾고 걱정되는

허전한 존재

예시글 2

어머니는 어린이집 교사이신데, 아이들 울음 그치게 하는 것
이나 아이를 돌보는 것이 매우 힘들다고 하셨다.
내가 어릴 때 흑역사가 좀 많은데, 그중 내가 어린이집을 다
녔을 시절 바지에 오줌 쌌던 이야기를 시로 써보았다.

오줌 (강민주)

오줌 하면 제일 먼저 드는 생각
변기? 노란색? 물?
누구나 한 번쯤은 있을 법한 기억
어린이집 다닐 때의 기억
언제쯤이었나?
가을쯤이었나?
놀고 있을 때 갑자기 찾아오는 그 녀석
물 젖은 종이처럼 젖어오는 내 바지
노란색 액체
오줌

10년이 지난 지금
그때의 나에게 해주고 싶은 말

만약 이전 학년, 이전 학기, 이전 단원에서 창작한 글이 시가 아니라 수필이거나 서평이라도 상관없다. 수필이라면 초고에서 그 경험을 했던 시기를 찾고, 서평이라면 그 책을 읽었던 시기를 초고에서 찾아 적절하게 넣어주면 된다.

정서(正書)하기

지금까지 고친 글을 깨끗하게 옮겨 적는다. 예전 같으면 원고지에 썼겠지만, 요즘은 컴퓨터로 입력하면 된다. 학교의 컴퓨터실 운영 시간을 확인해 보고 학생들을 데리고 가서 입력한다.

자판 입력이 빠르면 빠른 대로 느리면 느린 대로 각자 자신이 속도에 맞추어 입력하게 한다. 교사는 돌아다니면서 중간중간 저장하는 것을 계속 강조한다. A4 15쪽 내외의 분량이므로 1차시 안에 입력이 끝나지 않는다. 타이핑에 몇 차시를 배분할지는 진도와 시험 기간에 따라 결정하면 된다. 2차시 이상을 배분할 경우, 한 차시가 끝날 때마다 반드시 저장하고, 교사 이메일과 본인 이메일로 발송해 두어 다음 차시에 파일을 잃어버리는 일이 없도록 해야 한다.

1차시와 2차시 사이에 집에서 더 입력해도 된다. 이때도 아직 맞춤법과 띄어쓰기는 신경쓰지 않도록 한다.

편집하기

컴퓨터에 능숙하고 타이핑 속도가 빨라서 남들보다 먼저 입력한 학생들부터 차례로 다음 작업을 한다.

첫째는 소제목 짓기다. 현재 상태에서 완성된 글은 다음과 같은 소제목으로 분류되어 있다.

배경 / 어린 시절 (나) / 어린 시절 (남) / 학창 시절 / 지금 현재 / 인간상 1 / 인간상 2 / 인간상 3 / 미래

임시 소제목인 '배경, 어린 시절 (나), 어린 시절 (남)' 등에 쓰여 있는 자신의 글을 읽고, 해당 분류의 전체 내용을 담아낼 수 있는 소제목을 짓는다. 다음은 학생들이 직접 지은 소제목들이다.

김예진	정의진	최현빈
특별한 나	소중한 사람들	멋진 그림을 그리기 위한 도구
특별한 일은 아니지만 단 하루도 평범한 날이 없었던 나	다시 돌아가고 싶은 어린 시절	내 인생의 시작
놀이공원에 있는 아이	고마운 사람들	어린 나의 손을 잡아 준 사람
당당함 뒤에 가려진 수많은 걱정들	신나는 학교생활	갈림길
	힘들었던 일들	행복하지만 우울하다
덤벙이는 나	포기하지 말고 노력해라	상처를 잘 받고 자기 자신을 자책한다
표현 숨기는 나	좋았던 친구들	소심하고 감정 기복이 심하다
그 누구보다 역시 가족	나의 꿈	내 영화의 하이라이트

둘째는 자서전 전체 제목 짓기다. 학생들에게 제목을 짓기 위한 학습지를 나눠준다.

'○○○의 자서전'이라고 지어도 괜찮지만, 전교생의 자서전이 다 그런 제목이라면 읽는 사람이 지루하겠죠? 자신의 인생을 대표하는 3가지 단어와 자신의 특성과 '나'라는 인간이 살아온 길을 표현하는 멋진 제목을 지어보세요.

※ 제목 짓기 연습

학번: 이름:

내 자서전의 제목 후보 1.
내 자서전의 제목 후보 2.
내 자서전의 제목 후보 3.

지은이	자서전 제목	지은이	자서전 제목
가브리엘 마르케스	이야기하기 위해 살다	스콧 니어링	스콧 니어링 자서전
구로사와 아키라	자서전 비슷한 것	안드레아 피를로	나는 생각한다, 고로 플레이한다
귄터 그라스	양파 껍질을 벗기며	에릭 캔델	기억을 찾아서
넬슨 만델라	나 자신과의 대화	엘리자베스 워런	싸울 기회
노무현	운명이다	워런 버핏	눈덩이 굴리기
레슬리 뉴비긴	아직 끝나지 않은 길	이희호	동행
마틴 루터 킹	나에게는 꿈이 있습니다	정주영	시련은 있어도 실패는 없다
마하트마 간디	나의 진실 추구 이야기	제인구달	내가 사랑한 침팬지
미하일 고르바초프	선택	즐라탄	나는 즐라탄이다
박근혜	절망은 나를 단련시키고 희망은 나를 움직인다	트로츠키	나의 생애
밥 딜런	바람만이 아는 대답	팔덴 갸초	가둘 수 없는 영혼
버트런드 러셀	인생은 뜨겁게	한승헌	한 변호사의 고백과 증언
법전	누구 없는가	헬렌 켈러	내 인생의 이야기
벤자민 프랭클린	프랭클린 자서전	힐러리 클린턴	힘든 선택들

셋째는 문단을 나눌 것인지 합칠 것인지에 대한 판단이다. 학생들이 제목을 짓느라 고민하고 있을 때 교사는 문단에 대한 편집 의견을 학생들에게 적어준다. 공책 질문을 통해 생성한 내용 중에 '두려움을 느낄 때, 부러움을 느꼈을 때, 자신감을 얻었을 때, 내가 소중하다고 느껴질 때, 상처되는 말을 들었을 때' 등이 있다. 이들은 각각을 상세하게 쓴다면 모두 문단을 나눠서 써야 한다. 하지만 학생에 따라 이들 각각을 간략하게 쓴 글이 있다면, 그것은 '나의 감정 특성'이라는 중심 내용 아래에 하나로 묶어서 쓸 수 있다. 문단을 어디에서 나누고 어디에서 이을지를 알려주면 반영하는 것은 쉽다. 이미 파일로 입력한 상태이기 때문에 타이핑 몇 번이면 마무리된다.

넷째, 맞춤법과 띄어쓰기가 맞는지에 대한 최종 교열이다. 맞춤법과 띄어쓰기는 바로 이 단계에서 검토해야 한다. 우선 학생들에게 워드프로세서 프로그램의 '맞춤법 검사기'를 돌리게 하고, 빨간색 밑금이 없는 것을 확인한 후 학생 스스로 오타가 없는지 다시 한번 점검하고 교사가 마지막으로 점검해 준다.

다섯째, 추억이 담긴 소품을 찍어 오거나 어린 시절의 자신과 가족이 담긴 사진, 기억에 남는 행사나 사건의 사진, 친구들의 사진 등을 가져오게 해서 적절한 위치에 배치한다. 실물 사진을 가져오면 스캔해서 파일로 변환한 뒤 꼭 돌려줘야 한다. 스마트폰이나 디지털 카메라로 찍은 사진을 가져오면 입력한 자서전 파일에 바로 삽입하면 된다. 사진 자료가 너무 많으면 안 되고 소제목당 하나 정도가 적당하다.

지필평가 출제하기

자서전을 가르치고 배운다는 말에는 자서전을 읽고 이해하는 방법을 배운다는 뜻도 있고, 자서전을 쓰는 원리를 배운다는 뜻도 있고, 자서전을 실제로 쓴다는 뜻도 있다. 그리고 자서전을 가르치고 배웠으면 자서전에 대한 평가를 해야 한다.

자서전을 읽는 것이 교육과정의 성취 기준이라면 자서전을 읽고 푸는 문제를 출제해야 하고, 자서전을 쓰는 원리를 아는 것이 성취 기준이라면 자서전의 원리에 대한 문제를 출제해야 하고, 자서전을 실제로 쓰는 것이 성취 기준이라면 자서전을 쓰는 능력을 측정하는 문제를 출제해야 한다.

자서전을 읽고 푸는 문제나 자서전 쓰기의 원리에 대한 문제는 지필평가가 어울리고, 자서전을 쓰는 능력을 측정하는 문제는 수행평가가 어울린다. 지필평가로 자서전을 쓰는 능력을 측정할 수도 있지만, 그 방식은 '간접평가'가 될 가능성이 높으므로 수행평가보다 타당도가 떨어진다. '다음 중 자서전을 쓸 때 유의 사항이 아닌 것은?'이라는 문제를 맞힌 학생이 실제로 자서전을 적절하게 써내리라는 보장이 없는 것이다.

특히 자서전 쓰기가 성취 기준이라면, '원리에 대한 이해'는 실제 자서전을 쓰는 수행 과정에서 활용될 수밖에 없으므로, 자서전 쓰기의 이론들은 자서전을 직접 쓰는 수행평가에 포괄적으로 종속된다. 따라서 만약 수행평가로 자서전 쓰기를 계획했다면, 지필평가로 자서전 쓰기 능력을 간접 평가할 이유는 딱히 없다.

자서전 지문을 지필평가에 활용한다면 '문법' 문제, 문학의 '표현(반어, 역설)'이나 '서술자' 등을 다른 영역의 문항에 쓰일 예문으로 활용하는 정도가 좋다. 학생들이 미리 제출한 자서전을 지문으로 써도 되는데, 여러 명이 쓴 내용을 섞어서 특정 학생에게 유리해지는 일을 예방하는 것이 좋다.

다음은 자서전 지문을 제시한 후 자서전 읽기와 자서전 쓰기에 관한 문항을 출제한 사례들이다. 하나는 백범 김구의 자서전이고, 다른 하나는 교사가 직접 쓴 교사 자신의 자서전이다.

[1-3] 다음을 읽고 물음에 답하시오.

일본이 우리나라를 강제로 점령한 후 첫 번째로 한 일은 애국

지사들을 체포한 일이었다. 1911년 정월, 나는 황해도 일대의 민족주의자를 모두 잡아 가두고자 하던 일제에 의해 체포되어 감옥에 갇히었다. 나는 우리나라를 빼앗기기 전 위태로운 나라를 구하기 위한 사업에 온 힘과 정성을 다하지 못한 죄를 지금에 와서 받게 된 것이라 생각했다.

나는 신문실로 끌려가 여덟 차례에 걸쳐 갖가지 신문을 당하였다. 왜놈들은 신체적 고문을 가혹하게 하는 것은 기본이었고, 반항할 경우 음식을 반으로 줄이거나 굶기기도 했다. 때로는 점잖게 대우하는 척하면서 같은 편이 되기를 권하는 교묘한 방법을 쓰기도 했다.

나는 신체적인 고문은 얼마든지 견딜 수 있었다. 왜놈들이 제 뜻대로 되지 않아 발악하며 고문할 때는 저절로 울분이 솟구쳐 저항하며 인내했다. 그렇지만 굶기거나 온화하게 우대하는 척하면서 그들 편으로 끌어들이려는 고문은 정말 참기 어려웠고, 그럴 때는 오랑캐에게 잡혀 19년 동안이나 감옥에서 굶주리면서도 옷 솜털을 씹어 먹으면서까지 끝내 절의를 지켰다는 중국 한나라의 소무 이야기를 생각했다.

그렇게 버티던 와중에 공판이 열렸고, 나는 15년 형을 선고받고 서대문 감옥으로 옮겨졌다. 서대문 감옥에 있는 동안 일본의 왕과 그의 처가 사망하면서 형량이 5년으로 줄었다. 이때부터 나는 다시 세상에 나가 활동할 수 있을 것이라는 확실한 신념이 생겼다. 그리하여 세상에 나가면 무슨 일을 할까 밤낮으로 생각하였다.

그러나 감옥에서 왜놈들에게 갖은 학대와 모욕을 당한 애국지사 중에는 세상에 나가서 오히려 그들에게 순종하며 사는 자도 있었다. 그렇기 때문에 나는 다시 세상에 나가는 데 대해 걱정이 들기도 했다. 차라리 감옥에서 나가기 전에 깨끗한 정신을 품은 채로 죽는 편이 낫지 않을까 하고도 생각했다. 그리하여 나는 굳은 의지를 다지는 결심의 표시로 이름을 '구(九)'라 하고, 호를 '백범(白凡)'이라 고쳐 동지들에게 알렸다.

----

1. 다음 설명을 참고할 때, 위 글의 종류는?

> 위 글은 백범 김구 선생이 자신의 삶을 돌이켜보며, 가치 있는 삶의 경험을 스스로 고백하듯이 서술한 글이다.

① 논설문 ② 반성 ③ 자서전 ④ 보고서 ⑤ 자기소개서

2. 위와 같은 글을 쓸 때 유의할 사항은?
① 가치 있는 경험을 잘 골라 진실하게 쓴다.

② 자신의 업적을 부풀리고 단점을 감추며 쓴다.

③ 삶을 가치 있게 꾸밀 아름다운 표현을 쓴다.

④ 자유로운 상상력을 동원하여 창의적으로 쓴다.

⑤ 순간적인 집중력으로 쓰고 완성한 뒤에는 손대지 않는다.

3. 다음은 위 글을 읽은 학생이 쓴 감상문이다. 다음에서 발견
되는 읽기의 가치로 적절한 것은?

> 감옥에 갇힌 상황에서도 지켜야 할 신조를 생각하는 김구 선생의
> 태도를 보면서 나 자신을 되돌아보게 되었다. 김구 선생이 절망적
> 인 상황에서도 기개를 잃지 않은 꿋꿋한 사람이라고 생각한다. 이
> 름까지 고쳐가며 의지를 다진 김구 선생을 본받아서 내 의지를 쉽
> 게 포기하지 않는 사람이 되어야겠다.

① 읽기에는 몰랐던 사실을 알게 되는 가치가 있다.

② 읽기에는 자신의 삶을 되돌아보게 하는 가치가 있다.

③ 읽기를 통해 미래의 직업이 결정되기도 하는 가치가 있다.

④ 읽기를 통해 다른 사람의 입장에서 생각할 수 있게 되는
가치가 있다.

⑤ 읽기에는 정신세계의 수준이 높아지는 경험을 하게 하는
가치가 있다.

[1-3] 다음을 읽고 물음에 답하시오.

나는 초등학교 6학년 때 부산으로 전학 왔다. 어릴 때 나는 아주 소심했다. 선생님이나 부모님께 내가 원하는 것을 제대로 말하지 못했다. 너무 소심해서 초등학교 때는 선생님이 발표를 시키면 울기도 했다. 하지만 전학 오게 되었을 때는 큰 용기를 내었다. 두려움을 무릅쓰고 부모님께 전학 가기 싫다고 말했지만 내 말은 간단히 무시당했다. 그 뒤로 부모님께 내가 진짜로 원하는 것이나 나의 진짜 인생 계획을 말한 적이 없다.

나의 첫 번째 특성으로는 어떤 징크스가 있다. 내가 뭔가 진짜 원하는 것이 있을 때 그것을 말해버리면 절대 이루어지지 않는다. 또 어떤 일을 할 때 누가 물으면 절대로 "잘 되고 있어." 이렇게 말하지 않는다. 그렇게 말하면 결국 실패하기 때문이다. 잘될 거라고 말했다가 결국 잘 안 되었던 경험을 엄청나게 많이 겪었다. 그렇다고 내가 매사를 부정적으로 보고 불안에 떠는 것은 아니다. 내가 딱 보기에 성공할 것 같은 일이라도 일부러 "안 될 거 같아.", "잘 모르겠어." 이렇게 말하는 것이다. 사람들이 걱정하는 눈빛으로 보는 것은 싫지만 끝까지 방심하지 않게 되니 좋은 점도 있다.

두 번째 특성은 거지 근성이다. 남한테 빌붙는 것은 아닌데, "고맙지만 사양할게." 이런 말을 잘 안 한다는 뜻이다. 남이 뭘 해준다고 하면 덥석 받는다. 어릴 때 손님들이 용돈을 줘서 "와, 고맙습니다." 하며 순수한 아이의 마음으로 덥석 받았는데 갑자기 아빠가 나를 밖으로 불러내더니 꾸짖었다.

"어른들이 용돈을 주시면, '(ⓐ   )' 하고 세 번쯤 사양하고 나서 받는 거야. 자, 연습해 봐."

그 뒤로는 누가 뭘 준다고 하면 받고 싶어도 참고, "괜찮아요." 이렇게 말하게 되었다. 초등학교 3학년 때 학교 마치고 혼자 남아 담임 선생님 일을 도와드리고 집에 가는데, 선생님이 물었다. "이 빵 맛있는데 가져가서 먹을래?" 속으로는 너무 먹고 싶었고, 나는 일을 도왔으니 먹을 자격이 있다고 생각했다. 하지만 평소대로 "괜찮아요, 선생님." 이렇게 말했다. 선생님은 "그래?" 하시더니 빵을 도로 집어넣으셨다. 나는 당황했지만 달라고 말은 못 하고 우울하게 집으로 돌아왔다. 아빠의 가르침은 틀렸다. 나는 그 뒤로 결심했다. 남이 준다는 것은 사양하지 않고 첫 번에 받기로 한 것이다.

나의 세 번째 특성은, 밤새워 죽어라 공부하는 스타일이 아니라는 것이다. 성적은 나름 좋았지만 엄마는, "왜 성적이 이것밖에 안 나와? 더 올려야지!" 이러면서 혼을 냈다. 성적이 잘 나오는 건 기분 좋지만 공부가 잘되면 많이 하고 안 되면 그냥 놀기도 하는 스타일이라, 왜 혼나는지 이해를 못 했다. 알고 보니 다른 아이들은 모두 학원 다니면서 수학 문제도 풀고, 영어 단어도 매일 몇십 개씩 외우고 했던 것이었다. 나는 '과학고'라는 말도 3학년 때 처음 들어보았고, 특목고라는 게 있다는 것도 3학년 되어서야 알았다.

우리 부모님은 공부하라고 말은 하면서 그런 쪽에는 정보가 없었던 것이다. 나도 가끔은 '특목고라는 목표를 정해놓고 공부했으면 성적이 더 올랐을까?'라고 생각해 본다. 딱히 내가 그랬을 것 같지는 않다. 수학을 제일 못했는데, 수학만이라도 학원을 다녀서 보충해야겠다는 생각도 못 했으니까. 그냥 되는 대로 살았던 것 같다.

부모님이 공부하라고 혼내준 건 고맙다. 그리고 공부를 하라고 했지 어떤 고등학교로, 어떤 진로로 가라고 강요하지 않은 건 더 고맙다. 나를 믿어서라기보다는 부모님도 잘 몰라서 그랬겠지만, 어쨌든 다행이다. 나는 약간 기분파이기도 하고 결정 장애가 있어서 정해진 진로를 강요당했다면 어떻게든 맞춰 가긴 했겠지만 신나게 열심히 최선을 다하지는 못했을 것이다.

얼마 안 있으면 고등학교에 올라가야 하고 대학도 정해야 하고 언젠가는 직업을 정해야 한다. 아직은 잘 모르겠다. 그냥 다 막연하다. 그래도 잘될 거라는 희망은 있다. 막 꿈에 부풀어 사는 것은 아니지만 살다 보면 어떤 운명이라는 것이 나를 내가 있어야 할 곳으로 이끌어줄 것이라고 생각한다. 우선은 고등학교나 좋은 곳에 걸렸으면 좋겠다.

----

1. 위 자서전 속의 인물에 대한 설명으로 적절한 것은? (3점)
① 어릴 때부터 당당하게 자기 의견을 밝히는 성격이었다.
② 매사를 긍정적으로 생각하며 잘될 거라고 말하고 다닌다.
③ 용돈에 대한 아빠의 가르침을 지금까지 실천해 오고 있다.
④ 평소에도 밤을 새워 열심히 영어 공부를 하는 스타일이다.
⑤ 자라서 어떤 직업과 진로를 택할지 아직 결정하지 못했다.

2. 이어지는 문맥으로 볼 때, ⓐ에 들어갈 말로 적절한 것은? (2점)
① 싫어요　　② 좋아요　　③ 괜찮아요
④ 감사합니다　⑤ 안녕하세요

3. 자서전을 쓰기 위해 할 일을 순서대로 늘어놓을 때, 적절한 것은? (3점)

> ㉠ 앞뒤 문장이 말이 되도록 늘어놓으며 자서전을 쓴다.
> ㉡ 가족, 친구, 나 자신 등으로 내용을 구분하여 정리한다.
> ㉢ 자기 인생의 기억을 떠올리기 위해 다양한 질문을 모은다.
> ㉣ 질문들에 답을 하며 자서전에 들어갈 내용을 공책에 적는다.

① ㉡ → ㉢ → ㉣ → ㉠ ② ㉢ → ㉣ → ㉡ → ㉠

③ ㉢ → ㉡ → ㉣ → ㉠ ④ ㉣ → ㉠ → ㉢ → ㉡

⑤ ㉣ → ㉢ → ㉡ → ㉠

다음은 자서전 지문을 제시하고 지문 속의 어구를 활용하여 문법 문항을 출제한 사례들이다. 아래 두 지문은 여러 학생의 자서전을 섞어서 새로 만든 것이다. 부정, 높임, 시간, 피동, 사동 표현 등의 문법 요소가 반드시 들어가도록 학생이 쓴 본래 문장을 살짝살짝 바꾸었다.

[1-3] 다음을 읽고 물음에 답하시오.

장림동 산부인과에서 태어난 나는 무척 순둥이였다. 언니는

밤에 잠을 ㉠ 안 자서 엄마 아빠가 힘들어하셨는데, 나는 곰돌이 인형만 있으면 아침까지 ㉡ 깨지 않고 잤다고 엄마가 말씀해 주셨다.

내가 사는 아파트는 평화롭다. 그래서 좀 두렵다. 내가 커서 이 동네를 떠나게 된다면 어떻게 될까? 낯선 환경, 낯선 버스 정류장, 지하철역. 두려울 것 같지만 신날 것도 같다.

엄마와 아빠는 누가 소개해 줘서 만나게 됐는데, 엄마는 아빠가 마음에 들지 않아 연락이 와도 연락을 받지 않았다고 했다. 그렇지만 부부인 걸 보면 ㉢ 엄마도 아빠에게 관심이 없었던 건 아니었던 것 같다. 아빠는 엄마에게 첫눈에 반한 것 같은데, 나는 그 첫눈에 반했다고 하는 것이 이해가 안 된다. 왜냐면 그 사람에 대해 아무것도 모르는데 외적인 모습만 보고 좋아한 것이라 생각돼서, 어떻게 첫눈에 반해 결혼까지 했는지 궁금하다.

엄마는 어렸을 때 공부를 못했다고 했다. 큰삼촌은 엄마와 작은삼촌을 위해 문제집을 사 주셨고 하루 동안 풀 양을 정해주고 나갔다고 했다. 엄마와 작은삼촌은 기초가 안 잡혀 있어서 문제를 봐도 어떻게 풀어야 할지 몰랐다고 했다. 큰삼촌은 그것도 모르고 계속 분량을 정해주고 나갔기 때문에 엄마와 작은삼촌은 답지를 보고 무작정 베꼈다고 했다.

할아버지가 돌아가셨을 때 너무 슬프고 할아버지가 너무 보고 싶어서 울고 있었다. 그때 아빠가 "괜찮아, 괜찮다. 울지 마라. 아빠도 안 우는데 니가 왜 울어?"라며 달래주셨다. 어린 시절 아빠는 나에게 슈퍼맨 같은 존재였다. 어디 가고 싶은 곳이 있으면 바로 데려가 주시고, 필요한 게 있으면 바로 만들거나 사 주셨다. 나중에 아빠가 늙으시면 ㉣ 내가 아빠의 슈퍼맨이 되어드려야겠다는 생각을 했다.

어른들은 존경의 대상이었지만 실망했던 적도 많다. 아이들 앞에서는 아이의 감정을 이해하는 것처럼 말을 했지만 ㉤ 뒤에서는 자기들끼리 웃으면서 "역시 애들은 애들이야."라며 무시할 때 실망감을 느꼈다. 그리고 예전에는 명절이 좋기만 했었다. 용돈도 받고 맛있는 음식도 먹고 너무너무 좋았는데, 시간이 지나면서 점점 싫어졌다. 음식도 해야 하고 눈치도 보이고, 내가 페미는 아니지만 여자만 음식 하고 일하는 모습이 보기 싫었다. 그래서 난 명절이 싫어졌고 어른들에게 또 한 번 실망했다.

----

1. ㉠과 ㉡의 문법 요소의 명칭이 적절한 것끼리 짝지은 것은?

        ㉠   ㉡

① 긴 부정   짧은 부정

② 짧은 부정   긴 부정

③ 의지 부정   능력 부정

④ 능력 부정   의지 부정

⑤ 단순 부정   능력 부정

2. ㉢의 문법 요소의 명칭으로 가장 적절한 것은?

① 이중 부정   ② 이중 피동   ③ 이중 사동

④ 이중 높임   ⑤ 이중 시제

3. ㉣의 '아빠'를 '동생'으로 바꾸었을 때 높임 표현이 가장 적절한 문장은? [3점]

① 내가 동생의 슈퍼맨이 되어드려야겠다

② 내가 동생의 슈퍼맨이 되어주셔야겠다

③ 내가 동생의 슈퍼맨이 되어주어야겠다

④ 내가 동생께 슈퍼맨이 되어주셔야겠다

⑤ 내가 동생께 슈퍼맨이 되어주어야겠다

4. 아래 〈자료〉는 ⓒ을 높임 표현에 맞게 고친 것이다. 사전에서 찾은 뜻 중 〈자료〉의 밑줄 그은 단어의 문맥적 의미로 가장 적절한 것은? [4점]

〈자료〉 뒤에서는 <u>당신들</u>끼리 웃으면서

① 당신: 듣는 이를 가리키는 이인칭 대명사. '하오' 할 자리에 쓴다.
② 당신: 부부 사이에서, 상대편을 높여 이르는 이인칭 대명사.
③ 당신: 문어체에서, 상대편을 높여 이르는 이인칭 대명사.
④ 당신: 맞서 싸울 때 상대편을 낮잡아 이르는 이인칭 대명사.
⑤ 당신: '자기'를 높여 이르는 말.

[1-3] 다음을 읽고 물음에 답하시오.

어린 시절 나는 상처를 받았을 때 그걸 표현하지 않고 혼자 속앓이를 많이 했었던 것 같다. 짜증이 나면 화가 나야 되는데 얼굴은 계속 웃게 됐었다. 짜증난다고 말한 적이 있었는데, 친구가 "웃고 있길래 신경 안 쓰는 줄 알았는데."라는 말을 듣고, 나는 화나도 웃고 있다는 것을 알게 되었다.

유치원 때 엄마가 보고 싶어도 보고 싶다고 말을 하지 못했던 것, 보고 싶어서 났던 울음을 하품이라고 말한 일. 지금 와서 생각해 보면 나는 어릴 때부터 내 ㉠ 감정을 많이 숨겼던 것 같다.

상처받았을 때는 가족들 앞에서 울기 싫어서 아무도 없을 때 집에서 혼자 울었다. 혼자 울면 "왜 울고 있냐?"라는 말을 듣지 않고 실컷 울 수 있기 때문이다. 그렇게 지칠 때까지 울다가 잠이 든다. 그러다 ㉡ 방문을 잠갔고, 나는 혼자 울었는데 내가 나오지 않았자 엄마가 문을 땄다고 했다. 그래서 한번 뒈지게 혼난 적이 있다.

가장 크게 상처받았던 때는 동생이랑 비교당할 때인 것 같다. 어린아이 때 동생을 이쁘게 봐줘야 된다, 동생을 괴롭히면 안된다 등 그땐 모든 관심이 동생한테 쏠리는 게 너무 슬퍼서 옥상에 올라가 혼자 울었다. 그때 이웃 주민들과 우리 가족이 날 찾아주고, 집에 가서는 엄청 잘 챙겨주고 그날 하루 동안 나에게 모든 정을 쏟아주셨다. 지금은 내 동생이 좋다.

초등학생 시절 날씨는 늘 변하는 게 일상이었다. 사람들의 생활은 나랑 비슷했다. 학교나 집 외에 간 곳은 피시방이랑 편의점이다. 초등학교를 마치고 난 집으로 바로 가지 않고 컴퓨터 방과후 수업을 듣거나 학원으로 갔다. 학원을 마치고 집으로 돌아오면 간식을 먹고《WHY》책을 읽거나 게임을 했다.

KBS에서 방영한 〈위기 탈출 넘버원〉을 봤었는데 '냉면을 먹다 목에 걸려 죽은 남성' 편을 보고 한 3년간은 겁이 나서 냉면을 먹지 않았었던 기억이 난다. 물론 지금은 냉면을 굉장히 좋아한다. 그 밖에도 내가 두려움을 느꼈던 적은 두 가지가 있는데, 첫 번째는 저녁에 늦게 들어가면서 뒤에 ⓒ 누가 따라오는 게 느껴졌을 때이고, 두 번째는 발표 수업을 앞두고 있었을 때이다. 그땐 너무 떨리고 두려웠다. 이런 두려움도 있지만, 혼이 날 때의 두려움도 있는 것 같다. 그땐 혼나는 게 두렵고 짜증났는데, 지금 생각해 보면 그때 내가 혼나지 않았더라면 '내가 이렇게 컸을까?'라는 생각도 든다. 그렇게 잘못을 인정하고 혼이 나면서 컸기에 많은 친구들이 있다고 생각한다. 내가 그렇게 말을 듣지 않고 마음대로 하면서 컸다면 내 주위에 사람들이 남아 있었을까 싶은 생각이 들어서, 내 잘못을 혼내준 사람들에게 감사하다.

----

1. ㉠에 대한 설명으로 적절한 것은?

① 긴 피동문이다.

② 짧은 사동문이다.

③ 단순한 사실 부정문이다.

④ 숨는 일을 한 것은 '나'이다.

⑤ 숨는 일을 시킨 것은 엄마이다.

2. ⓛ에 쓰인 시간 표현 가운데 가장 어색한 것은?

① 잠잤고   ② 울었는데   ③ 않았자

④ 땄다고   ⑤ 했다

3. ⓒ을 능동으로 바꾼 것으로 가장 적절한 것은?

① 누가 따라오는 게 느꼈을 때이고

② 누가 따라오는 걸 느꼈을 때이고

③ 누구를 따라오는 게 느꼈을 때이고

④ 누가 따라오는 걸 느껴졌을 때이고

⑤ 누가 따라와지는 게 느껴졌을 때이고

22 자서전 출판하기

학생 자서전을 모아서 문집을 만들면 여러 가지로 의미가 있다. 첫째는 자기 자신에 대한 것인데, 문집으로 묶어낼 것임을 미리 공지하면 글쓰기에 책임감이 생긴다. 또한 문집으로 묶여 나온 자신의 글을 읽으면서 다시 한번 성찰을 하게 된다. 둘째는 다른 친구들에 대한 것인데, 친구들의 자서전을 읽으면서 나오는 다른 친구의 삶을 좀 더 이해할 수 있게 된다. 셋째는 문집을 보관하고 있다가 다음 학년도에 자서전 수업을 할 때 예시 자료로 쓰면 큰 도움이 된다. 자서전 예시 자료를 줄 때 그냥 학생 작품이라고 제시하기보다 선배들이 쓴 자서전이라고 하면 학생들이 좀 더 흥미를 가지고 읽게 된다.

문집은 교내 예산을 활용해서 학교와 거래하는 인쇄소에서 찍어도 된다. 여력이 된다면 '부크크' 같은 사이트를 이용한 자가 출판도 가능할 뿐만 아니라 외부 출판사를 통한 정식 출판을 시도해 보아도 좋다.

정식으로 출판을 하든 아니면 동인지 형식이든 학생들이 출판한 자서전은 다음과 같이 신문에 실릴 정도로 가치 있는 일임에는 틀림이 없다.

- 군포 수리고, '미리 쓰는 나의 자서전' 출판 기념회 개최(뉴스에듀, 2017년 12월 22일)
- 장성고 학생 24명 '자서전 작가' 되다(전남일보, 2017년 11월 27일)
- 대전가오고 동아리, 스승 존경 자서전 출판 기념회(연합뉴스, 2013년 8월 27일)

출판을 전제로 자서전을 쓸 경우 어떤 학생들은 자신의 인생사를 남에게 보이기 싫어서 건성으로 쓰거나 거짓으로 쓸 수도 있다. 그래서 교사는 학생들에게, 자신이 부끄러워하는 과거의 일이나 가정의 일이 실은 전혀 부끄러운 일이 아님을 알려주고 솔직하게 기록함으로써 그 부끄러운 기억으로부터 자유로워지는 길을 알려주면 좋다.

그럼에도 불구하고 도저히 쓸 자신이 없는 학생들도 있기 때문에 '계약서'와 같은 확실한 형태로 학생들을 안심시켜야 한다. 1단계는 교사에게만 공개, 2단계는 교내용 문집에만 공개, 3단계는 전국 출판용 공개이다.

계약서 양식 (예시)

계 약 서

갑: (인)

을: (인)

갑은 본인의 자서전의 공개 범위에 대하여 다음과 같이 동의함.

2. 을은 자서전 책이 나오면 계약금을, 자서전 3단계 공개에 동의하고 파일을 제출한 학생들 전체와 1/N으로 나눠 가진다.

계약일: ○○○○년 ○월 ○일

계약서 양식은 자유롭게 만들면 된다. 다음은 더 예전에 썼던 양식이다. 공개는 하되 가명(필명)으로 공개해도 좋다.

저작권 이양 동의서

성명:　　　(인) □ 가명 사용 (　　　)

연락처:

상기 본인 (　　　)은/는 본인이 작성한 자서전을 출판하기 위해 다음 사항에 동의합니다.

1. 본인의 자서전을 hwp 파일로 쳐서 담당 교사 메일로 보낸다.

2. 본인의 자서전 내용을 다듬기 위해서 표시된 부분을 고친다.

3. 본인의 자서전을 여러 출판사에 보여주도록 허락한다.

4. 자서전이 출판사에서 출판된 경우, 본인의 자서전이 실리지 않아도 실망하지 않는다.

5. 자서전이 출판사에서 출판되지 않을 경우, ○○중학교 자서전 모음의 형식으로 찍어낸다. □ 체크하면 동의함으로 처리됩니다.

성명:　　　　　(인)

연락처:　　　　　　　　이메일:

상기 본인 (　　　　　)은/는 학생들이 작성한 자서전을 출판하기 위해 다음 사항에 대해 적극 노력합니다.

1. 학생의 자서전을 메일로 수집한다.

2. 학생의 자서전을 다듬기 위해 고칠 부분에 표시한다.

3. 학생의 자서전을 모아 차례를 짜고 출판사에 보여준다.

4. 자서전이 출판사에서 출판되어 발생한 이익은, 동의서를 작성했으나 자서전이 실리지 않은 학생에게도 똑같이 나누어준다.

5. 자서전이 출판사에서 출판되지 않을 경우, 위의 5번에 동의한 학생의 글만이라도 모아 ○○중학교 자서전 모음의 형식으로 찍어낸다.

○○○○년 ○월 ○일

만약 교내에서 문집을 제작한다면 예산은 혁신학교나 혁신지구의 예산, 자유학년제의 예산, 학생 글쓰기 동아리 예산 등에서 지원이 가능하다. 그러나 학교 예산으로 도저히 안 되면 학생들과 돈을 모아서 제작해도 된다. 편집을 교사가 하고 인쇄소에 인쇄만 흑백으로 맡기면 200쪽짜리 1권의 단가가 학생들에게 그리 크게 부담될 가격은 아니다.

문집을 제작하거나 책으로 출판할 때 표지를 학생이 그리게 하는 방법도 있다.

23 소감 쓰기

자서전을 다 쓰고 나면 발표회를 하는 것이 좋다. 발표회에 특별한 방식이 있는 것은 아니다. 그저 발표하고 싶은 사람이 자원하게 해서 자신의 자서전을 낭독하고 나머지 친구들은 듣기만 하면 된다.

짧은 자서전이라면 전문을 낭독하고, 긴 자서전이라면 '지금 현재'나 '인간상 1, 2, 3'에 해당하는 부분을 낭독하도록 한다. 세 명 정도 낭독을 하고 다 같이 소감문을 쓴다. 자신이 자서전을 쓰면서 느낀 점이나 다른 친구의 자서전을 읽고 들으면서 느낀 점을 진솔하게 쓰도록 한다.

학생들이 쓴 소감문

• 휴! 길고 길었던 자서전의 종지부를 찍는다. 있는 기억대로 적은 것 같고, 내용을 이어지게 쓰는 건 정말 힘든 일이다. 나

도 사연 있는 여자가 되고 싶었다. 자서전을 쓰고 나서 이렇게 빼곡하게 쓴 걸 보니 뿌듯하기도 하다.

• 수행평가라 속으로 '귀찮은데 대충 쓰면 되겠지.'라고 생각했지만, 집에 가서 쓰다 보니 뭔가 추억팔이 하는 기분이 들었다. 그리고 내 자신을 되돌아보며 정신을 차렸다. 수행평가란 생각을 접어두고 방학 동안 제대로 쓰기 시작했다. 중3 말에 자기소개서 쓰는 연습 같아서 형과 엄마가 선생님을 극찬하시기도 했다. 할 수 있을진 모르겠지만 어른이 돼서도 자서전을 써보고 싶다.

• 이런 걸 적으니 마음에 있던 응어리들이 다 풀리는 느낌이라 속 시원하고, 태어나서 지금까지의 과정을 되돌아볼 수 있는 기회라고 생각하니 문득 뿌듯했다. 비록 적는 거는 진짜 너무 너무 힘들었지만! 그래도 되돌아볼 수 있는 좋은 기회이니 나쁘게 생각 들진 않는다. 나는 이제 더 이상 속 썩이는 일 없는 효녀가 될 것이다.

• 나는 힘든 일을 피하지 않고 극복한 사람이라고 알릴 수 있는 날이 오면 좋겠다. 나의 자서전은 끝났지만, 나의 인생은 끝나지 않았고 계속 진행 중이라는 걸 생각해야 된다.

• 원래 누가 성격이 좀 마음에 안 들고 그렇고 그러면(?) 그냥 밉고 그랬는데, 자서전 읽고 나서 한 사람 성격이 16년 동안 살아온 환경에서 축적된 거라는 걸 깨닫고 좀 더 이해하는 눈이 생긴 것 같아서 뿌듯하다. 진짜 성장한 느낌! 다른 사람도 나랑 똑같이 십몇 년짜리 이야기를 담고 있다는 게 몸으로 느껴졌다.

• 나는 이 책을 평생 간직할 것이다. 그래서 동창회 할 때 저번에 받은 책과 이번에 받은 책을 들고 나타나서 친구들을 동심에 빠트릴 거다.

• 글을 읽어보니 생각보다 다양한 일이 있었던, 사정 있는 친구들이 많았기에 조금 마음이 묘했다. 모두 언젠가 이 책을 다시 써낼 기회가 생긴다면 행복한 일만 있었으면 좋겠다.

참고 자료

단행본은 다음 책들이 좋다.

- 린다 스펜서,《내 인생의 자서전 쓰는 법 – 삶은 어떻게 책이 되는가》
- 조성일,《나의 인생 이야기 – 자서전 쓰기》
- 강진·백승권,《손바닥 자서전 특강》
- 안정효,《자서전을 씁시다》

읽어볼 만한 논문은 다음과 같다. 논문을 읽을 때는 이론이 실려 있는 앞부분은 읽지 않아도 되고, '자서전 쓰기의 실제'가 실려 있는 부분만 보면 된다. 단행본보다 짧으면서도 실제 학생들에게 자서전을 지도한 결과들이 압축적으로 실려 있어서 도움이 된다. 한국교육학술정보원 누리집(http://riss.kr)에서 검색하면 무료로 읽어볼 수 있다. 모두 석사학위 논문이다.

- 천정은, 〈자서전 쓰기 지도 방법 연구〉, 2004.
- 박진형, 〈자서전 쓰기 교수·학습 방법과 효과 연구〉, 2014.
- 최인영, 〈자서전 쓰기 교수·학습 과정 연구〉, 2014.
- 권오상, 〈쿠레레(Currere) 방법을 적용한 청소년 자서전 쓰기 수업 연구〉, 2015.
- 김선영, 〈자서전 쓰기 지도 방안 연구〉, 2017.
- 김시은, 〈중학생의 자아 성찰을 위한 자서전 쓰기 지도 방안 연구〉, 2019.

마지막으로 전국국어교사모임 누리집(naramal.or.kr)에 현장 교사들의 수업 사례가 올라와 있는데, 다음 세 사례가 참고할 만하다.

- 권정혜, 〈자서전 쓰기〉(2013-04-03)
- 안선옥a, 〈삶을 성찰하는 자서전 쓰기〉(2017-05-03)
- 송동철, 〈중학교 자서전 쓰기〉(2018-01-20)

작문의 일반론과 관련해서는 다음 책을 추천한다.

- 이대규, 《수사학 – 독서와 작문의 이론》
- 린다 플라워, 원진숙·황정현 옮김, 《글쓰기의 문제 해결 전략》

3부
학생들이 쓴
자서전

A4 2~4매

짧은 자서전

내 인생의 시작은 로이조다

김진서

나는 2000년 8월 31일, 병원에서 태어났다. 나는 태어나자마자 사람들의 검은 머리가 해바라기처럼 둘러싸여 있는 것을 보았다. 사람들은 나를 보며 시끄럽게 소리 내며 웃었다. 이렇게 내가 태어났다. 나는 하단에서 태어나 유치원 생활을 하다가 2007년 여덟 살이 되어 을숙도초등학교에 갔다. 1학년이 되고 첫 시험을 칠 때, 나는 시험이란 것 자체가 있는지도 몰랐고, 처음 치는 시험(받아쓰기)이라서 무척 떨리고 긴장되었다. 그러나 받아쓰기는 항상 100점을 받았다. 그 후로 학년이 점점 올라가고 중간고사, 기말고사를 칠 때도 평균 96점 밑으로 내려간 적이 없이 초등학교 생활을 마쳤다.

그리고 나는 2013년 하단중학교에 입학했다. 초등학교 때보다 지켜야 할 규칙이 더 많아져서 학교생활이 힘들었다. 그리고 몇 달 뒤 1학기 중간고사를 쳤다. 조금 어려웠지만 성적 변화가 딱히 없을 거라고 생각했다. 그런데 결과는 충격적이었다. 6학년 때까지만 해도 평균 96점 밑으로 내려간 적이 없는 내가 평균 70~80점 대로 내려가서 정말 충격이 어마어마하게 컸다. 그 후로 나는 모든 일이 우울했고 하기 싫었다. 거의 우울증이 되어가던 때쯤에 손태원이란 친구한테서 현재 내 삶의 50% 정도를 차지하고 있는 '리그 오브 레전드'란 게임을 배웠다. 그 게임은 레벨 1부터 30까지 있고, 30이 된 후에 등급을 올리려고 서로 대결해서 이긴 사람은 등급이 올라가고 진 사람은 등급이 내려가게 되어 있는 게임인데, 그 당시 손태원의 레벨은 27이었다. 나는 다섯 달 정도는 걸리는 30레벨을 단 2주일 만에 찍고 손태원보다 앞서게 되었다. 그렇다. 나는 평균이 확 떨어져서 몰려오는 슬픔을 안고 2주일 동안, 친구들 밥 먹을 시간에 레벨 올리고, 잘 시간에 레벨 올리고, 공부할 시간에 레벨을 정말 미친 듯이 올렸다. 이렇게 미친 듯이 레벨을 올린 것이 내 인생에서 뭐 하나를 열심히 한 것으로 처음이고, 내 인생을 아주 많이 바꿔놓기도 했다.

그렇게 롤 만렙을 찍고 나서 나는 등급을 서서히 올려갔다. 물론 공부는 하지 않았다. 게임 하면 즐겁다는 생각이 들었고, 자연스레 공부를 하지 않게 되었다. 친구들의 성적이 올라갈 때 나는 롤 등급이 올랐고, 반대로 성적은 점차 내려가 밑바닥을 보였다. 그와 동시에 나한테 중2병(사춘기)이 찾아온 거 같다.

나는 일반 주택에 살았다. 다른 친구들보다 조금 더 형편이 어려웠다. 평상시엔 딱히 신경 쓰이지 않던 집과 차 등이 사춘기가 오니 뭔가 부럽고 가지고 싶다는 생각이 들었다. 그래서 그런지 나는 엄마가 잔소리 같은 것을 할 때마다 다른 집이랑 비교를 하고 괜히 큰 소리를 냈다. 내가 화를 내면서 나도 모르게 성격이 점점 나빠져 가고, 학교에서도 티가 나게 나의 나쁜 감정을 제어하지 못하고 표출해서 선생님들께 혼났었던 것 같다. 그 감정을 물리친 내 인생의 구세주가 있다. 그는 바로 '아프리카TV' 게임 개인방송을 하는 BJ 로이조였다. 롤을 하다 보니 등급을 올릴 수 있는 법을 찾다가 알게 된 로이조의 방송. 처음에는 오로지 재미와 등급 상승을 위해서 보았는데, 보다 보니 로이조가 나랑 비슷한 점도 매우 많았다. 로이조가 게임 방송을 하지 않을 때는 인생이나 미래의 삶에 대해 시청자들과 이야기를 하기도 했다. 그런 시간을 통해 나도 내 인생에 대해 다시 한번 생각해 보게 되었고, 그로 인해 중2병이 없어졌다.

나는 종종 친구들에게 "로이조 방송을 많이 봐서 그런지, 얼굴과 성격과 말투가 로이조를 닮아간다"고 했다. 이렇게 한창 롤과 로이조에 빠져 살다 보니 중학교 3학년이 되었다. 로이조가 부산에 사는데 당감동에 피시방을 개업한다기에, 내 인생에 도움을 준 로이조를 친구들과 함께 가서 실제로 보았다. 내 아프리카TV 닉네임을 대니까 바로 누군지 알았다. 인생 얘기를 했다. 로이조가 먼저 말을 꺼냈다.

"그래, 요즘 공부는 잘 되고?"

나는 뭐라 해야 할지 몰라 당황해서 "그냥 뭐, 아무것도 모르겠어요."라고 대답했다. 그러자 로이조는 "지금 공부할 수 있을 때 공부를 해둬야 나중에 편하게 하고 싶은 거 다 하며 잘살 수 있다. 그리고 아무리 힘들고 짜증나도 부모님께는 짜증내면 안 돼. 지금 이 시기에 가장 힘든 건 부모님이야. 효도해 드려."라고 말하였다.

그날 밤 나는 사춘기 때 다른 집들과 우리 집을 비교했던 일이 생각나서 엄마한테 정말 미안했고, 그 말을 했던 것이 너무 후회스러워서 한 시간 동안 눈물을 흘렸다. 그리고 좋은 대학을 가서 부모님께 효도하려고 결심하고 서점에 가서 수학책, 영어책, 과학책을 샀다.

나는 앞으로 공부를 쭉 열심히 해서 남부럽지 않은 집과 좋은 차를 부모님께 선물해 드리고 싶다. 그 무엇보다도 나의 인생에 큰 영향을 미쳤던 '롤', 나의 결정을 바로잡아 준 부모님과 로이조에게 정말 고맙게 생각한다.

인생, 별거 있나

최서윤

우리 가족은 아빠, 엄마, 오빠, 나 이렇게 넷이다. 아빠는 현재 중학교 수학 교사이고, 엄마는 어린이집 원장이며, 오빠는 대학생이자 취준생이다. 그리고 나는 중학생이다. 요즘 나는 남들에게 보여지는 겉모습에 조금 더 신경 쓰게 되었다. 치장 같은 거 말이다.

나를 조금 더 설명해 보자면, 예쁘지는 않지만 그렇다고 아주 못생기지도 않은 평범한 얼굴이다. 몸매는 하체가 전반적으로 살이 있는 편이고, 성격은 그다지 좋지만은 않다. 또한 남에게 당당하고 활기찬 성격을 가진 사람으로 보이기 위해 노력하고 있다. '청소'는 나의 장점이자 단점인데, 남의 물건을 치우는 것은 누구보다 잘할 자신이 있지만, 내 물건 치우는 것은 자신 없다.

내 인생은 '행복, 불행, 운' 이 세 단어로 표현할 수 있을 거 같다. 먼저 행복은 나에게 무수히 많았다. 몇억 분의 일로 내가 대한민국이라는 나라에서 태어났고, 햇빛유치원을 나와서 을숙도초등학교를 나오고, 하단중학교 졸업을 앞두고 있다. 탈은 많았지만 그래도 지금까지 내가 살아 있다는 것만 해도 너무 큰 복이 아닌가 한다.

불행은 행복과 같이 온다는 말이 있듯이, 내가 몇억 분의 일로 태어날 때부터 이미 불행은 시작되었다고 본다. 대한민국이라는 나라에서는 학력과 빽을 중시하는데, 내가 미친 듯이 공부해야만 더 나은 미래를 가질 수 있으므로 공부에 찌들어 살아야 하는 삶은 이미 정해져 있는 것이다. 그 점이 너무 슬프지만 대한민국 사람이라면 누구나 가지고 살아갈 불행이지 않을까.

마지막으로 운은 내 인생의 전부였다고 해도 과언이 아니다. 운 좋게 태어나서 운 좋게 하단중학교에 입학하게 되었고, 차에 치인 적이 있는데 운 좋게 죽지 않았으며, 운 좋게 내 모든 장기와 조직들이 정상이며, 운 좋게 좋은 친구들을 많이 만났다. 나는 '운'이 아니었다면 이 세상에 없는 존재가 되었을 수도 있다고 생각한다.

그리고 나도 물론 나쁜 짓을 해보았다. 내가 한 행동은 별로 나쁘다고 생각하지는 않지만, 내가 일곱 살 때쯤 갑자기 과자가 먹고 싶었던 적이 있다. 그래서 몰래 내 토끼 저금통에서 2000원 정도를 꺼내려고 했는데, 토끼를 뒤집는 소리를 들은 엄마가 갑자기 들어와서 뭐 하냐고 물으셨다. 내가 놀란 탓인지 나도 모르게 거짓말이 나왔다. 밖에 아저씨가 가져오라고 했다고 말이다. 부모님의 계속된 추궁에 결국 진실을 말하고 꾸중을 들었다. 그리고 엄마는 한번 저금을 한 돈은 다시 꺼내서는 안 된다며 나무라셨는데, 지금 생각하면 내가 내 저금통에서 내 돈을 빼는데 왜 거짓말을 했는지 모르겠다. 하지만 터무니없는 거짓말을 한 건 내 잘못이니까 반성했다.

내가 남의 물건을 잘 치우는 것이 장점이라면, 장점을 발견할 수 있었던 계기가 있다. 중1 때 한 아이가 사물함을 청소하고 있었는데 뭐부터 해야 할지 모르고 갈팡질팡하고 있길래, "야, 쫌 도와줄까?"라고 물었다. 그때 개가 "그래 준다면야 나야 땡큐지."라고 해서, 내 사물함도 아닌 남의 사물함을 치우게 되었다. 솔직히 내 사물함도 못 치우는 나는 걱정이 되었지만, '이미 엎질러진 물이로구나.' 하고 그냥 도와줬다. 그런데 내 손발이 막 '척척척' 하고 움직이는 게 아니겠는가! 종이 안 쓰는 건 다 버리고, 교과서는 왼쪽, 파일은 오른쪽…… 내가 이렇게 정리를 잘하나 싶었다. 나는 나한테 맡겨진 일이고 내가 좀 할 수 있는 거면 완벽하게 그리고 내 방식대로 해야 하는 그런 게 있다. 그래서 개가 하는 게 너무 답답해서 "아, 그냥 내가 할게!" 하고 내가 결국 다 했었다.

그리고 내가 점점 시간이 갈수록 변화하는 데 영향을 준 사람이 있기는 하지만 여기다가 별로 적고 싶지 않다. 왜냐하면 굳이 내 비밀을 다른 사람에게 알리고 싶지 않기 때문이다. 그래서 그 사람을 빼면 바로 '나' 자신이 내 삶에 영향을 준 사람이 아닐까 생각한다. 나는 다른 사람들에게 내 비밀을 말하는 그런 사람이 아니다. 그래서 힘든 일이 있어도 그냥 내 선에서 삭이고 풀지, 절대 다른 사람에게 말하지 않는다. 그 이유는 내가 '인간은 별로 믿을 존재가 못 된다'고 생각을 하고 있어서이다. 어쨌든 이러한 내 성격 때문에 내가 나한테 채찍질하고, 신세 한탄하고, 고민을 말하고…… 그래서 내가 직접 나를, 내 모습을, 성격을 변화시켜 온 것 같다. 조금 오글거릴 수도 있지만, 나한테 "내일이 되면 별거 아닌 일이 될 거야."라고 해본 적도 있다. "힘내자."라는 말은 기본이다. 이런 말들을 나한테 하면 좀 나아지는 듯했다.

나는 지난 4년(6학년에서 중3까지) 참 많이 변해온 것 같다. 중학교 때 애들은 잘 모르겠지만 초등학교 때 애들에게 물어보면 지금 내가 많이 착해졌다고 한다. 나는 앞으로 더 좋게 변해갈 것이며 성공하기 위해 노력하는 그런 사람이 되었으면 한다.

내 인생은 많은 일이 일어났었고 앞으로도 일어날 것이지만, 그것들은 모두 행복, 불행, 운과 함께할 것이다. 행복하고 운 좋은 일만 가득했으면 좋겠으나 그건 말도 안 되고, 상처가 있어야 또 그만큼 더 성장한다는 말이 있듯이, 나는 행복이든 불행이든 운이든 뭐든 다 겪어서 그걸 이겨내는 멋진 사람이 되어서 내 동반자와 함께 삶을 꾸려갈 것이다. 생각만 해도 행복할 내 미래를 오늘도 내일도 꿈꾸며 나를 돌아보는 계기가 된 이 글을 끝내도록 하겠다.

앞으로 일어날 재미난 일들이 벌써 기대가 된다.

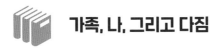

가족, 나, 그리고 다짐

공유빈

우리 가족은 엄마, 아빠, 동생, 나 이렇게 넷이다. 당연한 건지 모르겠지만, 나는 엄마와의 관계가 깊은 것 같다. 서로 이해하지 못해 싸우는 경우도 종종 있지만, 엄마는 영원한 나의 단짝이다. 엄마는 할머니가 일찍 돌아가셔서 후회를 많이 하신다. "못해 드린 게 많은 것 같아." 하시며 말이다. 그러면서 나에게는 호탕하게 "그니깐 엄마한테 잘해!" 하시는데, 정말로 나는 후회하지 않게, 아니 덜 하도록 엄마 곁에서 내가 받은 것보다 더 많이 보답해 드리고 싶다.

아빠와는 성별 차이 때문인지 자주 부딪힌다. 엄마는 내가 아빠와 다퉜을 때 가끔 "무슨 점집을 가도 아빠랑 넌 서로 안 맞다 하더라." 하시며 위로 아닌 위로를 하시기도 한다. 솔직히 내가 너무 바라는 게 많고, 이기적이고, 잘한 것보다는 못한 걸 더 크게 본다. 아빠는 태어났을 때 정말 못생겼다던 나를 정말 예뻐하고, 정말 무거웠다던 나를 업고 등산도 가고, 어릴 적 앨범을 보면 항상 내 옆에 있던 사람이다. 내가 조금 큰 건지 요즘에는 아빠 입장을 한 번 더 생각해 보려 하고 내가 더 노력해 보려 한다. 지금은 이렇게 커 보이는 아빠지만 언젠가는 작아 보이는 아빠를 보게 되지 않을까?

우리 동생! 사실 내가 제일 의지하는 사람은 동생이다. 엄마가 동생을 임신한 채로 방바닥에 떨어진 것을 엎드려 줍는데 그 위에 올라타서 엄마를 괴롭혔던 그때가 동생에 대한 첫 번째 기억이다. 많다면 많고 작다면 작은 다섯 살 차이지만, 또 리모컨, 음식, 자리, 컴퓨터 등을 가지고 아주 많이 싸워왔던 동생이지만, 우리가 함께 자라가면서 이제는 서로에게 힘이 되어주려 한다. 평생 동안 서로 힘들 때 도와주고 기쁠 때 함께 기뻐하는 그런 사이좋은 남매가 되고 싶다.

무더운 여름이 오면 베란다에 커다란 풀장에 물을 받아서 동생이랑 물장난을 하고 놀았다. 동생과 난 냄새에 민감한데, 아직도 베란다에 나가서 물을 쓰면 그때 냄새가 난다며 서로 웃기도 한다. 또 추운 겨울에는 안방 화장실에서 욕조에다 따뜻한 물을 받아 동생이랑 같이 목욕을 하곤 했다. 이제는 같이 들어가려고도 안 하지만 말이다. 생각하면 가슴이 따뜻해지는 기억이다.

난 일본 제품을 아주 신뢰하는 엄마 덕분에 어릴 때부터 일본 과자, 일본 캐릭터 같은 것을 많이 샀다. 특히 헬로키티를 많이 샀는데, 내 책상, 휴지 덮개, 스탠드, 시계 등 내 방에 많은 물건을 헬로키티로 채웠던 적도 있다. 길을 가다가 그때 먹던 과자를 보면 추억이 새록새록 난다.

추억이라 하면 비디오를 빼놓을 수 없다. 내 또래 아이들의 어릴 적 기억에서 비디오는 절대적이다. 유치원 갔다 오면 항상 TV 밑에 비디오를 넣고 넣 놓고 봤었다. 핑구, 패트와 매트, 버그 등 비디오 정말 많이 봤다. 저번에 한번은 친구들과 비디오 얘기를 하는데,

너도 그거 아냐면서 얘기가 끊이질 않았다. 요즘에는 비디오가 아닌 TV, 스마트폰, 컴퓨터하고만 노니까 그런 동생을 보면 마음이 안 좋다. 나도 책을 싫어하지만 동생은 책을 좀 읽었으면 좋겠다. 우리 집은 거실에 책장을 아주 크게 두었는데 그 이유도 내가 책을 싫어해서였다. 거실에 나와 있으면서 책 한 번 더 보라는 엄마의 의도였지만 별 효과 없었던 것 같다. 그래도 책을 많이 안 읽은 건 후회되는 게 사실이다. 읽은 책이 별로 없어서 힘들 때가 많다.

난 요즘 뭐랄까 개운한 하루하루를 맞이하고 보낸다. 방학에 공부 걱정을 안 하고 푹 쉬며 놀아서 그런지, 새 학기에 새 시간표에 오래간만에 보는 친구들이 좋아서 그런지 너무 행복하다. 하지만 최근 들어 진로에 대해 고민하면서 너무 머리가 아프다. 얼마 전까지는 의사가 되고 싶긴 한 건지, 고등학교를 어디로 가야 할지 고민했지만, 이걸 고민하고 있으면 너무 화가 나서 그냥 나중에 생각하기로 하고 접었다. 그래도 주위에서 나에게 너무 상처를 준다. 어떤 친구가 나에게 말했다. "너 성적 아까워서 거기 가는 거 아냐?" 진짜 듣자마자 너무 속상하고 화났다. 이것 말고도 고민이 많다. 그래도 신경 안 쓰려 한다. '고민해서 해결될 것 아니면 고민하지 마.' 내 좌우명이다.

난 말을 잘하는 엄마가 많이 부럽다. 엄마랑 싸우기만 하면 내가 진짜 분해 죽을 것 같다. 그래도 나름 쿨하고, 가끔 구멍은 있지만 꼼꼼하기도 하다. 정리를 잘 안 해서 엄마한테 자주 혼나기도 한다. 얼마 전에는 친구와의 인터뷰에서 내 첫인상을 물었더니 "세 보여서 말도 못 걸겠더라."라고 말했다. 다들 나보고 강해 보인다고 한다. 난 눈썹이 엄청 진하고, 쌍꺼풀이 있는 예쁜 눈과 낮은 코에다가 빵빵한 살을 갖고 있다. 또 나는 모방을 아주 잘한다. 솔직히 내게서 창의력은 찾을 수가 없다. 남들이 해놓은 것을 따라 하는 거라도 잘하니까 다행으로 생각하고 있다.

지금까지 나는 내가 하고 싶을 일을 웬만해서 다 할 수 있었고, 해왔다. 갖고 싶은 물건은 엄마에게 애교를 떨어 사고, 길 가다 먹고 싶은 음식이 있으면 멈춰서 먹고 가고, 날씨가 더우면 에어컨도 켠다. 또 엄마 아빠의 관심과 보호 아래 커왔고, 당연하게 내가 잘하면 부모님 어깨가 펴졌고 못하면 부모님이 욕을 들었다.

2학년 때 한번은 나쁜 친구들과 어울려 나쁜 짓을 하고 크게 혼났었는데, 엄마 얼굴에 먹칠하기만 했다. 중학교 1학년이 되고 여러 친구들을 사귀었다. 지금 나의 제일 소중한 친구들을 사귈 수 있었던 1학년 한 해였다. 하지만 흔히 말하는 노는 친구들도 사귀어서 크게 데였었다. 이 친구들을 만나 노래방도 가고 화장도 해보고 컬러렌즈도 처음으로 껴봤다. 결국에 2학년이 되어서 나쁜 짓을 하고 징계까지 받게 되었다. 그때는 정말 속상하고 후회되고 내가 정말 밉고 그랬는데, 지금 생각하면 고마운 일 같다. 그때 그냥 넘어갔다면 그 친구들을 멀리할 생각도 안 했을 것이다. 엄마가 내게서 이상한 기류를 느끼고 그 친구들을 멀리하라 여러 번 말씀하셨는데 안 들렸었다. 그래서 엄마에게 더 미안했다. 그래도 그 후 바뀌려 노력했고, 더 인정받는 것 같다. 아직 정신 못 차리고 노는 애들도 있지만 열심히 공부하는 애들은 대견하기까지 하다. 또 그때 내게 큰 힘이 되어주셨던 김영숙 선생님도 너무 감사하다. "유빈아, 잘하고 있어." 정말 힘이 되는 한마디였다.

난 1등을 할 때 가장 보람차다. 또 내가 계획했던 일을 모두 해냈을 때는 그 기분을 말로 표현할 수가 없다. 4학년 때 영재 시험에 붙은 것을 확인했던 그 순간, 기뻐하며 내가 먹고 싶다던 치킨을 사주셨던 아빠의 표정, 모두 잊을 수 없이 기뻤다.

난 다른 친구들처럼 친구를 크게 생각하지 않는다. 이건 내게 진짜 친구가 있어서가 아닐까? 죽을 때 진짜 친구 한 명만 곁에 있어도 잘 살아온 거라고 하는데, 난 벌써 이렇게 소중한 친구가 여럿이니 내가 잘 살아온 건가? 그리고 난 뭐든 혼자서 잘한다. "엄마가 해준 건 네가 한 게 아니잖아." 하시며 날 강하게 키우신 엄마가 있었기 때문이다. 하지만 가끔은 같이하는 것을 잘 못해서 힘들기도 하다. 2학년 때 스크래치를 하는데 모두들 협조도 안 하고 모이기도 힘들고 의견 조율도 힘들어 그냥 혼자 다 해버렸다. 이렇게 성가신 성격이 또 있을까. 그리고 정말 이기적인 사람이다.

내 꿈은 의사다. 5학년 때 〈반창꼬〉라는 영화를 보고 극중 한효주가 의사로서 최선을 다해 사람을 살리는 그 모습을 보고 '이 일을 해야겠다.' 했었다. 우리나라에서 의사는 아주 공부를 잘해야 할 수 있는 일이다. 솔직히 내 지금 모습과 자세, 성적으로는 택도 안 되니 잠깐 막막하고 이 꿈을 포기해야 하나 했지만 내가 바뀌기로 했다. 난 의사가 될 거니까.

고등학교는 일반 고등학교로 가고 싶다. 그리고 의예과로 진학해 열심히 공부해서 의사가 될 것이다. 기회가 된다면 외국에 교환학생으로 유학도 가보고 싶다. 그럼 얼마나 좋을까.

결혼은 안 할 것이다. 내가 좋다는 남자 만나고, 서로 소원해지면 헤어지고, 쉽게 살고 싶다. 평생 한 사람만 바라보며 사는 건 상상만 해도 숨 막힌다. 혼자는 무서우니까 예쁜 강아지와 엄마와 살 것이다.

엄마가 한번은 주왕산에 여행을 다녀와서는 옥저삼리에 집을 지어서 살고 싶다고 했다. 그런 말을 자주 한다. 그래서 돈을 많이 벌면 먼저 엄마 소원부터 들어주고 싶다. 그러니까 내가 다 늙어서 아무것도 못할 때까지 엄마가 내 옆에 있어줬음 좋겠다. 너무 이기적인가?

내 인생 최고 목표는 '훌륭한 사람'이 되는 것이다. 모두들 나를 훌륭한 사람이라 하는 그 순간, 내가 그때까지 했을 힘들고 지친 시간들을 다 갚아주지 않을까. 앞으로 겪을 고등학교 3년을 열심히 보내면 그 후가 행복할 테니, 힘들다 생각하지 말고 최선을 다하고 싶다.

나는 사랑을 주는데 어색하고, 타고난 재주가 없어 사소한 것 하나하나 노력해야 하고, 혼자 하는 건 잘하지만 함께 하는 건 잘 못하는 사람이다. 많이 사랑해 줄 수 있고, 뭐든 노력하고, 함께하는 것을 가르쳐줄 수 있는 사람이다.

열여섯 살의 어느 날, 나는 아빠와 많은 대화를 했었다. 평소였으면 귀찮은 듯 말을 끊었겠지만, 그날은 그냥 계속해서 들었다. 아빠가 "우리 딸이 아빠가 모르는 새 많이 큰 것 같아."라고 말했다.

아직 난 열여섯 살이지만 열일곱 살, 스무 살, 서른 살이 되어서는 진정으로 엄마, 아빠, 동생뿐 아니라 다른 사람들을 이해하고 사랑하고 또 위로하며 손잡아 줄 수 있는 멋지고 훌륭한 사람으로 성장해 나갈 것이다.

이야기하기 위해 살다

황성빈

나의 가족은 아빠, 엄마, 나, 여동생 이렇게 넷이다. 나는 주근깨가 조금 있지만 나의 여동생 얼굴에는 주근깨가 엄청 많다. 나의 성격은 엄마와 아빠의 성격이 유전된 듯이 신경질적이고, 동생도 신경질적이다. 나는 요즘 반항을 많이 하고 있지만, 아직까지는 다행스럽게도 인간적으로 살아가고 있다.

내가 현재 좋아하는 것은 배드민턴이고, 관심이 있는 것은 배드민턴 치는 정희철이라는 형의 기술과 우쿨렐레이다. 우쿨렐레를 잘 연주하고 싶어 가족이나 선생님께 물어보기도 하고 검색도 해본다. 그리고 가끔 노래를 코드 따라 쳐보기도 한다. 배드민턴은 평범하게 치는 것보다는 약간 재주 부리듯 하며 치는 것에 대해 관심이 좀 많다.

나는 심한 장난을 치지 않으려고 노력 중이고, 짜증 내지 않고 욕하지 않으려고 신경 쓰고 있다. 욕은 습관이 되어버렸는지 쉽사리 고치기 힘들어서 신경을 많이 쓴다. 나는 장난을 많이 좋아해서 다른 사람들이 내 성격을 쓰레기 같다고 생각하기도 하지만, 그래도 어른들에게는 착하다는 소리를 많이 듣는다. 그리고 어려운 상황을 잘 극복하는 능력이 있는 것 같다. 내 장점은 다른 친구들에게 준비물을 잘 빌려주는 것이고, 단점은 장난을 좋아하는 성격인 것 같다.

내가 정말 보람 있었던 일은 버스에서 짐을 든 어떤 할머니께 자리를 양보해 드린 것이다. "여기 앉으세요, 할머니."라고 말했더니, "괜찮다. 니 앉아라."라고 말씀하셨지만 내가 버스 문 앞으로 가자 할머니가 앉으셨고, 내가 정류장에서 안 내리자 "니 많이 가나? 여 앉아라."라고 말하셨다. 내가 "두 정거장만 더 가면 돼요."라고 말하자, 할머니가 고맙다는 말을 해주셨다. 이때 정말 보람차고 기분이 좋았다.

내가 초등학생 6학년 때 우쿨렐레라는 하와이 악기를 배우러 다녔는데, 어느 날 연주회 같은 것을 한다며 그 학원에서 배우는 모든 학생들이 주변 교회로 가서 연주를 했다. 선생님은 피아노를 치고 나는 우쿨렐레를 연주했다. 그때 많은 박수를 받았고, 선생님께도 잘했다는 말을 들었다.

살아오면서 후회되는 일과 나빴던 기억도 있다. 내가 중1 때 애들이랑 논다고, 배드민턴 친다고 공부를 하지 않고 있을 때, 부모님이 "공부 좀 해라."라고 말씀하셨다. 나는 그 말을 듣지 않고 놀기만 했고, 중2 때 부모님이 "공부 좀 하라고!"라며 짜증을 내셨다. 그때라도 공부를 했더라면 이렇게까지 힘들지 않았을 텐데, 정말 후회된다.

내가 세 살 때쯤 장난감 자동차를 타고 모래를 싣고(?) '나는 운전을 정말 잘하는구나.'라고 감탄하며 뒤에 있는 동생과 엄마를 보며 앞으로 달렸다. 그때 엄마가 앞을 보라는 듯한 손짓을 했지만, 난 어렸기 때문에 그 손짓을 이해하지 못했고, 엄마가 뭐라뭐라 말했지만 알아들을 수도 없었다. 계속 앞으로 가다가 갑자기 혹 빠져 버렸다. 거기가 높이가 2미터도 넘는 곳인데, 다행히 중간에 걸려 있었다. 마침 그 옆에 사는 우리 이모부께서 날 꺼내줬었다. 엄마는 "그때 도랑에 물 찼으면 떠내려가서 죽었을 거다."라고 말했다.

나는 2015년 8월부터 배드민턴 레슨을 받기 시작했고, 8월 25일 화요일에 희철이라는 형을 만났다. 그 형과 나는 레슨이 끝나고 같이 공을 주웠다. 그때 형이 "니 게임할 줄 아나?"라고 물었고, 나는 "네."라고 대답했는데 약간 어색했던 것 같았다. 그러자 그 형이 "너희 엄마랑 같이 한 게임 하자."라고 말했고 엄마도 같이했다. 게임하는 도중에 희철이 형이 쉬지 않고 열심히 뛰는 것을 보고 나는 더 열심히 하기로 마음속으로 다짐했다.

나는 앞으로 화를 최대한 내지 않으려고 노력할 것이고, 배드민턴을 열심히 치고, 나의 꿈인 체육 선생님이 되기 위해 한 걸음 한 걸음 나아갈 것이다.

단풍이 물들 듯 내 인생도 물들다

이○○

나는 16년 동안의 내 인생을 한번 짧게나마 써보려 한다. 글쓰는 걸 그리 좋아하는 편은 아니지만, 이 글을 쓰며 내 인생을 한번 돌아보는 것도 좋을 것 같다.

우리 가족은 평범하고 화목한 가족이라고 말하고 싶다. 남들 눈에는 아닐 수도 있지만, 난 그리 생각한다. 먼저, 일을 너무나도 사랑하시는 우리 아버지. 우리 아버지는 내가 어려서부터 항상 일을 많이 하셨고 가족에게 관심이 없었다. 추억도 물론 없다. 아버지는 어린 내게 항상 뒷모습만 보이셨고 한 치의 오차도 없는 완벽한 존재이기도 했다. 그런 아버지를 나는 매우 어렵게 대해야만 했다. 아버지가 내게 조금만 관심을 주었으면 하는 마음도 컸다. 그래도 나를 수영학원에 보내주시고 내게 뜻깊은 생일선물을 주신 걸 보면 관심이 아예 없었던 것은 아니었던 것 같다. 지금은 가족에게 많이 관심을 기울이시고 있다. 나는 예전에는 없던 아버지에 대한 믿음과 사랑이 생겼고, 아버지는 가족에게 예전에는 없었던 것 같은 사랑과 관심을 보이신다.

그리고 내게 가장 편한 친구 같은 존재이자 항상 가족을 위해 애쓰시는 우리 어머니. 어머니는 내게 많은 것을 알려주었다. 밥을 짓는 방법이라거나 옷을 개는 방법 같은 생활할 때 필요한 것들을 알려주었고, 사람을 대하는 방법과 사람을 사랑하는 방법도 알려주었다. 이런 어머니와 함께 밖에 나가 영화도 보고 쇼핑도 하고 밥을 먹는 것은 정말 큰 행복이었다. 지금도 나는 어머니와 많은 얘기를 한다. 함께 소통하며 힘든 일을 덜어주는 것이 얼마나 좋은 일인가 싶다.

세 번째로 자신의 꿈을 향해 나아가고 있는 듬직한 우리 오빠. 오빠는 어릴 적 나의 영웅이었다. 나를 매우 아껴주었고, 그런 오빠를 나는 매우 좋아하고 잘 따랐다. 내가 놀이터에서 놀다 크게 다쳤던 때도 나를 달래주며 병원으로 함께 갔었다. 오빠와 나는 서로 잘 통하는 이야기는 없었지만 오빠가 내 눈높이에 맞춰 얘기를 해주어서 생각보다 많이 잘 통했다고 생각했다. 오빠가 고등학교에 진학할 무렵, 음악에 관심이 생겨 진로를 음악 쪽으로 잡았었다. 내가 보기엔 오빠는 음악 쪽에 재능이 있었다. 그래서 나는 오빠를 많이 응원했지만, 안타깝게도 가고 싶은 대학에 떨어지고 오디션에도 몇 번 떨어져 결국 꿈을 포기했다. 지금은 일본으로 유학을 가 있는 상태다. 연락은 자주 안 하지만, 서로 다 잘 살고 있다고 생각하며 생활한다.

마지막으로 우리 집의 엔돌핀이자 지금 이 글을 써내려 가고 있는 나. 나는 어릴 때 수영을 배웠다. 내 인생의 절반이 수영과 함께했다고 해도 과언이 아니다. 몇 번 수영대회에 나가 상도 받았었고 수영선수라는 꿈을 가지기도 했었다. 하지만 수영을 계속했던 터라 귀에 물이 많이 들어갔었다. 그래서 중이염에 걸렸지만 참고 계속하다가 결국 수술까지 하게 되는 상황에 이르러 수영을 그만두게 되었다. 8년 동안 정말 열심히 키워왔던 꿈이었는데 그렇게 무너지니 정말 절망스러웠다. 그때를 생각하는 것은 아직도 아픔이다. 하지만 지금은 그 아픔을 딛고 일어서서 또 다른 길을 걸어가려 한다. 아직 불분명하지만 언젠가 분명해질 것이라 믿고 있다.

나는 요즘 공부와 친구 관계에 신경을 많이 쓴다. 중학교 2학년 때, 정말 공부에 대한 스트레스를 많이 받아 한동안 방황하다가 지금은 다시 정신을 차렸다. 학원을 다시 다녀야겠다는 생각이 불현듯 들어 영어학원과 수학학원을 다니고 있다. 공부는 정말 중요한 것 같다. 하지만 중요하단 것을 알면서도 막상 실천하는 것은 무지하게 싫다. 친척들은 이런 나를 아는지 모르는지 내게 자꾸만 공부로 압박을 하신다.

"○○이는 공부를 잘해서 우리 아들같이 대학도 잘 갈 거야."

어릴 때부터 지긋지긋하게 듣는 말이다. 행복은 성적순이 아니란 것을 알고 있음에도 불구하고 친척들을 만나면 행복은 성적순이 맞는 것처럼 느껴진다. 그리고 내게 친구 관계는 점점 힘들게 느껴지는 부분이 되고 있다. 서로의 신뢰가 깨지면서 다투는 일도 생기고 그로 인해 연을 끊듯이 사는 친구들도 몇 있다. 그래도 내 하나뿐인 10년지기 친구는 그러지 않을 것이라고 확신한다. 이 친구는 내가 유치원을 다닐 때부터 쭉 알고 지냈는데 가족들끼리도 알고 지내는 터라 끊을래야 끊을 수 없는 사이다. 함께 밥도 먹고 수 없이 많이 놀았다. 지금도 가끔 연락을 하지만 서로 시간이 잘 맞지 않아 만나지는 못한다. 내 비밀을 잘 지켜주고 서로 신뢰도 많이 쌓여서 이만큼 잘 지낼 수 있는 것 같다. 요새 나와 지내는 친구들은 다들 좋고 잘 맞지만 믿을 만한 친구는 몇 없는 것 같다.

나는 요즘 학교를 마치고 방과후에 바로 학원을 간다. 예전에는 학원을 안 다녀서 방과후에 TV를 보거나 게임을 했는데, 이제는 그러지 못하는 게 좀 아쉽다.

나는 앞서 말했다시피 수영을 했었다. 초등학교 6학년 때까지 했었는데 딱히 힘들다고 느끼지는 않았다. 나는 여느 아이들처럼 여덟 살에 초등학교를 입학했다. 수업 시간에는 무슨 말인지도 모르는 것들을 억지로 이해시키고, 쉬는 시간에는 운동장에 나가 친구들과 자주 뛰어놀았다. 점심시간에는 급식을 남기면 안 됐는데, 나는 편식을 안 해서 뭐든 잘 먹어 항상 급식판을 깨끗하게 비웠다. 나는 담임 선생님을 정말 무서워했다. 내 이름을 부르실 때마다 움찔움찔했던 기억이 있다. 학교는 내게 스트레스를 주거나 즐거움을 주는 공간이 아니었다. 그저 그냥 내가 있어야만 했던 곳에 가까웠다. 학교에서 시간을 보내고 나서는 방과후에 수영학원을 가거나 교과학원에 갔다. 초등학교 6학년이 되던 해에 중이염으로 수술을 한 뒤에는 수영학원을 안 다니고 교과학원에만 다녔다.

그렇게 중학교에 입학을 하고 초등학교 때와 똑같이 지냈다. 그저 조금 더 바빠지기만 했을 뿐이었다. 그렇게 중학교 3학년이 되고 오빠는 유학을 가버리고 나는 공부를 하기로 마음먹었다. 인문계 고등학교에 가서 내 진로를 정확하게 정해보려 한다. 지금의 나는 아직 내가 무엇을 좋아하고 무엇에 재능이 있는지 잘 모르겠다. 천천히 생각해 보려 한다.

나는 사람들 간의 신뢰와 그 관계가 가장 가치 있다고 느낀다. 이것들로 인해 내 인생도 바뀔 것이라고 생각한다. 만약 내 주변에 친구들과 가족이 없었더라면 난 이렇게 잘 살지 못했을 것이다. 그래서 인간관계는 매우 가치 있고 중요한 것처럼 느껴진다. 사람도 정말 중요하다. 내가 무엇을 가졌건 간에 내 곁에 아무도 없다면 나는 정말 외로울 것이다. 사람은 누구에게나 고맙고 희망이 되는 존재인 것 같다. 이렇게 사람을 중요시하게 생각해서 나는 친구 관계에 좀 신중한 것 같다. 믿을 수 있는 친구가 생긴다면 아마 정말 둘도 없는 친구가 되리라 생각한다.

나는 자존감이 조금 낮다. 그래서 무슨 일이 생기면 모두 내가 잘못한 일인 것 같고 나를 자꾸만 내가 비하하고 비난한다. 그래서 친구들이 나를 보고 자존감을 높이라는 얘기도 몇 번 해주었다. 하지만 잘 되지 않아 조금 걱정이 되기도 한다. 자존감이 낮아서인지는 모르겠지만 나는 내 자신이 마음에 안 든다. 누구보다도 나 자신을 제일 잘 아는 것은 나다. 그래서 내 단점이 눈에 보이기도 한다. 이런 단점이 내 눈에 보여서 나는 새로운 사람들을 만날 때마다 이 사람이 나의 단점을 보고 싫어하지는 않을까 하는 걱정을 많이 한다. 나는 남들이 생각하는 나보다 훨씬 안 좋은 사람인 것처럼 느껴진다.

한번은 정말 잘 지내고 믿었던 친구와 크게 싸운 적이 있었는데, 그때 그 친구가 내게 "자존감을 좀 높여."라고 얘기했었다. 또 다른 친구에게 솔직하게 내 성격이 어떻냐고 물은 적이 있었다. 그 친구는 내 성격에 대해 구구절절 말을 했다. 그 말에도 내가 자존감이 낮다는 말이 포함되어 있었다. 이러한 말을 들어서인지 나도 내 자신이 자존감이 낮다는 걸 알게 되었다. 그래서 한때 자존감을 높이려고 노력하기도 했었다. 어쩌면 나도 모르는 새에 예전보다는 자존감이 높아졌을지도 모른다.

나는 어른들을 좋아하지 않는다. 어른들에게 꽤나 실망했던 적이 있어서 그런지 딱히 좋아하거나 존경하지 않는다. 모든 어른을 그리 생각하는 것은 아니다. 소수의 어른을 뜻한다. 계기가 있다면 아마 부모님의 일일지도 모른다. 나는 우리 부모님이 나와 오빠를 평등하게 생각해 차별 대우를 하지 않는다고 생각했었다. 근데 어느 순간 차별을 하는 것이 눈에 보이기 시작했다. 사소한 것들부터 눈에 띄기 시작했다. 오빠가 아프면 주사나 링거를 맞췄지만 내게는 그저 아무 조치도 해주지 않았다. 내가 먹고 싶은 것이 있으면 "나중에 시간 많잖아. 오빠랑 아빠랑 주말에 먹으러 가자." 하며 미루었고, 오빠가 먹고 싶다 하면 나를 두고도 먹으러 갔다. 나는 서운함을 느꼈지만 티를 낼 수 없었다. 티를 내면 뭔가 내가 더 불리해질 것 같았다. 그리고 이 일 말고도 한 가지 일이 더 있다. 명절 때 어른들이 한데 모여 술을 마시며 담소를 나누었던 적이 있었다. 시간이 지나 어른들이 조금씩 취하자 할머니가 앞에 계시는데도 드러눕고 언성을 높이고 난동을 피웠다. 그걸 보고 '정말 술이 문제 네.'라고 느끼면서 어른들에게 또 한 번 실망하기도 했었다.

나는 어릴 때와 많이 달라졌다. 어릴 때는 아무나 잘 믿고 잘 따랐다. 공부에 대한 생각이나 스트레스도 없었고 꿈도 있었다. 그때가 진짜 행복하고 좋았던 때라고 생각하기도 한다. 지금은 공부에 매우 민감하고 그만큼 스트레스도 막중하다. 꿈은 나중에 차차 생각해 보려 한다. 친구도 정말 신중하게 사귀게 된다. 이성에 대한 생각도 생기게 되었다. 어릴 때만큼은 아니더라도 지금 현재도 행복하다고 생각한다. 살면서 새로운 사람들과 만나고 두루두루 친하게 지낸다는 것은 정말 좋고 재미있는 일인 것 같다.

나는 사람도 좋아하지만 동물도 좋아한다. 워낙에 동물을 좋아했던 터라 여러 가지 종류를 키워봤는데, 그중 가장 기억나는 동물은 개다. 어릴 적에 엄청 큰 개 한 마리를 키웠는데, 나는 그 개를 맨날 괴롭혔다. 그 개의 등에 올라타고 꼬리를 잡고 흔드는 등 엄청나게 괴롭혔는데도 단 한 번도 내게 짖거나 나를 문 적이 없다. 개 이름은 '카카'였는데, 카카는 나와 그렇게 놀다가 나이가 들어 세상을 떠났다. 둘도 없는 친구였는데 없으니 너무 허전하고 쓸쓸했었다. 그래서 다른 강아지를 분양받아 키웠었다. 그 개에게도 '카카'라는 이름을 붙여주었고, 나는 예전 카카에게 못해주었던 일들을 새로운 카카에게 많이 해주었다. 하지만 얼마 못 가서 다른 집에 분양을 해주어야 하는 상황이 되어버렸다. 나는 정이 많이 든 탓에 이틀을 펑펑 울며 보내지 않으면 안 되냐고 애원했지만, 외할머니의 말씀이라 감히 거역할 수가 없었다. 결국 또 카카를 떠나보내야만 했다. 카카는 지금 우리 아버지의 회사 동료분께서 키우고 계신다. 사진을 보니 정말 많이 커서 몰라볼 뻔했다. 카카는 날 기억할까? 갑자기 카카가 보고 싶다.

내가 지금 심히 걱정이 되는 것이 하나 있다면 바로 진로다. 말은 나중에 차차 생각해 본다 하지만, 정확하지 않은 진로라도 있었으면 좋겠다. 예전에 수영을 한창 했을 때는 수영선수라는 꿈이 있었는데, 수영을 그만두고 나서는 꿈이라는 걸 쉽게 갖지 못하고 있다. 진로적성검사를 해보았을 때는 내가 무조건 문과에 글 쓰는 능력이 좋다고 나왔으나 사실 잘 모르겠다. 글쓰기를 딱히 싫어하진 않으나 감수성이 풍부하다거나 독자를 이끌 만한 스토리를 구상해낸다거나 이런 것은 전혀 없는 것 같다. 계속해서 공부에 대한 압박이 심해질 때마다 내 진로에 대해 생각이 깊어지고 있다. 그리고 지금 꿈을 정하지 못하는 것도 늦은 거라며 나를 걱정하게 하는 사람들도 몇 있다. 진짜 커서 무엇을 하고 살지 걱정되기도 하고 궁금하다. 지금의 나는 무얼 좋아하는지 싫어하는지도 모르는데 빨리 진로를 정하라니 답답하기만 하다. 부모님은 내 나이에 진로가 없는게 어쩌면 당연한 것일 수도 있다며 다독여주지만 걱정은 사라지지 않는다. 되고 싶은 직업은 없지만 되고 싶은 사람은 있다. 나는 미래에 우리 부모님의 자랑이 되고 싶다. 무엇이 되든 간에 부끄러운 자식만은 되고 싶지 않다. 나를 이렇게나 힘들게 키우셨는데 부모님을 실망시킬 순 없다. 어딜 가든지 내 얘기를 하면 칭찬받을 사람이 되고 싶다. 이런 사람이 될 수 있을는지는 모르겠지만 지금의 내가 포기했던 공부를 다시 하려고 마음먹고 진로를 찾으려 애쓰고, 사람들과 잘 지내고 모든 일을 성실하게 하려 하는 걸 보면 어쩌면 부모님의 자랑이 될 수 있을지도 모른다는 생각이 든다.

이렇게 쭉 내 16년간의 인생을 짤막하게 써보니 별거 없는 인생인 것 같기도 하다. 공부, 친구, 가족…… 남들도 한 번쯤은 겪어보고 느꼈을 일들인 것 같기도 하다. 그래도 이제 앞으로 특별하게 살아볼 만한 계기가 된 것 같기도 하다. 이렇게 자서전을 통해 내 인생을 돌이켜보니, 내 인생은 수영과 공부와 사람이 다인 것 같다. 수영은 한때 정말 좋아하고 가족들의 반대에도 키워왔던 꿈이었지만 아쉽게도 접어야만 했다. 어쩌면 수영과 나와의 인연은 이게 끝일지도 모르겠다. 사실상 나는 지금이라도 다시 수영을 할 수 있지만, 지금은 늦은 것 같기도 하다. 수영을 쉰 만큼 따라잡아야 할 것들이 너무 많기 때문이다. 수영은 이제 잊고 살 때가 된 것 같다. 좋은 추억 겸 취미라고 생각해야겠다.

공부는 아직 잘 모르겠다. 하려고 마음은 먹었으나 막상 하니 정말 힘들어서 미칠 지경이다. 그래도 전처럼 포기하지는 않을 것이다. 한 번 더 포기했다가는 정말 큰일이 날 것 같다. 사람은 내가 죽을 때까지 계속 필요로 하고 기대야 할 존재다. 사람이 없다면 아마 나는 이렇게 살 수 없을 것이다. 사람은 내게 희망을 주고 감정을 느끼게 해주는 고마운 존재다. 아마 앞으로도 나는 새로운 사람들을 만나고 다양한 사람들을 만날 것이다. 인생은 한 번뿐이니 누구를 만나든 내 믿음을 줄 만한 사람이라면 정말 그 사람에게는 최선을 다해 잘해줄 것이다. 지금의 친구들도 미래에 커서 만날 수 있으면 좋겠다. 다들 어떻게 변해 있을까.

나는 미래에 무엇이 될지 아직 잘 모르겠다. 그렇지만 부모님께는 부끄럽지 않은 자식이 될 것이다. 정말 사랑하는 사람과 결혼을 해서 행복하게 가정을 꾸리거나 혼자 살 능력이 되어서 어쩌면 혼자 살지도 모르겠다. 커서도 연락하는 친구들과 가끔 시간이 날 때 식사도 하며 옛날 일들을 얘기할 것이다. 지금은 안 좋은 일들이 나중에는 웃으면서 넘길 수 있는 일들로 변할 것이고, 좋은 일들은 더욱 좋은 일들로 남을 것이다. 지금 노력하면 그 성과는 나중에 다 누릴 수 있지 않을까 하는 기대가 있다. 커서 가끔 학창 시절 선생님들도 뵐 것이고, 친구들의 결혼식에 가서 웨딩드레스와 턱시도를 입은 친구들도 볼 것이다. 어쩌면 지금보다 더 바빠질 수도 있겠다. 하지만 하고 싶은 것을 하고 살면 행복할 것이다. 하고 싶은 것을 다 하고 때가 되면 편안하게 눈을 감고 영원히 잠들고 싶다. 앞으로는 행복하고 좋은 일만 생기면 좋겠다. 내 주변 모두에게도.

나의 자서전

최○○

우리 가족은 엄마, 아빠, 동생, 누나, 나이다. 엄마는 주부인데 배려심이 많고 상대방과 말하기를 좋아하시고 말을 잘하신다. 엄마는 내가 무리한 부탁을 해도 잘 들어주시고, 나와 말싸움을 하면 항상 나를 이기신다. 아빠는 공무원인데 엄하시고 예의 없는 걸 싫어하시지만 나와 잘 놀아주신다. 아빠는 생각 없는 행동이나 하면 안될 행동을 하면 엄하시고, 내가 엄마에게 예의 없게 굴면 싫어하시지만 그래도 평소에는 나와 놀기를 원하신다. 동생은 초등학생인데 귀엽고 애교를 잘 부리며 나를 좋아하지만, 가끔 예의 없는 행동을 하기도 한다. 엄마가 공부하라고 할 때 숨기도 한다. 누나는 고등학생인데 나와 친구 같은 존재지만 가끔 싸가지 없는 행동을 하며, 공부를 잘 못하는 것 같다. 내가 가끔 고민이 있으면 누나와 얘기를 하며 털어놓는다. 그런데 한 번씩 누나 성격을 건드리면 짜증을 내기도 한다.

나는 축구에 관심이 많고 학원을 제일 신경 쓰며 살고 있다. 축구는 내 인생에서 없어지면 안 될 존재이고, 학원은 항상 나를 바쁘게 하며 제일 신경 쓰게 하는 곳이다. 학원은 각 과목의 많은 숙제와 학원 선생님과의 관계로 의외로 학교생활보다 더 신경 쓰이게 할 때가 많다.

나는 약간 다혈질의 성격이다. 어렸을 때는 그냥 운동만 좋아하고 착한 아이였는데 어느 순간부터 약간 공격적으로 변하게 되었다. 하지만 요즘에는 착해지려고 어른 말도 잘 듣고, 어려운 사람도 잘 도와주며, 화도 안 내려고 노력 중이다.

나는 못생겼다. 나는 내 피부가 정말 싫다. 어렸을 때 너무 뛰어놀아서 그런지 피부가 너무 검은 거 같다. 하지만 난 내 높은 코가 좋고 애교살이 있는 눈도 좋다. 피부가 좋아지고 더 이상 타지 않으면 정말 좋을 것 같다.

나의 장점은 운동을 잘하는 것과 안 좋은 것도 긍정적으로 받아들이는 것이다. 친구들이 뭐라고 해도 다 웃어넘긴다. 나의 단점은 공부를 못하는 것과 사람을 심하게 차별하는 것이다. 내가 좋아하는 사람이나 친한 친구한테는 잘하지만, 싫어하는 애한테는 좋은 대우를 해주지 못한다.

나는 2000년 10월 10일 가을에 태어났다. 태어나 영도에서 4년을 살았다. 영도에 살았을 때 있었던 일인데, 내가 구슬을 가지고 장난치다가 귀에 넣었는데 그게 빠지지 않아서 급하게 병원에 가서 뺀 적이 있다. 그때 조금만 늦었으면 큰일이 날 수도 있었다고 한다. 그리고 영도에서 맨날 누나와 집 근처 놀이터에서 놀던 기억도 난다. 다섯 살 때 지금 살고 있는 하단으로 이사를 왔다. 이사 와서 젤 친하게 지낸 친구가 있었는데, 우리 집 옆집에 사는 동준이였다. 초딩 때까지는 맨날 동준이와 함께 붙어다니면서 함께 9년을 보내고, 그 뒤로는 가끔 보면서 인사하고 지내는 정도이다.

초등학생 때는 너무 평범하게 살아서 얘기할 것이 없지만, 안 좋은 일들이 많았던 것 같다. 2학년 때 수영을 배웠었는데 수영장에 가는 도중에 누나가 교통사고가 났었다. 그 당시에 나는 너무 어려서 아무것도 못 하고 옆에서 울고 있었고 누나는 기절해 버렸다. 주변 사람들이 도와줘서 안전하게 병원으로 갔지만, 지금 생각하면 너무 끔찍해서 생각하기도 싫다. 또 내가 5학년 때 친할아버지께서 돌아가셨는데 새벽에 너무 갑작스럽게 돌아가셔서 믿기지 않았다. 장례식장에 가서 며칠이 지나서야 실감이 났다. 할아버지를 정말 좋아했었는데 돌아가시다니⋯⋯ 그리고 효도하지도 못하고 속만 썩였는데 정말 죄송하고 하늘에서 잘 쉬셨으면 좋겠다. 지금 살아 계신 할머니께라도 효도를 해야겠다고 느꼈다. 그 외에도 더 있을 건데 기억이 나지 않는다. 아무튼 초등학교 때는 딱히 기억나는 것이 없다.

중학교에 들어오면서 내 인생은 완전히 바뀌었다. 성격이 활발하고 싸움을 잘해서 나쁜 친구들과 어울리게 되고 성적도 자연스럽게 떨어졌다. 부모님 말도 안 듣고, 선생님한테도 안 좋은 모습만 보여주어 학교에서 인식이 좋지 않았다. 하지만 3학년 때 스스로 바뀌게 되었다. 1, 2학년 때처럼 살면 고등학교를 못 갈 거 같아서 바뀌겠다고 다짐했다. 수업도 열심히 듣고 책도 많이 읽고 부모님 말도 잘 듣게 됐다. 진짜 놀랍게도 등수가 70등 넘게 오르면서 학교 선생님들에게도 인식이 바뀌고, 부모님한테도 칭찬을 듣고, 같이 노는 친구들도 바뀌게 되었다. 난 지금이 제일 좋고 앞으로도 더 나은 삶을 만들기 위해 노력할 것이다.

2학년 겨울방학 전에 영선이가 말했다.

"야, 2학년 때까지 내신 알 수 있대."

내가 부탁했다.

"영선아, 내 거도 좀 알아봐줘."

"알았어."

며칠 뒤 영선이가 말했다.

"니 내신 70%던데?"

나는 그 말을 듣고 충격을 받았다. 생각보다 너무 낮았던 것이다. 나는 그 뒤로 어떻게든 성적을 올리자고 다짐했다. 매일 자던 수업 시간을 집중해서 듣게 되고, 모르는 게 있으면 물어보고 하면서 내 성적은 꾸준히 올랐다. 3학년 들어올 때 29등이었던 내가 1학기 중간고사에는 23등, 기말고사 때는 19등까지 올랐다.

나는 부모님과 진로와 성적 때문에 많이 싸웠다. 부모님은 공부 좀 하라고 말하는데, 나는 어차피 이 정도만 해도 고등학교는 간다고 생각하기 때문이다. 부모님과 진로와 성적에 대해서 이야기를 하다 보니 '이젠 공부 좀 해야겠구나.'라고 생각하게 되었다. 그런데 공부가 마음대로 잘 되지 않았다. 그때 임윤정 선생님이 조언을 많이 해주었고, 그래서 성적이 오를 수 있었다.

나는 앞으로 성적을 더 올리기 위해 노력할 것이며 운동도 꾸준히 해서 내가 원하는 고등학교를 갈 것이고, 부모님과의 관계도 지금보다 더 좋게 만들기 위해서 노력할 것이다. 그리고 내가 어려울 때 나를 도와주신 학교 선생님들과 내가 고민이 있거나 힘들 때 옆에서 위로해 주고 내 편이 되어준 친구들한테 더 잘할 것이다.

나의 인생을 세 단어로 표현하면 축구, 가족, 진로이다. 축구는 내가 중학교 들어와서 시작했다는 것이 정말 아쉽다. 어렸을 때부터 했었으면 내 진로는 이미 정해져 있었을 텐데 말이다. 지금은 내 취미이자 내가 죽기 전까지 하고 싶은 스포츠라고 표현하고 싶을 만큼 내 인생에서 없어선 안 되는 것이다.

가족은 종종 싸우기도 하고 서로 마음이 안 맞기도 하지만, 그래도 16년 동안 같이 살아온 사람들이고 아무리 싸워도 항상 아무 일 없다는 듯이 대할 수 있고, 나에게 좋은 조언들도 해주고 내 앞길을 걱정해 주는 제일 소중한 사람들이다. 가족은 내 인생에서 절대 없어서는 안 될 존재들이다.

진로는 중학교 1, 2학년 때 방황을 많이 해서 나를 엄청 힘들게 한 단어이기도 하고, 앞으로 살아갈 미래를 위해서는 꼭 필요한 단어라고 생각한다. 하루 빨리 나에게 맞는 진로를 찾았으면 좋겠다.

나는 앞으로 미래에 내가 사랑하는 사람과 결혼을 해서 아들딸을 낳을 것이고, 내가 정한 진로를 이뤄내서 한 집의 가장으로 가족들을 먹여 살릴 것이며, 내 아들은 꼭 축구 선수를 시켜 내 한을 풀고 싶다. 그렇게 행복하게 살 것이다.

A4 15매 내외

긴　자서전

 **16년간의 기록**

김예진

특별한 나

나는 2004년 12월 26일, 크리스마스가 지난 새벽에 태어났다. 크리스마스 때 태어났으면 더 좋았을 텐데……. 나는 부산 토박이여서 이사한 경험이 많지 않다. 내가 생각하는 가장 특별한 의미가 있는 곳은 내가 태어난 산부인과이다.

나는 엄청 힘들게 태어났다. 위급한 상황이라서 혈액형이 같은 사람들이 수혈까지 해주면서, 모두들 초조하게 앞에서 기도하고 계셨다. 교회 사람들이 나를 다 알 정도이다. 그래서 나는 특별하다고 생각한다.

아마 할아버지가 엄청 보수적이셨던 것 같다. 전기도 항상 절약하라고 강조하셨다고 하고, 엄마가 어렸을 때 조금만 늦게 귀가해도 엄청 뭐라고 하셨다고 한다.

엄마는 학교를 졸업하고 직장을 구할 때 자격증을 미리 따놓은 게 엄청 큰 도움이 되었다고 하셨다.

아버지가 젊었을 시절에는 공부도 중요했지만 돈을 버는 것도 중요해서 친구들과 알바처럼 일을 했다고 하셨다. 그래서 지금 내가 이렇게 편하게 살 수 있어서, 아버지한테 무척 감사하다.

'감천문화마을'이라는 곳에 사는 초등학교 친구들이 많았다. 하교를 하면 관광객이 엄청 많았는데, 그게 너무 불편했고 시끄러워서 방해도 되었지만, 생각해 보면 그 관광객들 덕분에 감천문화마을이 유명해져서 우리 초등학교에 해택도 많았다. 그리고 길을 물어보는 사람이 많아서 답하다 보니 말하는 데 자신감도 많이 생긴 것 같다.

하루도 평범한 날이 없었던 나

내가 어렸을 때부터 듣던 말이 있다. 교회에서 사람들은 나를 보면 "힘들게 엄마가 낳으신 거 알제?"라고 말했다. 나는 그 말을 하도 많이 들어서 부모님께 효도해야겠다고 생각한다.

여섯 살 때 유치원에서 지수원을 만났을 때, 키가 커서 언니인 줄 알고 "언니, 언니"라고 친한 척을 했었다. 그때 지수원이 무척 당황했고, 선생님께서 나에게 친구라고 알려주셨다. 그 일로 마음대로 판단하면 안 되겠다고 느꼈다.

어렸을 때 물을 엄청 무서워해서 목욕탕을 가면 울었다. 아직도 물을 무서워해서, 사람들이 아무렇지 않게 물에 뛰어드는 것을 볼 때 부럽다고 느낀다.

여덟 살 때 나는, 고모에게 용돈 대신 받았던 핑크가방을 매고 초등학교에 다니기 시작했다. 유치원에서는 모두 같은 가방이었는데, 나만의 가방이 있다는 것이 정말 멋있다고 생각했다. 내가 학교 갈 때마다 걱정했던 것은 급식이었다. 그 당시 편식이 심해서 반찬을 남기고 싶었는데, 못 남기게 하는 선생님 때문에 눈치 보면서 몰래 버리곤 했다.

초등학교 때 계단에서 뛰다가 큰 화분을 깨뜨린 적이 있다. 그 당시 나는 너무 산만하고 장난기가 심했던 것 같다.

또 태풍이 엄청 심했던 날이 있었는데, 방과후에 총 3명이 남아 있었다. 그런데 선생님께서 짜장면을 시켜주셨다. 그날은 이상하게 내 기억 속에서 잊히지 않는다.

우리 가족은 내가 태어난 뒤 아파트로 이사를 했다. 부모님과 할머니와 언니 두 명과 살았다. 아파트 복도가 긴 편이라 거기서 많이 뛰어놀았다. 또 놀이터에서 모래놀이도 하고 놀면서 재밌는 하루를 보냈다.

나는 놀이터에서 주먹밥 가게 놀이를 했던 것이 가장 기억에 남는다. 흙을 파서 살짝 물을 부어서 손으로 꾹꾹 눌러주면 되는데, 그것도 요령이 필요하다. 내가 만들면 항상 부서져서 나는 늘 손님을 했다. 나는 집에 도착하면 얼른 가방을 던지고 편한 신발로 갈아신고 놀이터로 뛰어가 동네 친구들과 놀았다. 집에는 언니들이 있었지만 나이 차가 많이 나 동네 친구들과 노는 것이 더 재밌었다.

어렸을 때는 액체괴물을 무슨 중독자처럼 만들었다. 나는 피부가 약한 편이라서 물로 바로 안 씻으면 뭐가 나고 그랬다. 액체괴물을 만들다가 옷도 버리고, 벽지가 더러워질 때도 많았다.

예전에 피아노를 서로 치려고 언니랑 자리싸움을 했었다. 지금 생각해 보면 나는 그때 피아노 치는 것에 흥미도 없었는데, 괜히 심술이 나서 언니 자리를 뺏고 싶어서 그랬던 것 같다.

어렸을 때는 공부보단 놀기를 더 많이 했다. 근데 그러길 진짜 잘한 것 같다. 그래서 추억이 많다. 학교 끝나고 친구들과 운동장에서 걱정 없이 뛰어놀던 순수한 시절이 기억에 많이 남아 있다. 만약 다른 친구들처럼 학원에 다녔다면 그런 추억이 없었을 것 같다.

나는 여름을 너무나도 싫어했다. 나는 다른 사람에 비해 몸에 열이 많은 편이라 몸에 땀띠도 막 나고 잘 때도 선풍기를 켜야 했다. 엄마가 내가 잠든 줄 알고 선풍기를 끄면, 나는 더워서 일어나 선풍기를 켜곤 했다. 또 엄마의 잔소리보다 더 지긋지긋했던 매미 소리와 모기는 잠을 못 자게 하는 악마였다.

내가 사랑스러워하던 장소는 교회 4층에 있는 놀이터다. 그 놀이터는 벌레도 많이 나오지만, 정말 나의 추억이 많이 담긴 장소이다.

어릴 적 피아노 학원을 다닐 때, 다 안 쳤는데 다 쳤다고 몰래 색칠을 하곤 했다. 지금 생각하면 웃기지만, 솔직히 피아노 학원을 다녀봤다면 한 번쯤은 다 해본 거짓말일 것 같다.

어릴 때 밴드부를 신청했다가 한 번도 배운 적도 없는 기타를 배우게 되었다. 약 1년 정도 배워서 지금은 혼자서도 칠 수 있다. 만약 신청하지 않았다면 특기도 생기지 않았을 것이고 후회도 했을 것 같다.

어렸을 때 엄마가 항상 절약하라고 하셨다. 왜냐하면 나는 그런 말이 아니면 하루 종일 방 전등을 켜놓고도 남기 때문이다. 그래서 지금은 절약도 알아서 한다. 그 말이 절약을 실천하는 데 좋은 밑거름이 된 것 같다.

부모님 두 분은 비슷한 점이 있어 행복해 보인다. 그런 걸 보면 결혼하기 전에 상대방에 대해서 잘 알아야 할 것 같다. 만약 잘 모른다면 무척 힘들 것 같다.

한 번씩 집에서 쉬는 날에는 엄마가 나를 집에서 걸어가면 10분도 안 걸리는 도서관에 데리고 가서 책을 읽게 하셨다. 그것이 한 번씩 나 혼자 도서관을 가는 밑거름이 된 것 같다.

우리 집에는 위인전 같은 유명한 인물들의 내용이 담겨 있는 책이 많은데, 그중 킹 목사의 책이 너무 인상 깊다. 표지에 흑인인 킹 목사님의 사진이 있는데, 나는 그 사진이 너무 무서워서 책을 뒤집고 울곤 했다.

초등학교 때 생일선물로 비싼 것을 사준 친구가 있었고 편지를 길게 써준 친구가 있었는데, 뭔가 모르게 긴 편지를 준 친구가 더 감동이었다. 그래서 진심이 중요하다고 생각했다.

명절 때는 무조건 친척들이 우리 집에 모였다. 그러다 보니 우리가 거의 음식을 해서 대접하고 집도 치워야 해서 귀찮고 힘들었다. 명절 하면 즐거움보단 힘듦에 더 가까웠었다.

어린아이로서 어른을 공경하는 것은 꼭 지켜야 할 일이라고 생각한다. 한 번씩 어른들에게 개념 없이 행동하는 아이들을 보면 그건 좀 아니라는 생각이 든다.

과외를 하거나 학원을 다닐 때 숙제가 많이 밀려서 할 수 없이 답지를 보고 숙제를 했는데, 양심에 찔렸었고 역시 도움은 1도 안 되었고 오히려 역효과만 났었다.

나를 아는 어르신들은 내가 힘들게 태어난 이야기를 많이 하시는데, 그럴 때마다 감사하다 느끼고 나는 특별하다고 생각한다.

한 번씩 언니랑 정말 심하게 싸우는 날이 있다. 그럴 때 대부분 내가 말발이 밀려서 지는데, 그때 엄마는 거의 내 편을 들어주시면서 언니한테 '동생한테 잘해주라'고 얘기하신다. 그러면 나는 사랑받고 있다는 느낌을 받았다.

예전에 왜 그랬는지 모르겠지만, 유치원 갈 때 엄마와 떨어진다는 것에 불안감이 있었는지 심하게 울었다. 그래서 꾀병을 부리면서 가기 싫어했지만 힘들게 갔다.

한때 학교 문방구 앞에 파는 딱지를 모으는 것이 엄청 유행이었다. 운동장에서 점심시간에 놀다가 딱지를 사러 나가고 싶었지만 어린이라 밖에 나가지 못한다는 것이 너무 싫었다.

옆집에 '소미네'라고 불리는 소미라는 아이의 가족이 살고 있었다. 지금은 오래돼서 얼굴은 기억이 안 나지만, 소미라는 아이는 나보다 어렸는데 항상 같이 놀이터에서 놀고 우리 집에 와서 자기도 했다.

가끔 텔레비전에 힘들게 사는 사람이 나오면 엄마는 한 달에 한 번 기부금을 보내는 일에 참여했었는데, 그 당시에는 대수롭지 않게 여겼지만 지금 생각해 보면 과연 기부를 선뜻 나서서 하는 부모님이 몇 명이나 있을까 싶다.

특별한 재능이라기보단 용기에 가깝지만, 첫째 언니는 나보다 어린 나이인 중2 때 혼자 유학 가겠다고 중국으로 갔다. 물론 부모님은 반대를 하셨지만 결국은 갔다. 지금은 취업도 해서 잘 지내고 있는 걸 보면 멋있고 그 용기가 대단하다.

가족과 함께 한 일이나 행사 가운데 도배한 게 기억이 난다. 그냥 특별한 건 없고, 같이 일하면서 짜장면도 먹었는데 뭔가 모르게 그 일이 기억에 남는다.

우리 가족은 심하게 싸워도 바로 풀고 웃는다. 그래서 서로 피하고 말 안 하고 그런 경험이 딱히 없다. 어차피 마주치는 거, 그냥 좋게 푸는 게 좋다.

예전에는 사소한 거라도 감사하게 생각하는 일이나 사건을 수첩에 적어두었다가 그런 이야기를 함께 나누는 가족 모임이 있었는데, 지금은 바쁘다 보니 모임을 안 하고 있다.

엄마는 항상 부지런하셨다. 새벽에 운동을 하러 갔다가 들어올 때가 많았다. 정말 그때는 부지런한 게 너무 이해가 안 되었다. 또 가족끼리 등산을 하거나 활동적인 일을 함께하는 걸 좋아하셨다.

아빠는 손으로 직접 만드는 걸 잘하셨다. 나무 막대기로 윷을 만들기고 하고, 많은 것을 만들었다. 그래서 어렸을 때 숙제로 만들기가 있으면 항상 도와주셨다.

우리 집 경제 상태는 그냥 평범했었다. 엄마는 어린이집 교사를 하시고 아빠는 건축 일을 하셨다. 두 분은 서로를 믿으며 행복해 보이셨다.

부모님 각자 자신이 좋아하는 분야에서 일하고 계신 것 같다. 엄마는 아이 보는 것을 좋아하고, 아빠는 손으로 만드는 것을 좋아하시니까 그런 걸 보면 잘하는 것보단 좋아하는 게 더 중요하다.

우리 가족의 특별한 점이 있다면 정말 편하다는 것이다. 부모님께 존댓말을 쓰는 친구들도 있는데, 언니들과 나는 엄마 이름으로 부를 때가 많다. 그냥 친구 같은 엄마다.

언니들끼리만 남포동에 몰래 가서 놀고 왔을 때 엄청 화가 났고 질투도 했다. 물론 나이 차가 많이 나 어쩔 수 없지만, 그럴 때 정말 서럽고 질투가 난다. 어렸을 때 언니랑 심하게 싸워서 진짜 다시는 말 안 한다고 다짐했는데 결국 며칠 후 말을 했다. 역시 가족은 아무리 멀어져도 다시 돌아오는 것 같다. 생각해 보면 좋을 때가 많다. 언니가 안 입는 옷을 주기도 하고, 특히 화장품을 많이 준다. 그렇지만 반대로 경쟁도 그만큼 많다. 왜냐하면 남의 떡이 더 커 보여서 언니 물건을 만지작거리다 보면 싸움으로 이어지기도 한다. 나는 수비고 언니는 공격이다.

놀이공원에 있는 아이

학창 시절 나는 놀이공원에 있는 아이 같다. 왜냐하면 지금도 그렇지만 예전에도 노는 것을 엄청 좋아했다. 그래서 놀이공원에 있는 아이마냥 미친 듯이 놀았다.

나는 '열광적'이라는 단어가 나오면 축구가 가장 먼저 생각난다. 그중 2018년 8월에 우리나라가 우승을 했던 아시안게임 때가 가장 열광적이었던 것 같다.

감천에는 감천문화마을이라는 곳이 있는데, 그곳에 관광객이 너무 많이 와서 버스 탈 때도 많이 힘들었다. 집 외에 자주 갔던 곳은 교회 골목이다. 이웃 중에 담배총각이라고 불리는 아저씨와 가족들이 있었는데 너무 무서웠다. 그때 그 아저씨는 굳이 우리 집 앞에서 담배도 피고 비상구 계단 쪽 벽에 이상한 그림을 그리곤 했다. 지금은 이사를 가서 다행이지만 그 당시 너무 무서웠다.

엄마는 고등학교에 진학하기보다 바로 돈을 벌 수 있게 취직을 하고 싶어 하셨는데, 할아버지께서 절대 안 된다고 반대하셨다. 지금은 대부분 고등학교를 가지만, 그 시절에는 일찍 돈을 벌려고 했던 학생들이 많았다는 것을 알게 되었다.

우리 가족은 정말 친구 같다. 그래서 정말 편하게, 부모님을 부를 때도 "○○아~" 이러면서 부를 때가 많다. 그런 점에서 우리 가족이 남들보다는 좀 더 친밀함이 강한 것 같다.

한때 공부를 너무 안 하던 시절이 있었다. 그때마다 '이제 공부해야 하는데…….' 하는 압박이 있었다. 하지만 공부 안 하냐는 말을 들으면 더욱 하기 싫었고, 성적표 받았을 때 내 자신이 부끄럽고 후회가 되었다.

예전에 가평 쪽에 부모님 지인이 펜션을 지어서 가족끼리 놀러 가려고 했는데, 그날 비가 올 거라는 일기예보가 나왔다. 다행히 비가 잠깐 오다가 멈춰서 펜션에 가서 수영도 하고 재밌게 놀았다.

나는 딱히 좋아하는 계절이 없다. 봄은 꽃가루들 때문에 피부가 뒤집어지기도 하고 커플들끼리 사진 찍는 게 보기 싫어서 별로고,

여름은 너무 덥고 찝찝해서 별로고, 가을은 딱히 예쁘지 않고 특별한 것이 없어서 별로고, 내가 더위를 많이 타기 때문에 그나마 겨울이 좀 나은 것 같다.

초등학교를 졸업한 지 3년쯤 지났다. 감정초등학교를 다녔는데, 전교생 약 100명에, 한 반에 24명 남짓이었다. 나는 모든 학년이 다 즐거웠다. 학년마다 한 반밖에 없어서 1학년 때부터 쭉 6년 동안 같은 친구들과 지내서이다. 그래도 꼽자면 6학년 때가 제일 즐거웠다. 수학여행 때문인 것 같다. 만약 지금 6학년으로 돌아간다면, 생각만 해도 정말 웃음이 나온다. 정말 상상을 초월할 정도로 아이들이 정말 시끄럽고 웃겼다. 초등학교는 진짜 추억을 만들려고 가는 것 같다.

초등학교 5학년 때 '굿네이버스'라는 활동에 참여했었다. 친구와 함께 신청했었는데, 선생님들과 게임을 하면서 놀기도 하고 힘든 친구들에게 편지도 써서 보냈다.

가장 친한 친구는 류하진이다. 그 친구의 엄마와 우리 엄마는 젊었을 때부터 알던 사이였는데, 그래서 나랑 류하진은 태어날 때부터 친구가 되었다. 만나면 보통 아무것도 안 해도 어색함이 1도 없다. 서로 막 대하지도 않고, 그냥 그 친구가 나에 대해서 남들보다 더 잘 알고 있기 때문에 진짜 친구라고 느낀다.

나는 '윤독도서도우미'라는 것을 했는데, 반 아이들에게 책을 나눠주고 다시 걷는 일이었다. 그때 한 명이 꼭 안 줘서 책을 다 못 걷고 선생님께 혼나서 너무 힘들었다. 비록 한 명이라 하더라도 다른 사람에게 피해를 줄 수 있다는 것을 느꼈다.

방과후에는 집으로 바로 가는 날이 거의 없었다. 꼭 운동장에서 친구들과 게임하면서 늦게까지 남아 있었다.

부모님은 나에게 압박을 주거나 하지 않아서 시험 같은 것도 큰 부담이 없었다. 그러나 체육대회 때 릴레이로 나가서 뛰는 것은 항상 부담스러웠다.

밴드부를 할 때 〈give love〉라는 악동뮤지션 노래를 많이 들었다. 밴드부에서 그 곡을 연습했기 때문에 기타를 치면서 진짜 많이 부르고 들었다. 그 시절 유명했던 춤은 세븐틴의 〈예쁘다〉 안무이다. 중1 수련회 때 장기자랑을 위해 13명의 친구들과 학교에서도 연습을 하고, 돈을 걷어 남포동 쪽에 장소를 빌려서 연습하기도 했다.

스무 살이 되면 바로 운전 면허를 딸 수 있게 미리 공부도 하고 연습도 할 것이다. 자동차는 살아가는 데 꼭 필요하고 도움이 되기 때문이다. 그래서 돈을 모아서 스물다섯 살쯤에 차를 살 거다.

몇 달 정도 복덩이라는 말티즈를 키웠다. 내가 강아지를 너무 좋아해서 키우게 되었는데, 비염과 알레르기 때문에 못 키우게 되었다. 나는 어렸을 때, '나중에 꼭 강아지를 키울 거야.'라고 생각하곤 했다. 하지만 강아지털 알레르기가 발목을 잡았다. 털 알레르기와 비염이 없어졌으면 좋겠다. 잠깐 동안 키웠던 강아지를 떠나보내고 나서 정말 보고 싶고 슬펐다. '만약 소중한 사람을 떠나보내게 되면 얼마나 슬플까?'라는 생각이 들었다.

나는 언니 수학 과외 선생님이자 지금은 나의 수학 과외 선생님을 존경한다. 심심해서 언니 과외 하는 데를 따라갔었는데, 그 선생님은 정말 쉽고 재밌게 문제를 풀어서 너무 신기했다

예전에 교회에서 어린이날에 10대들을 위해 많은 행사를 진행해주고 좋은 말도 많이 해주었는데, 대우를 받는다는 느낌이 들어서 좋았다.

한번은 생일날 독감이 걸려서 케이크도 못 먹고 방 안에만 누워 있었다. 그런데 친한 언니가 맛있는 과자와 편지를 들고 우리 집까지 찾아와 주었다. 그때 너무 고마웠고 감동이었다.

4학년과 6학년 때 담임 선생님이 같은데, 그 선생님께서 많은 것을 가르쳐주신 거 같다. 그 선생님은 나에게 항상 힘든 친구를 도와주는 일을 시키셨는데, 지금 생각해 보니 내가 좀 더 착해지는 데 큰 도움이 된 것 같아 감사하다.

당당함 뒤에 가려진 수많은 걱정들

나는 엄마가 나에게 설거지를 시킬 때 '내가 컸구나.'라고 느꼈다. 어렸을 때는 설거지를 하겠다고 난리를 쳐도 못 하게 했는데, 이제는 믿고 맡길 수 있을 만큼 컸다고 생각하시는 것 같다.

내가 가장 중요하게 여기는 것은 잠이다. 밤에 늦게 자는 것이 습관이 되어서 학교를 마치고 오면 침대에 바로 눕는데, 일어나면 밤이 되어 있다.

어느 날은 집에 혼자 있었는데, 누가 벨을 눌러서 의심 없이 나갔더니 아무도 없었다. 또 눌러서 나갔는데 없었고, 다시 또 눌렀을

때 무서움을 느껴 밖에 카메라로 확인해 보니 어떤 아저씨가 서 있었다. 그때 진짜 무서웠다.

살다 보면 힘든 때도 있다. 시험 기간도 그렇고, 잠깐 누군가 없어진 기간, 아팠던 기간 등도 그렇다. 하지만 시간이 약인 것 같다. 시간이 지나야지만 서서히 적응이 된다.

내가 자신감을 가지게 된 계기는 1학년 때 했던 '꿈 발표'다. 나는 정말 앞에 나서고 발표하는 걸 싫어하는데, 어쩌다 반에서 내가 뽑히게 되어 1학년 학생들 앞에서 나의 꿈을 발표했다. 무척 하기 싫었지만, 지금 생각해 보면 덕분에 자신감을 가지게 되었다.

나는 학원에 대한 콤플렉스가 있어서 학원은 절대 안 간다고 다짐을 했다. 그래서 언니가 다녔던 수학 과외를 다니게 되었는데, 아직까지 잘 다니고 있고 매우 만족스럽다.

살아가면서 정말 스승답지 못한 선생님들도 많이 봤지만 진짜 스승으로 여기는 선생님도 있다. 대표적으로 김중수 선생님이다. 중수 선생님은 수업 방식도 남다르고, 자서전 쓰기는 정말 감사하게 생각한다.

나는 술 담배는 해본 적도 없고 앞으로도 안 할 생각이다. 그리고 만약 내가 데이트를 한다면 무조건 밤 11시 전에는 집에 들어가야 된다고 생각한다.

누구나 몸이 아프면 정말 누군가가 필요하다고 느끼게 된다. 정말 아플 때 곁에 아무도 없으면 너무 서럽고 힘들 것 같다. 그럴 때 내 옆에 있어준 사람은 엄마다. 옆에서 간호를 해줘서 빨리 나았다.

나는 피아노 학원을 다니다가 별 도움이 안 될 것 같아서 그만두게 되었는데, 지금 생각해 보면 '쬬마 참고 할 걸.'이라는 후회가 된다. 그 조금 배웠던 것이 지금 은근 도움이 많이 된다.

나는 대학교를 갈 때 가까운 곳으로 가야겠다고 마음 먹었다. 언니들과 아는 사람들이 대학교가 너무 멀어서 힘들어하는 모습을 보니, 꼭 대학교는 멀리 안 가고 싶다.

한번은 집 앞에서 사고가 났었는데 눈이 번쩍 뜨였다. 그날은 비가 많이 오는 날이었는데, 음식을 들고 있던 할머니가 길에 쓰러져 있었다. 나는 그렇게 심한 사고를 가까이에서 본 것이 처음이어서 무서웠고, 차를 조심해야겠다고 느꼈다.

조급한 나

나는 걱정이 많은 편이다. 미리 걱정하기도 하고, 불안해서 계속 확인하는 버릇이 있다. 그리고 굉장히 성격이 급한 편이다.

3년 전 일이다. 나는 어디를 가려고 허겁지겁 씻고 허둥지둥 옷을 입었다. 급한 마음에 얼굴이 새빨개졌다. 아마 그날은 늦게 일어났나 보다. 괜히 안 깨워준 엄마 탓을 하며 얼른 준비를 마쳤다. 급하게 준비하다 보니 이것저것 빼먹었는데, 신었던 신발을 벗을 여유조차 없어 무릎을 땅에 대고 걸어 빠진 물건을 다시 챙겼다. 엘리베이터로 가는 시간도 아끼기 위해 어느 때보다 빨리 뛰었다.

그런데 뭔가 이상했다. 엘리베이터를 타고 나서 제대로 내 몰골을 확인했다. 무릎 정도 오는 거울로 날 스캔했다. 그 순간, 빨개졌던 얼굴이 더 빨갛게 되었다. 바지를 거꾸로 입고 있었다. 지퍼가 없는 편한 바지라서 그랬던 것이다. 나는 다시 집으로 가 바지를 제대로 입었다. 괜히 허둥지둥하다가 결국 더 늦어버렸다.

그날 난 깨달았다. 뭐든지 급하게 하면 결과가 안 좋을 수 있으니까, 급하게 해서 안 좋은 결과를 얻을 바에 차라리 좀 더 신중하고 꼼꼼하게 하는 게 낫겠다는 것을.

나는 중학교 1학년 때는 모든 것이 새롭고 낯설어서 무섭게만 느껴졌다. 특히 첫 시험이 그랬다. 첫 시험 때 진짜 불안했고 걱정도 많았다. 지금 생각해 보면 별거 아니지만, 그 당시에는 너무나 큰 압박과 스트레스였다. 그때 나는 어른이 부럽다고 생각했었다.

나는 예전에 시험 기간 때 공부를 몰아서 하곤 했다. 괜히 불안해서 엄마에게 망했다고 말하고 계속 걱정을 했었는데, 그때 엄마가 "최선만 다해라."라며 할 수 있다고 하셨는데, 시험을 그래도 생각보다는 잘 봤었다. 나는 영어 단어 시험 보는 날이 가장 싫었다. 아이들에 비해 영어가 약한 편이었기 때문이다. 그래서 열심히 외웠는데, 정말 잘 쳤다. 물론 다른 아이들보다 두 배 정도 공부해서 잘 친 거지만, 그때 '열심히 하면 되는구나.' 하고 느끼게 되었다.

어렸을 때 교회에서 나가는 큰 대회에 참가했었다. 그림을 그리는 대회였는데, 항상 나가면 장려상을 받았었다. 한번은 지수원이 다니는 미술학원을 다니면서 몇 달간 연습을 하고 대회에 나갔는데, 그때 처음으로 은상을 받았다. 나 자신이 너무 뿌듯했고 노력은 배신하지 않는다는 말이 이해가 되었다.

덤벙이는 나

나는 매일 모험을 하는 것 같다. 항상 신나고 새롭고 모든 일이 궁금하다. 그런데 덤벙거릴 때가 많다. 나는 행동이 좀 빠른 편인데, 행동이 느린 사람들을 보면 별로라고 생각했지만, 내 행동이 너무 빨라서 덤벙거릴 때가 많다.

중학교 1학년 첫 시험 날 너무 떨리고 두려웠는데, 그날 집에서 나와 버스를 타려는데 명찰이 없었다. 집에 다시 가서 가지고 왔는데 등교 시간이 촉박해 오자 무서웠는지 울어버렸다. 지금이었으면 명찰 없어도 그냥 갔을 텐데, 그때는 그러지 못했다.

내가 친구들에게 고민을 물어보면 친구들이 답을 하지 않을 것 같다. 친한 친구가 아닌 이상, 나를 그냥 장난기 많고 진지하지 않은 친구로 알 것 같기 때문이다. 그래서 덤벙거리고 장난기 많은 이미지를 바꾸고 싶다고 생각할 때도 있다.

나는 정말 이웃과 지인은 다 알 정도로 위험한 행동을 많이 했다. 굳이 안 해도 될 행동을 해서 다친 적도 많다. 어렸을 때 놀이공원을 갔었는데, 퐁퐁도 타고 자전거도 타고 너무 신나서 흥분해 뛰다 넘어져서 다리를 다쳤었다. 그래서 상처가 심하게 났었다. 어렸을 때 장난이 치고 싶어서 엄마를 잡고 장난치다가 나 혼자서 넘어져서 눈 바로 위가 옷장에 찍혀서 살이 찢어지고 피가 심하게 나서 응급실에 가서 치료를 받았다. 아직까지 흉터가 있다.

어린 시절에 내 앞에 누군가 있었다면 나는 그 사람한테 무조건 장난을 쳤을 것 같다. 예를 들면, 약 올리거나 툭 치고 나서 도망갈 것 같다. 그러고는 또 덤벙거려서 넘어질 것 같다.

한번은 방학 때 멀리 1박 2일로 놀러 갔었다. 우리 가족과 우리 가족이랑 친한 몇몇 가족이 함께 갔었다. 가서 고기도 구워 먹고 캠핑도 하고 수영장도 가고 좋았었다. 그런데 수영장에서 장난치다가 덤벙대서 물에 빠져서 죽을 뻔했다. 그 후 물 공포증이 심해졌다.

수련회 때 처음으로 가족들이 보고 싶었다. 정확하게는 가족보다 집이 더 그리웠다. 그때도 덤벙거리다 폰을 잊어버려서 힘들었다. 한번씩 아플 때 걱정해 주는 가족과 친구들을 보면 소중하다는 생각이 들었다.

지금 생각해 보면 정말 산만했던 거 같다. 거실에 있는 큰 텔레비전을 놔두고 굳이 작은 방에 있는 작은 텔레비전으로 〈파워레인저〉를 본방 사수했고, 오프닝 노래가 시작되면 노래에 맞춰 불 줄도 모르는 리코더를 잡고 미친 아이처럼 부는 것을 좋아했었다.

어린 시절 나는 정말 사고를 많이 쳤다. 다친 적도 많았고 폰도 자주 잃어버렸다. 지금은 덤벙대는 게 좀 나아졌지만 예전에는 엄청 심했다. 내가 덤벙거렸던 날 중에서 기억에 나는 사건을 시로 적어보았다.

깨달음

신나는 마음으로 아울렛으로 떠났다.
익숙한 듯이 에스컬레이터를 탔다.

유난히 피곤했던지 나도 모르게
짝다리를 짚고 기댔다.

아.뿔.싸 청소기 같은 것이
내 바지를 끌어당겼다.
알고 보니 노란 선을 넘은 탓인지
바지가 점점 딸려 들어가고 있었다.

내 힘으로 꺼냈지만 바지는 검은색 잉크에 흠뻑 젖어 있었다.
그 뒤로 나는 승강기를 안전하게 탄다.
역시 한번 당해봐야 깨닫고 정신 차린다.

에스컬레이터를 탈 때는
짝다리를 짚지 말고
손잡이를 잡으며
노란 선을 넘지 맙시다.

표현을 숨기는 나

어른들은 대부분 내가 인사를 잘해서 예의 바르다고 생각하신
다. 친구들은 내가 장난이 많다고 생각하는 것 같다. 나의 장점은
장난을 잘 받아주는 것이다. 그런데 내가 힘든 일이나 나의 약점을
남에게 들키고 싶지 않아 하는 마음이 다른 애들보다 큰 것 같다.

나는 내 곁에 아무도 없을 때가 힘들었다. 표현은 안 했지만 그때 친구나 가족이 곁에서 격려해 주고 챙겨줬기에 극복할 수 있었다. 상처를 받을 때 나는 절대로 티를 내지 않는다. 내 상처를 누군가 알게 되는 것이 싫었기 때문에, 상처를 안 받은 척 애써 웃고 혼자 견뎠다.

나는 사춘기 때 괜히 언니한테 시비를 걸어서 싸우곤 했다. 어차피 언니한테 못 이기는데 괜히 자존심이 상하기 싫어서, 무섭지만 그 마음을 숨기곤 계속 쫄지 않은 척을 했다.

독감이 진짜 심하게 걸린 적이 있었다. 거의 열이 40도였고 링거도 두 번 정도 맞았다. '이럴 때 옆에 누군가가 없으면 얼마나 서러울까.'라고 느꼈다. 진짜 너무나도 당연하다고 생각할 수 있지만, 늘 옆에 있는 가족의 소중함을 잊으면 안 되겠다. 하지만 그때 나를 걱정해 주신 엄마에게 제대로 감사 표현을 하지 못했다.

할아버지에 대한 추억과 기억은 별로 없지만, 할머니에 대한 기억은 그래도 좀 있다. 할머니와 같이 살았었는데 할머니는 표현을 잘 안 하시고 무뚝뚝하셔서 나도 표현을 잘 안 했다.

내가 별로 안 좋아하는 친척이 있다. 많이 못 본 친척보다 더 정이 없다. 그분과 사이도 매우 불편했다. 반면, 멀리 사는 이모는 몇 번 안 봐도 편하고 좋았다. 그분의 행동과 말을 보면 이유가 다 있는 것 같다. 하지만 싫은 감정은 숨기고 있다.

버스를 기다릴 때 가끔 어른들에게 실망한다. 내가 가장 오래 기다렸는데 어른들이 막 밀치고 자리에 앉을 때 좀 서운하기도 하다.

물론 노인들을 이해하지만, 밀치면서까지 그래야 하나 싶기도 한데, 티는 안 내고 감정을 숨긴다.

그냥 상대방은 정말 생각 없이 농담으로 한 말이 나의 콤플렉스를 건드리거나 아픔을 건드려서 스트레스를 받았던 적이 있었다. 감정 표현을 안 하고 숨겼기 때문에 시간이 지나면서 잊어버렸다.

초등학교 때 정말 별명이 다양했었다. 물론 장난삼아 얘기하는 거겠지만, 외모를 비꼬아서 심하게 놀리는 건 진짜 못된 것 같다. 별명 중에는 정말 스트레스를 받을 만한 것들도 있지만, 그냥 웃기다는 듯이 웃어주거나 무시해서 티는 안 내고 참았다.

난 항상 짝사랑만 해봐서 데이트는 한 적이 없다. 그냥 그 친구가 멋있어 보이고 안 친하지만 좋아했었다. 나는 딱히 감정 표현을 안 하고 숨겨서 썸도 많이 타지 못했다.

항상 천마산 달리기를 하면 1등을 했었는데, 처음으로 2등을 한 적이 있었다. 그때 엄청 억울했다. 1등을 한 친구가 장난을 치는 바람에 늦게 들어왔다. 그때 그 친구가 부럽기도 하고 화가 났지만 꾹 참고 축하해 줬다.

만약 내가 나중에 할머니가 되어서 부모님이 안 계시고 더 이상 기댈 곳이 없을 때도, 눈물을 흘리기보다는 참을 것 같다. 만약 손자가 태어난다면 눈물이 날 것 같지만, 그때도 애써 좋은 표정만 지으면서 그 감정을 숨길 것 같다.

그 누구보다 역시 가족

내가 미래에 신경 쓰고 싶은 것은 가족이다. 가족은 죽는 날까지 함께해야 할 존재인데, 요즘 가족 간에 갈등을 겪는 경우가 많다. 그래서 화목한 가정이 되기 위해 신경을 많이 쓰고 싶다. 만약 결혼해서 아이가 태어난다면 배우자와의 관계는 더 돈독해지고 부모님과도 더 행복해지고, 그 아이로 인해 집 안에 웃음꽃이 피는 그런 가족이 될 것 같다. 첫 아이가 태어나면 가족들이 놀라기도 하겠지만, 다들 축하를 해주고 엄청 기뻐할 것 같다. 또 모두들 아이를 예뻐해 줄 것 같다.

어른이 되어 직장을 갖고 첫 월급을 받을 때 스스로 뿌듯해 할 것 같다. 가족 중 자식이나 남편이 아프거나 다치면 걱정되고 두려울 것 같다. 내가 하고 싶었던 일을 하면서 그곳에서 동료들과 수다도 떨고, 집으로 돌아와 남편과 하루 동안 있었던 일을 얘기하고 공감해 주면서 행복한 하루하루를 보낼 것 같다.

40대가 되면 시간이 참 빠르다는 것을 느낄 것 같다.

나중에 자식과 손자의 관계는 더욱더 좋아지고, 나는 남편과 더 돈독한 관계가 되고, 자식들은 서로 표현을 많이 하는 관계가 될 것 같다.

노년기에는 남편과 산책을 다니며 잘 살고, 자식들이 성공해서 우리에게 용돈을 주며, 감천에서 평화롭게 잘 살고 있을 것 같다.

노년기의 마지막 순간, 내 자식들에 대한 걱정과 남은 시간이 별로 없다는 아쉬움과 평생을 잘 살아왔다는 기쁨이 뒤섞인 감정을 느낄 것 같다. 내가 죽는다면 자식들은 무척 슬퍼할 것이고, 한편으로는 좋은 곳에 가서 쉬기를 바랄 것이다. 손자들은 아쉬워하며 울 것 같다. 자식들과 손자들에게 유언장을 남긴다면 나는 이렇게 남길 것 같다.

누구보다 귀한 나의 자식, 손자, 친구에게

나는 이제 떠나지만 너희는 앞으로도 잘 살아가 주길 바랄게.

떠나는 것을 너무 슬프게만 생각하지는 마.

말 안 해도 우리 가족은 잘하니까, 항상 위에서 지켜보고 너희를 위해 기도하고 있을게. 보이지는 않지만 항상 함께하고 있다는 것을 기억해.

표현 못 했지만, 고맙고 사랑해.

아직 끝나지 않은 삶

김동화

배경

내가 태어났을 때 친할아버지는 안 계셨고 외할아버지는 계셨다. 내 이름 '김동화'는 우리 외할아버지께서 지어주셨다. 우리 외할아버지는 스님이셨다. 엄마 말로는 외할아버지가 젊었을 때 잘생겼었다고 했다. 그리고 얼마 지나지 않아 외할아버지는 돌아가셨다. 그래서 나는 지금 할아버지가 한 분도 안 계신다.

우리 엄마는 어렸을 때 공부를 못했다고 했다. 큰삼촌은 엄마와 작은삼촌을 위해 문제집을 사주셨고 하루 동안 풀 양을 정해주고 나갔다고 했다. 엄마와 작은삼촌은 기초가 안 잡혀 있었기 때문에 문제를 봐도 어떻게 풀어야 할지 몰랐다고 했다. 큰삼촌은 그것도 모르고 풀어야 할 양을 계속 정해주고 나갔기 때문에 엄마와 작은삼촌은 답지를 보고 베꼈다고 했다. 그래서 공부를 못했다고 했고 다시 돌아간다면 열심히 공부할 것이라고 하셨다.

우리 친할아버지는 아빠가 중학생 때 돌아가셨다고 했다. 우리 아빠가 집안의 장남이기 때문에 하고 싶은 공부를 포기하고 동생들을 위해 돈을 벌러 다니셨다고 했다. 우리 아빠는 공부를 잘했고 공부하는 걸 좋아했다. 근데 할머니가 돈 벌러 나가라고 해서 할 수

없이 한 것이다. 나는 우리 아빠가 너무 불쌍하고 할머니가 밉기도
했다

어린 시절 우리 집은 괴정에서 높은 곳에 위치했다. 내가 이 집
으로 이사 올 때는 주변에 건물도 거의 없고, 작은 공터가 하나 있
었고, 오르막길이 매우 가팔랐다. 처음에 왔을 때 고양이가 엄청 많
아서 깜짝 놀랐다. 위에 올라오니까 경치도 좋고 아래보다는 공기
가 좀 더 신선했다. 근데 주택에 살다가 갑자기 오르막길을 오르
니깐 너무 힘들었다. 하지만 운동을 안 하는 나는 이렇게라도 매일 운
동하는 것 같아서 좋다.

어린 시절의 나

내가 유치원 다닐 때, 급식으로 김치를 받았는데 너무 먹기가 싫
어서 김치를 더 받는 척하면서 김치를 되돌려놓은 적이 있다. 또 유
치원에 장난감이 있었는데 그 중에 새우깡을 갈아서 주방놀이 하
는 것이 있었다. 나는 그걸 하고 싶어서 밥을 엄청 빨리 먹고 했던
것이 기억에 남는다.

일곱 살 때 학예회 날 엄마가 학예회장에 가기 전 밥으로 계란
토스트를 해주셨다. 엄마가 빨리 안 먹으면 화장 안 해줄 거라고 해
서 허겁지겁 먹다가 체하고 말았다. 그래서 학예회도 제대로 못 하
고 백설공주만 연기하고 끝이 났다. 그때 내가 백설공주 역을 맡았
었다.

유치원에서는 다양한 놀이를 할 수 있었다. 우리는 매트를 펴고

리본 묶기, 새우깡 갈기, 블록 쌓기 등 많은 것을 했다. 또 유치원 운동회 때 진짜 재밌게 해서 아직 기억에 다 남아 있다.

어렸을 때 내 기억에 남는 집은 괴정에 살 때 집이다. 그 집은 마당이 있는 이층집이었다. 우리는 앵두나무를 키웠고 겨울에 앵두를 따 먹곤 했다. 위치가 좋았고 교통이 편리했다. 집 내부는 나무판으로 벽이 이루어져 있었고, 방 3칸에 주방과 거실, 화장실이 있었다. 방 중 하나는 내 방이었는데, 내 방문에는 그네가 달려 있었다. 내 방 안에는 장난감들이 엄청 많았고, 그곳은 완전 내 세상이었다. 문을 딱 들어서면 오른쪽에는 진열대, 텔레비전, 스피커 같은 것들이 있었다. 화장실 입구는 어른들이 머리를 숙여서 들어갔던 것 같다. 우리 집 뒤쪽에는 동주대학교가 있었고 밑으로 내려가면 소시지와 아이스크림을 파는 집이 있었는데 소시지가 정말 맛있었다.

나는 소꿉놀이를 좋아했다. 내가 어렸을 때 나는 병원놀이 세트, 주방놀이세트, 인형 등이 있었다. 주방놀이 세트에 정말 주방이 있고 냉장고도 있었다. 그래서 나는 인형으로 소꿉놀이를 했던 것 같다. 냄비에 각종 과일, 해산물, 야채 등 마구잡이로 넣어서 인형들에게 팔았었다. 생각보다 비주얼은 괜찮았던 것 같다. 내가 실제로 직접 요리를 못 했는데 장난감으로라도 그런 욕구를 채울 수 있어서 행복했었다. 또 내가 남 신경 안 쓰고 내가 하고 싶은 대로 스토리를 짜는 등의 생각을 할 수 있어서 좋았었다. 그 놀이를 하면 그 시간 동안은 정말 재미있었다.

나는 여섯 살 때 장염에 심하게 걸려서 딱 한 번 입원한 적이 있었다. 내 옆에는 항상 엄마가 있어줬던 것 같다. 엄마는 내가 잠들 때까지 자지 못했고 편안히 있지 못했다. 지금 생각해 보면 너무 미안하다. 나 때문에 고생을 했기 때문이다. 입원하고 있을 때, 하루는 유치원 담임 쌤이 그림색칠공부 책과 색연필을 가지고 병문안을 오셨었다. 나는 그림색칠공부를 내 옆에 입원한 내 또래였던 동생과 함께했다. 평소에는 그 동생과 놀아서 심심하지는 않았던 것 같다. 이때 내가 먹고 싶은 것을 마음대로 못 먹어서 너무 괴로웠다.

나는 학교에서 돌아오면 공부를 했다. 집에는 엄마랑 동생이 항상 있었다. 나는 미술학원만 다녀서 집에서 엄마랑 같이 공부를 해야 했다. 그리고 공부를 하고 텔레비전을 봤다. 텔레비전으로 난 짱구나 자두, 코난, 리틀프릿, 꿈빛 파티시엘 등을 봤는데 너무 재미있었다.

미미, 쥬쥬 인형을 난 아직 버리지 않고 가지고 있다. 어렸을 때 난 그것을 가지고 많이 놀았다. 나는 인형 옷도 많이 모았고 각종 장신구(가방, 빗, 로션, 신발, 귀걸이 등)들도 가지고 있고 심지어 옷장과 욕조도 가지고 있다.

잠자리 들기 전 나는 에어컨 밑에서 시원하게 있었다. 좀 뒤 엄마가 수박을 잘라 오셨고 텔레비전을 보면서 수박을 먹었다. 그리고 휴대폰을 했고 밖에는 매미, 귀뚜라미가 우는 소리가 매우 잘 들렸다. 낮에는 너무 덥고 열대야도 이어졌지만 그래도 잘 지내왔다.

가장 사랑스러운 장소는 내 꿈속에서의 과자나라였다. 꿈에서 나는 과자나라로 가게 되었고 그곳에서 많은 과자와 아이스크림을 먹었다. 또 핑크핑크해서 진짜 너무 아름다웠다. 실제로 그런 곳이 있으면 좋겠다.

어린이들만 들어갈 수 있는 놀이터에 가고 싶다. 지금은 커서 못 들어간다. 옛날에는 롯데백화점 안에 있는 깜부놀이터에도 가고 롯데마트 안에 있는 조이파크(?)도 갔고 키즈카페도 갔었다. 정말 재미있었다. 그래서 꼭 다시 친구들이랑 갈 수 있다면 가보고 싶다.

초등학교 때 딱히 음악을 찾아서 듣지는 않았다. 그래서 모르는 노래도 많아서 친구들이 얘기할 때 듣고만 있었던 적도 있다. 나는 피아노학원을 다녔었는데 4~5년 정도 하다가 5학년 때 끊었던 것 같다. 왜냐하면 음악에 별로 흥미가 없기 때문이다,

나는 초6 때 친구 때문에 상처받은 적이 있다. 그 애는 아무 이유 없이 나를 싫어했다. 그래서 나는 엄마 아빠와 상담도 하고 위로도 받고 내 속 얘기를 하면서 울기도 했다. 그래서 나는 걔한테 왜 그러냐고 말하기로 했다. 말했더니 장난이라는 것이다. 너무 어이가 없었고, 나는 그때 큰 상처를 받았다.

제일 처음 에버랜드에 갔을 때 흥분되었다. 나는 놀이기구 타는 걸 매우 좋아한다. 에버랜드 갔을 때 친구들이 티익스프레스를 타자고 해서 그걸 탔다. 처음에는 무서웠는데 한 번 타고 재미 들려서 네 번 정도 탔던 기억이 있다. 그때는 줄이 짧아서 좀만 기다리면 바로바로 탈 수 있었다.

우리 집에는 책이 좀 있다. 원래는 많았는데 거의 다 버렸다. 나는 책 읽는 걸 그다지 좋아하지 않는다. 특히 우리 집에 있는 책들

은 더 읽기 싫다. 딱딱한 책들이 가득 있기 때문이다. 나는 작년 겨울방학 때 해리포터 시리즈 책을 다 샀다. 그래서 다른 건 안 읽어도 해리포터는 읽을 것이다. 요즘은 에세이에 관심이 많다. 에세이를 읽으면 마음에 위로가 돼서 좋은 것 같다.

텔레비전 프로그램 중에서 〈위기탈출 넘버원〉과 〈스펀지〉가 인상 깊었다. 왜냐하면 〈위기탈출 넘버원〉은 내가 몰랐던 것을 알려줘서 좋았고, 〈스펀지〉는 신기한 과학 활동을 보여줬기 때문에 매우 인상 깊었다.

나는 별명이 많았다. 그 중에서도 가장 많이 불리는 건 '동화책'이다. 내 이름이 '동화'라서 그런지 애들이 동화책이라고 놀리곤 했었다. 처음에는 놀리는 것 같아서 기분이 안 좋았다. 하지만 시간이 흐르면서 익숙해졌고 들어도 싫지가 않았다. 요새 불리는 별명은 '운동화'이다. 조금만 슬퍼도 울기 때문이다. 나도 내가 왜 우는지 모르겠다. 근데 눈물이 나온다. 참 이상하다.

내가 가장 기억에 남는 선물은 크리스마스 선물이었다. 유치원 다닐 때 산타가 있다고 믿었다. 크리스마스 날 내 머리 위에는 크리스마스 덧신과 담요와 과자들이 있었다. 나는 그 선물을 받고 너무 기뻤다. 근데 알고 보니 선물을 준 사람은 산타가 아닌 엄마와 아빠였다.

어릴 때 휴가 때마다 항상 어딘가에 놀러 갔다. 여름에는 계곡이나 바다에 갔었고, 겨울에는 딱히 잘 모르겠다. 우리는 어디를 가든 차를 타고 드라이브를 하면서 갔다.

명절 때는 가족이 다 같이 모여서 즐겁게 지내고 용돈도 많이 받았었다.

여름에는 가족과 계곡에 놀러 갔었다. 나는 키가 작아서 물이 목까지 오고는 했다. 내가 엄마한테 잠수하는 걸 보여주겠다고 깊은 곳으로 가서 잠수를 했다. 나는 당연히 빠져나올 수 있을 것이라고 생각했는데 아니었다. 나는 허우적거렸다. 엄마는 동생을 보느라 내가 빠진 것을 보지 못했고, 나는 '아 이렇게 죽는 건가?' 하고 걱정했다. 다행히 허우적대다가 동생이 탄 튜브를 잡고 나왔다. 정말 무서웠었다.

나는 글 표현은 잘 못한다. 그래서 나는 다른 친구들이 글짓기를 하고 상을 받는 게 너무 부러웠다. 나는 아이디어 구상도 창의적인 것이 잘 안 나오고 글도 그다지 잘 못 쓴다. 글짓기를 잘하는 친구들이 아직도 너무 부럽다.

중학교 2학년 때 일이다. 2학년 말쯤 역사 시간에 1년 동안 배운 역사를 총 복습 겸 게임을 했다. 그때 조광조라는 인물이 나왔는데 그 사람에 대한 기억이 하나도 안 나는 것이다. 수업 후 밥 먹으러 가기 위해 반 문 앞에 서서 "조광조가 누구였지?"라고 했는데, 우리 반 전체가 나에게 설명을 해주는 것이다. 그때 나는 감동을 했고 친구들한테도 사랑받는다는 것을 느꼈다.

우리 엄마는 내가 뭐만 하면 "아이고 착해라."라고 많이 말해주셨다. 그 말을 들으면 기분이 좋아졌다.

엄마랑 아빠는 내가 어렸을 때 나한테 뭘 하라고 시키지 않았던 것 같다. 내가 지켜야 하는 건 '거짓말하지 않기, 뛰어다니지 않기'였다. 우리 부모님은 거짓말하는 것과 시간 약속 어기는 것을 매우 싫어하신다. 그래서 우리는 거짓말을 하지 말아야 했다. 좀 들키고 싶지 않은 것이 있을 때 거짓말을 해야 한다고 생각했던 것 같다. 잘못한 것과 관련된 것이 아닌, 나만 알고 있고 싶은 것이 있을 때 거짓말은 해야 한다고 생각했다.

아파트로 이사를 간 뒤로, 뛰어다니면 아래층에 울리기 때문에 뛰어다니지 말라고 하셨다. 지켜야 하는 것이 하나 늘었다.

나에게는 대답을 하지 못하는 질문이 있다. 바로 "엄마가 좋냐, 아빠가 좋냐?"이다. 이 질문은 진짜 엄청 고민하게 만드는 질문 중 하나다. 그래서 이 질문을 받으면 대답을 못 한다. 또 하나는 엄마랑 아빠가 누구 말이 더 맞는 것 같냐고 묻는 것이다. 대답을 하면 둘 중 한 명이 꼭 기분 나빠하기 때문에 대답하기 어렵다.

어느 날 부모님이 크게 싸우셨다. 엄마와 아빠는 빈말로 "너희가 없었으면 이혼했을 텐데, 너희 때문에 어쩔 수 없다."라고 하셨다. 그래서 어렸을 때 내가 없으면 부모님이 행복할지도 모른다는 생각을 했었다. 그리고 하루는 엄마랑 얘기를 하다가 내가 그런 생각을 했었다고 말했다. 엄마는 울면서 내가 없으면 못산다고 하셨다. 그때 정말 내가 소중하다는 것을 느꼈다.

엄마와 아빠의 그 싸움은 내 기억에 강하게 남아 있다. 왜냐하면 어릴 때 부모님이 그렇게까지 심하게 다투신 건 처음이었기 때문이다. 내가 학원에 갔다가 집에 왔는데 바닥에 화분이 넘어져 있고,

바닥에 흙이 엄청 많이 뿌려져 있고, 엄마는 울고 있고, 고모랑 고모부가 우리 집에 와 계셨던 것이다. 그때의 기억 때문에 나는 결혼을 할지 안 할지 고민이 된다. 두 분이 다투시는 것을 보면 결혼 안 하고 싶은데, 혼자 살면 허전할 것 같기 때문이다. 근데 두 분이 잘 지낼 때는 엄청 잘 지내서서 행복해 보인다.

어릴 때는 밤에 드라마를 볼 수 없었다. 항상 9시가 되면 잠을 잤기 때문이다. 그랬던 어린 나에게 "놀 수 있을 때 실컷 놀고 자유롭게 즐겁게 많이 놀아! 9시만 되면 자서 싫었겠지만 나중에는 자고 싶어도 잘 못 자니깐 잘 수 있을 때, 아무 생각 없이 쉴 수 있을 때 많이 쉬어둬!"라고 말하고 싶다.

어린 시절의 남

옛날 주택에 살았을 때는 이웃에 대한 기억이 없다. 내가 지금 살고 있는 아파트에서는 10년 넘게 살았다. 우리 이웃은 할머니와 할아버지가 많다. 그분들과는 그냥 지나가다가 인사 한마디 하는 정도였고, 우리와는 다들 잘 지냈다.

그리고 5학년 때, 나와 같이 다녔던 세모가 가끔 나를 화나게 만들었다. 그런데도 참고 같이 다녔다. 그러다 수련회를 간 날 어떤 사건 때문에 다른 친구들도 세모랑 같이 다닐 수 없을 것 같다고 했다. 그 후로 사이가 안 좋아졌고, 나중에는 남아서 선생님과 상담도 했다. 그 상담을 통해 우리는 화해를 하고 더 친하게 지냈다.

어린 시절에 중요한 역할을 해준 사람은 바로 큰삼촌이다. 큰삼촌은 결혼하지 않으셨다. 그래서인지 나와 동생, 사촌동생들에게 많은 걸 경험하고 체험할 수 있게 해주셨다. 그 덕분에 평소에는 잘 가지 못하는 곳도 갈 수 있었다. 지금도 가끔 가는데, 항상 감사드린다.

우리 가족은 다 같이 자주 놀러 가곤 했다. 나와 동생은 둘이서 장난치면서 놀았고, 엄마와 아빠는 짐을 챙기고 요리하는 등 많은 일을 했다. 우리는 여름에 계곡에 가서 놀다가 저녁에 김치찌개를 끓여 먹었다. 그때 먹은 김치찌개는 정말 맛있었다.

가족과 멀리 떨어진 때는 없던 것 같다. 항상 부모님은 우리 근처에 있었기 때문에 멀리 떨어져 있었던 적이 없다. 만약 떨어져 있는다면 매일매일 그립고 보고 싶을 것이다.

내가 싫어하는 사람은 친할머니와 고모들이었다. 우리 엄마를 매우 힘들게 하고 우리 엄마한테 너무 심했기 때문이다. 항상 뭐든 혼자서 해야 했을 우리 엄마가 불쌍하다. 그래서 나는 싫었다. 그러나 요즘에는 바뀌어서 잘 지내고 있다.

가족들 간에 서로 피한 이야기는 딱히 없다. 사소한 것 하나하나까지도 말을 해서 엄마, 아빠, 동생이 나한테 조용히 하라고 할 정도이다. 우리 가족은 뭐든 다 말하고 대화하면서 잘 지낸다.

우리 가족이 잘 지켰던 것은 시간 약속이다. 우리 가족은 시간에 좀 민감하다. 약속 시간을 10시로 잡았다면 무조건 10시까지는 딱 맞춰 가야 한다. 그래서 우리 가족은 다른 사람과 약속이 있을 때 늦은 적이 1년에 한두 번밖에 없다.

할머니 댁에 방문하면 항상 반겨주셨다. 요즘은 바빠서 자주 못 가는데 옛날에는 진짜 많이 갔었다. 나는 할아버지 두 분 다 일찍 돌아가셔서 할아버지와 할머니가 어떻게 지냈는지는 모른다.

엄마는 나에게 젓가락질을 알려주셨다. 나는 엄마한테 혼나면서 젓가락질이 될 때까지 배웠다. 그래서 지금 내가 젓가락질을 올바르게 할 수 있게 된 것 같다. 또 엄마는 나와 함께 공부를 했다. 우리에게 밥을 해주었고, 연필 잡는 법과 글씨 쓰는 법 등을 알려주셨다. 우리 아빠는 나에게 낚시하는 거랑 축구 기술 같은 것들을 알려주셨다.

우리 아빠는 맥가이버다. 뭐든 뚝딱 만들고, 고장난 물건을 수리해 주시고, 내 방 도배도 아빠가 해주셨다. 우리 아빠는 손재주가 진짜 뛰어나다. 우리 아빠는 정확한 걸 좋아하셔서 항상 꼼꼼하다. 난 우리 아빠가 우리 아빠여서 자랑스럽다.

엄마가 아빠 쪽 가족 때문에 힘들어했다. 그래서 부모님이 자주 싸운다. 그 일은 나를 슬프게 만들었다. 그러나 자주 싸우기 때문에 요새는 크게 신경 쓰지도 않고 큰 영향을 받지도 않는다.

내가 유치원을 다닐 때 지금 삼성여고 아래쪽 피노키오라는 문구점 자리에서 문구점을 했었다. 엄마 말로는 우리가 어렸을 때 경제적으로 어려웠다고 하셨다. 근데 우리가 이사를 하고 문구점을 그만두고 아빠가 직장을 바꾸면서 경제적 형편이 더 좋아졌다고 하셨다.

엄마, 아빠의 미래에 대해서는 단 한 번도 생각해 보지도 들어보지도 않았다. 그래서 잘 모르겠다. 엄마, 아빠는 우리를 돌보고 챙긴다고 자신들의 꿈에 대해서는 생각해 본 적이 없을 것 같다.

우리 가족의 독특한 점은 딱히 없는 것 같다. 우리 가족은 다른 집들처럼 평범하게 잘 지낸다. 각자 자신이 할 일을 알아서 하면서 잘 지낸다.

우리 동생은 나와 달리 머리가 좋고 사고방식이 특이하다. 아는 단어는 많이 없는데 글 쓰는 데 재주가 있고 수학을 매우 잘한다. 진짜 너무 천재인 것 같다. 가끔은 그런 머리를 가진 우리 동생이 너무나도 부럽다. 그래서인지 나는 우리 동생을 질투한 적이 많이 있다. 우리 동생은 머리가 잘 돌아가고 융통성이 뛰어나다. 또한 문학적 감각도 있어서 시나 소설 같은 것도 잘 쓴다. 어릴 때부터 숫자를 가지고 노는 것을 좋아한 우리 동생은 수학도 잘한다. 미적 감각도 있고 창의력도 있어서 그림도 잘 그린다. 그에 비해 나는 노력파라서 모든 것을 우리 동생보다 더 힘들게 하는 것 같다.

우리 동생에게 이겼을 때 가장 승리감을 느꼈다. 동생도 승부욕이 강해서 나랑 내기를 하면 무조건 이기려고 하였다. 그런 동생을 이겼을 때 승리감을 크게 느꼈다. 또 친구들과 시험 내기를 해서 이겼을 때도 내가 노력한 만큼의 결과가 나온 것 같아서 기뻤다.

나랑 동생은 성별은 다르지만 진짜 잘 놀았었다. 소꿉놀이도 같이 하고, 병원놀이, 카드놀이, 고무딱지 치기, 시장놀이 등 많은 놀이를 했다. 지금 생각해 보면 동생이 있었기에 내가 안 심심했던 것 같다. 요즘은 동생이 많이 나대서 거의 매일 다툰다. 나는 이런 내용을 시로 만들어보았다.

동생

동생이 너무 싫다
만나는 순간부터 자는 순간까지 짜증난다
사소한 거 하나하나 시비를 건다
밥 때문에 싸우고
지우개 때문에 싸우고
자리 때문에 싸우고
TV 채널 때문에 싸우고
귀찮게 해서 싸우고
동생 때문에 혼나서 싸우고
공부를 방해해서 싸우고
욕을 해서 싸운다.

곁에 있으면 짜증나지만
곁에 없으면 허전한
목욕탕의 뜨거운 공기 같은 존재
항상 만나면 싸우지만
없을 땐 찾고 걱정되는
허전한 존재

나의 즐거운 학창 시절

어릴 때 나는 내가 하고 싶은 걸 대부분 다 할 수 있었던 것 같다. 그래서 나는 내가 자유로운 생활을 했다고 생각한다. 요즘은 공부 때문에 별로 자유롭지 못한 것 같아서 아쉽고, 옛날로 돌아가고 싶다.

나는 어렸을 때부터 지금 내가 사는 집에서 살았다. 우리 집은 높은 곳에 위치해 있어서 매일 운동하는 효과를 볼 수 있다. 학교와도 가까워서 걸어 다닐 수 있어서 좋았다.

이웃은 내 친구였다. 내 친구는 우리 가족과도 잘 지냈고 우리 집에 자주 놀러 오기도 했다. 그 친구는 우리 집에서 자고 먹고 같이 논 적도 많다.

우리 아빠는 넥센타이어 회사를 다니면서 타이어를 만드신다. 아빠 말로는 그곳은 고무 때문에 1년 내내 덥고 소음이 심하다고 하셨다. 우리 아빠가 이렇게 고생해서 번 돈으로 우리가 생활한다고 처음 깨달았을 때 정말 감사했다.

나는 부모님과 아직 예전처럼 잘 지낸다. 요즘에는 사춘기가 왔는지 내가 말대꾸를 많이 해서 화나게 만든다. 아빠랑은 스포츠 경기를 보면서 공감하고 대화했고, 엄마랑은 여자들끼리만 할 수 있는 이야기를 하면서 지내고 있다. 초6 때 아빠와 둘이서 남포동에 데이트를 하러 갔었다. 그날 아빠가 맛있는 것도 많이 사주시고 갖고 싶었던 폰 케이스도 사주셨다. 그때 아빠랑 둘이서의 시간을 보내서 그런지 더 친해질 수 있었던 것 같다.

나는 큰 걸 바라지 않는다. 우리 엄마는 친구들이랑 놀 때도 어디 갈 때마다 전화하라고 한다. 이걸 그만했으면 좋겠다. 물론 엄마는 내가 걱정되어서 하라는 것이라는 건 나도 잘 안다. 근데 너무 귀찮다. 엄마가 이걸 좀 자제해 주었으면 좋겠다. 소풍을 다녀왔는데 엄마가 전화를 안 해서 걱정을 많이 했다면서 화를 내셨었다. 엄마가 화를 내시면서 나가라고 해서 진짜로 집을 뛰쳐나간 적이 있다. 그때 엄마가 그걸 보고 매우 충격을 받았었다.

우리 아빠가 가끔 내 키가 작은 걸로 다른 사람과 비교를 한다. 나는 사촌동생보다 작다. 그래서 걔 칭찬을 하면서 "우리 동화는 흠⋯⋯." 이러신다. 이런 말을 들으면 사촌동생들이 나를 만만하게 본다. 그리고 부끄럽다. 언니인 내가 작으니깐 말이다. 그래서 다른 사람과 키로 비교하는 말을 듣기 싫다.

여름에 태풍이 오거나 비가 오면 정말 학교 등교를 하기가 싫었다. 왜냐하면 태풍이 오면 등교하는 길에 신발, 양말, 옷 등이 다 젖어서 찝찝하기 때문이다. 그래서 나는 태풍이 오면 학교에 가지 않기를 바랐다.

여름이 되면 우리 가족은 계곡으로 놀러 갔다. 거기서 맛있는 것도 해 먹고 수영도 하고 물놀이도 했다. 그런데 작년에는 너무 더워서 집에만 있었던 것 같다. 올해는 가족 여행으로 계곡에 꼭 갔으면 좋겠다. 또 여름에 경주에 있는 이모부 댁에 놀러 가서 놀고 아침에 닭을 잡아서 백숙을 해 먹었다. 그때 닭이 울부짖는데 너무 불쌍했다. 근데 나중에 먹을 때는 정말 맛있게 먹었다.

봄에는 벚꽃축제를 가서 가족 다 같이 벚꽃나무 밑에 앉아서 먹고 놀았다 여름에는 계곡에 가서 수박을 물에 담궈놓고 맛있게 먹고 놀았다. 여름밤은 더워서 죽을 뻔했다. 열대야가 너무 심해서 잠을 잘 못 잤고 에어컨을 틀고 자는 날에는 시원하게 잘 수 있었다. 또 가을에는 산에 가서 단풍 구경을 했고, 겨울에는 집에서 이불 속에 들어가 텔레비전을 보면서 귤을 까먹었다. 내가 가장 좋아하는 계절은 봄이다. 따뜻하고 1년을 시작하는 계절이기 때문이다.

2016년 초등학교를 졸업하고 중학교에 입학했다. 입학식 날 나는 너무 떨렸고, '끝이자 시작'을 의미하는 이 행사에서 난 초등학교는 끝이지만 중학교에서 새출발을 한다는 생각을 하고 중학교도 잘 다녔으면 좋겠다고 생각했다.

내가 딱 학교에 가면 나를 반겨주는 친구들 그리고 선생님이 계신다. 나를 매우 반갑게 맞이해 주어서 기쁘다. 우리는 교실에서 살구를 하고 앉아서 랜덤게임도 하고 담소도 나누었다.

가장 친했던 친구는 박영은과 손민주이다. 지금 현재도 잘 지내고 있지만 다른 반이어서 그런지 작년같이 엄청 친한 것 같지는 않다. 만나면 보통 서로 이야기를 하고 장난도 친다. 특히 영은이는 내가 힘들 때 옆에서 고민을 잘 들어주고 위로를 해준다. 진짜 너무 고맙다.

나는 중학교 3년 동안 반장과 방송부를 해왔다. 나는 뭐든지 다 하고 싶어 하는 성격이라서 이것저것 내가 하고 싶은 것이 있으면 다 했다. 그래서 소속되어 있는 조직이 항상 있었던 것 같다.

다른 학교 친구들과 리더십 캠프를 갔었다. 거기서 다른 학교 리더들과 협동해서 다양한 활동도 하고 이야기도 나누었다. 정말 재미있었고 뜻깊은 시간이었던 것 같다.

방과후에는 학원에 갔었다. 중학교 2학년 때는 혼자서 공부를 해서 미술학원을 다녔었는데, 요즘에는 학원을 다니면서 미술도 끊고 공부만 하고 있다. 집에 오면 숙제를 하고 폰을 하다가 잠이 든다.

나는 주위 사람들로부터 항상 뭐든 잘할 것이라는 기대를 받았었고 지금도 또한 받고 있다. 나는 다른 사람들이 나를 그렇게 생각해 준다는 것이 감사하다. 하지만 부담스럽기도 하다. 그 기대에 못 미쳐서 실망을 드릴 것 같기 때문이다.

이것은 매번 치는 시험에 대한 이야기이다. 나는 항상 중간고사는 성적이 좋게 나왔다. 시험 기간에 학교에 가면 친구들과 항상 하는 말이 있다.

"하, 정말 힘들다."

"맞지. 나도 요즘 개힘들다."

"그래도 너는 공부 잘하잖아."

"아니야……."

다들 많이 지치는 것 같다. 미술학원이 끝나고 집에 들어가면 공부를 해야 한다는 생각을 하니 집에 가기 싫고 막막했다. 나는 집에 가서 엄마와 자주 이야기를 한다.

"엄마, 나 공부가 너무 하기 싫고 힘들어."

항상 엄마는 이렇게 말씀하신다.

"지금 힘든 만큼 좋은 결과가 있을 거야. 동화야, 피곤하고 지치지? 엄마두 알아. 아는데, 안 할 수는 없잖아? 엄마가 대신해 줄 수도 없잖아. 그치? 힘들어도 그런 생각 하지 말고 끝까지 해보자. 끝나고 실컷 놀게 해줄게. 파이팅!"

"알겠어."

나는 엄마가 그런 말을 할 때마다 너무 고맙고 나에게 힘이 되는 것 같다. 그 후 나는 그 힘을 받아 열심히 공부를 했다.

드디어 시험 날, 모든 학생들이 긴장하고 걱정하는 날이 왔다. 그날따라 더욱 시끄럽고 돌아다니는 애들이 많았다.

"나 역사 문제 좀 내줘."

"야야야, 이거 뭐임?"

이제 와서 물어보는 친구들, 시험 바로 전에 문제를 내달라는 친구들. 나는 항상 친구들에게 불려다니느라 바빠서 아침에는 공부를 잘 못했다.

'딩동댕동 딩동댕동'

종이 친 후 우리는 서로에게 격려를 해주었다.

"시험 잘 쳐."

"지금까지 노력했던 것을 다 쏟아붓자! 실수하지 말고! 했던 대로만 잘하자."

시험이 끝난 후 우리는 서로 답을 맞춰보고 매겨본다.

"16번 답 뭐임? 1번? 아…… 난 2번 했는데……."

"야야야, 얘 다 맞은 것 같음."

모든 시험이 끝났다. 모든 아이들은 못 치든 잘 치든 시험이 끝나서 행복해한다. 틀린 게 많아서 우는 아이들도 있고, 아쉽게 틀려서 안타까워하는 친구들도 있다.

"나 이거 아는 건데……."

"울지 마라. 그래도 나보다는 잘 쳤잖아."

"동화야, 평균 몇이야?"

"난…… 96.3"

"레알? 대박 잘 쳤네. 개부럽다."

"아니야, 다들 수고했어. 시험 끝났으니깐 점수 생각은 버리고 놀자!"

나는 친구들에게 점수나 평균을 알려준다. 나는 애들이 물어봐서 알려준 것뿐인데 잘난 척한다는 친구들도 있고 부럽다고 느끼는 친구들도 있다. 하지만 나는 그것에 신경을 쓰지 않아 괜찮다. 나는 물어봐서 답해준 것밖에 없기 때문이다. 친구들과 논 후 나는 집에 가서 엄마한테 말을 한다.

"엄마, 나 시험 잘 쳤어! 평균이 96.3이야!"

"확실한 거 맞아?"

"아니, 우리끼리 맞춰본 건데?"

"점수가 확실하게 나올 때까지 점수 얘기는 하지 마. 실망할 수도 있잖니. 어쨌든 수고했어, 우리 딸. 노력한 만큼 잘했지? 원래 노력한 만큼의 결과가 나오는 거야. 그리고 항상 네 점수에 만족해서는 안 돼. 너보다 뛰어난 아이들도 많잖아. 알겠지?"

난 '노력한 만큼의 결과가 나온다.'라는 말이 맞다고 생각한다. 가끔은 나도 열심히 하기 싫고 노력하기 싫을 때도 있다. 그런데 난 좋은 결과가 있기를 바란다. 노력 안 하고 뭘 했을 때 결과는 항상 안 좋았던 것 같다. 내가 바랐던 것에 실망하지 않게 노력해야 할 것 같다. 그래서 열심히 하기 싫고 노력하기 싫어도 지금의 나처럼 시험 며칠 전에 허겁지겁 하지 말고 조금씩 조금씩 미리 노력해야 한다. 그렇다면 어영부영 했어도 내가 노력하고 신경 쓰고 스트레스 받았던 시간들이 아깝지 않을 것 같다.

나는 한문 자격증 시험, 주산 3급 시험 준비할 때도 매우 열심히 했다. 그래서인지 둘 다 자격증을 딸 수 있었다. 앞으로도 뭐든지 노력해서 항상 좋은 결과가 나왔으면 좋겠다.

요즘 난 팝송에 빠져 있다. 집에서 주로 듣는데, 팝송을 외우면서 몰랐던 영어 표현도 알게 되어서 좋다. 팝송을 찾아보면서 듣는 재미도 있는 것 같다.

〈고민보다 go〉에 나오는 킬링파트 부분의 춤이 유행했다. 매우 중독적이어서 진짜 많이 췄었던 춤이다. 처음에는 잘 안 춰졌었는데 희망캠프 장기자랑을 하기 위해서 배워서 잘 춰졌다.

첫눈에 딱 반한 사람은 아직은 없다. 사귀어 본 경험은 몇 번 있지만 데이트는 해보지 못했다. 하지만 1학년 때 체육시간에 선생님이 자유시간을 주셨을 때 친구들이 장재영이랑 손을 잡고 매트 위에 앉혔다. 그때 좀 설렜다. 어색했지만 그 친구들 덕분에 손도 잡아본 것 같다.

데이트를 할 때는 상대방을 존중해 주어야 하고 이해해 주어야 한다. 술은 내가 마실 수 있을 만큼 적당히 마시면서 조절해야 한다. 흡연은 하지 말아야 한다. 몸에 매우 해롭고 한번 피우기 시작하면 중독되어서 끊기 힘들기 때문이다. 자동차 운전은 대학을 졸업하고 직장을 다닐 때 배울 것이다. 이건 아빠나 엄마가 알려주면 좋을 것 같다. 나는 자동차를 한 28살이나 29살 즈음에 사고 싶다.

나는 물고기 말고는 어떤 동물도 키워보지 못했다. 나는 우리 집에 비숑이나 백구를 키우고 싶다. 좀 크기가 큰 개를 키우고 싶다. 은근 크기가 큰 개들이 더 순하고 착한 것 같다. 그래서 나는 큰 개를 키우고 싶다.

내가 할 수 있는 것에서 가장 어려웠던 것은 바로 책 읽기이다. 나는 책을 싫어한다. 물론 재미있는 책도 많지만 책을 읽으면 잠이 왔다. 그래서 책을 안 읽는다. 그런데 항상 시험을 치면 다른 과목에 비해 국어에서만 점수가 잘 나오지 않았다. 그래서 나는 지금 후회를 하고 있다. 하지만 요새 내가 〈해리포터〉라는 영화를 보고 반해서 책을 전 시리즈를 샀다. 〈해리포터〉를 계기로 더 많은 책을 읽을 수 있게 되고 더 이상 후회를 안 하면 좋겠다.

나는 돈을 많이 벌어서 내가 하고 싶은 것을 다 하고 살고 싶다. 하지만 나는 현실을 직시했고 돈을 많이 벌기 위해서는 많은 노력과 시간이 필요하다는 것을 알게 되었다.

나의 큰삼촌이 나와 사촌동생들을 위해서 항상 공연이나 뮤지컬, 오페라 같은 것을 보러 가자고 하신다. 중2 때 나는 을숙도에서 오페라 〈마술피리〉를 보았다. 고음을 자유자재로 지르고 연기를 하면서 공연을 하는 사람들을 보고 참 대단하다고 생각했고 아는 노래가 많이 나와서 더 재미있게 본 것 같다.

내가 할 수 없으리라고 생각했지만 끝내 해낸 일은 산 정상까지 올라간 일이다. 나는 체력이 매우 약하다. 그래서 산 정상까지 못 올라갈 줄 알았는데, 아빠가 할 수 있다고 가자고 해서 같이 갔다. 결국에는 산 정상까지 갔다가 내려왔다.

지금 가장 힘든 것은 잠을 많이 못 자는 것이다. 초등학교 때 나는 항상 9시가 되면 잠자리에 들고는 했다. 그런데 중학교에 들어오고 나서 학원들 갔다가 집에 오면 9시가 넘고 숙제를 하고 나면 새벽 1시나 밤 12시가 되어 있다. 이렇게 매일매일을 늦게 자다가 보니깐 체력도 딸리고 학교에서도 피곤한 날이 매우 많다. 물론 요새도 피곤하지만 이 생활을 반복하다 보니깐 어느새 적응해서 중학교 초반 때보다는 덜 피곤한 것 같아서 다행이다.

10대로서 가치 있다고 느낀 것은 아직 경험해 볼 수 있고 도전할 수 있는 기회가 많다는 것이다. 또한 친구들과의 추억을 많이 쌓을 수 있다는 것이 가치 있는 것 같다. 나에게 중요한 것은 내 건강이다. 건강해야 공부도 할 수 있고, 하고 싶은 것도 할 수 있고, 먹고 싶은 것도 먹을 수 있고 즐길 수 있기 때문이다.

중2 때 우리는 수학여행을 갔었다. 수학여행에서 첫째 날과 셋째 날은 날씨가 좋았다. 하지만 에버랜드를 가는 둘째 날은 갑자기 날씨가 안 좋아지고 우박이 떨어지기 시작했다. 그래서 놀이기구도 제대로 못 타고 퍼레이드도 못 봐서 너무 아쉬웠다. 이 수학여행은 절대 잊지 못할 것이다.

중2 여름방학에 우리 반 단체로 바다에 갔었다. 거기서 파라솔을 빌려서 짐을 놔두고 친구들과 바다에 들어가서 재미있게 놀았다. 윤진이 나를 안고 깊은 곳까지 데려다주고 바다 더 깊이 넘어가지 말라고 표시해 놓은 동그란 거를 만지러 가다가 안전요원이 호루라기를 불기도 했다.

내가 지금까지 나쁜 길로 빠지지 않고 올바르게 성장한 것 같아서 나 자신에게 고맙게 느껴지고 이렇게 올바른 길로 올 수 있도록 도와주신 선생님과 우리 부모님께 감사드린다. 어릴 때 가장 많은 것을 가르쳐주신 분은 바로 우리 엄마이다. 우리 엄마는 나에게 지식뿐만 아니라 내가 지켜야 하는 규칙, 태도, 예의 같은 것에 대해 알려주셨다. 그래서 지금의 내가 아직은 부족하더라도 잘 살고 있는 것 같다.

현재를 살고 있는 나

아직 나는 내가 어른이 되었다고 생각하지 않는다. 나는 아직 부모님의 보호가 필요하고 내가 돈을 직접 벌 수가 없기 때문이다.

대학교 다니면서 학생회를 해보고 싶다. 학생 때는 선생님들이 주도해서 무언가를 했기 때문에 우리가 하고 싶은 것을 자유롭게 하지 못한 것이 있다. 그래서 대학생이 되면 학생회에 들어가서 우리가 주도해서 하고 싶다.

나에게 가장 중요한 것은 우리 가족이다. 나는 우리 가족이 없으면 안 된다. 그래서 우리 가족이 세상에서 제일 중요하다. 진짜 우리 가족이 없으면 난 하루라도 못 살 것 같다.

무서운 영화를 보고 나서 기분이 매우 끔찍했고 공포스러웠고 두려웠다. 그래서 무서운 영화를 좋아하나 자주 보진 않는다. 엄마 아빠가 싸울 때도 무서웠다.

가장 힘든 기간은 지금인 것 같다. 지금 나는 너무 우울하고 매일 피곤하고 하루하루가 힘들다. 지금 내가 공부에 집중을 못 하고 슬프다는 것을 친구들한테 애기를 한 다음 위로를 받으면서 극복을 해나간다.

중간고사 시험 기간에 크게 낙심했다. 너무나 집중이 안 돼서 공부를 못 할 것 같았다. 요즘 숙제를 할 때도 폰을 가지고서 한다. 그래서 이번 시험이 내 기준에서 좀 아쉬운 것 같다. 시험 기간 때 진짜 집중이 안 돼서 너무 불안했는데 몸이 안 따라줘서 힘들었다. 그때 나는 극복을 하지 못한 것 같다.

자신과 주변의 삶을 성찰하면서 내가 평소에 잘못했던 부분도 있구나 하고 깨닫게 되었다. 그래서 그걸 고치려고 했는데 고쳐진 것도 있고 못 고친 것도 있어서 아쉬웠다. 국어 시간에 건의문을 통해서 고쳐야 할 점을 학교에 말한 적이 있다. 그게 지금 점점 바뀌고 있는 것 같아서 좋은 것 같다. 다음에도 건의할 것이 있으면 건의할 것이다.

지금까지 나의 모든 선생님이 다 스승이다. 모두 나를 가르쳐주시고 잘 대해주셨기 때문이다. 그 중에서 가장 기억에 남는 선생님은 바로 초5 때 담임 선생님이다.

내가 너무 힘들 때 다른 사람의 도움이 필요했다. 그때 항상 내 옆에 부모님과 친구들이 있어주었다. 그들이 있어서 내가 힘들 때도 잘 이겨낸 것 같아서 좋다.

나는 나쁜 길로 가지 않았다. 그래서 지금 매우 잘 정상적으로 살 수 있는 것 같다. 내가 올바른 길로 가서 너무 다행이다.

횟집에서 회를 시켜먹는데 그 위에 레몬이 있길래 먹었는데 눈이 번쩍 뜨였다. 왜냐하면 너무 시어서 혓바닥이 짜릿했기 때문이다. 그리고 영어 글로벌 빌리지에 갔었는데 거기 온 친구들이 다 영어를 잘해서 너무 놀랐다.

지금 가장 가까운 나의 목표는 고려대를 가는 것이다. 내가 우연히 '연고티비'라는 유튜브를 보다가 고려대에 꼭 가겠다고 다짐했다. 열심히 해서 고려대를 꼭 가고 싶다.

하고 싶은 것이 많은 나

나는 중학교 3년 동안 반장과 방송부를 해왔다. 나는 뭐든지 다 하고 싶어 하는 성격이라서 이것저것 내가 하고 싶은 것이 있다면 다 했다. 그래서 소속되어 있는 조직이 항상 있었다. 반장으로는 학급 대의원회에 참여를 해서 활동을 했고, 방송부에 들어가 여러 장비나 기계에 대해 배우고 선후배들과 친해졌다.

나는 모든 내기에 열정적으로 참여했다. 나는 승부욕이 매우 강하기 때문에 어떤 내기든지 열정적으로 참여했다. 나에게 가장 중요한일, 열정적이고 지속적으로 매달렸던 일은 공부이다. 지금 현재로서 가장 중요한 것이 공부인 이유는 공부를 해야 좋은 대학을 가서 내가 원하는 직업을 얻을 수 있기 때문이다. 그래서 힘들어도 포기할 수가 없다. 어렸을 때 엄마랑 공부를 열심히 해서 시험을 잘 봤었다. 그게 쌓이고 쌓이다 보니깐 공부 기초가 탄탄해졌고 공부 습관도 잡힌 것 같다. 그 덕분에 지금 공부를 더 많이 수월하게 할 수 있는 것 같다.

공부를 잘하는 나

나는 솔직히 체육 분야 빼고는 다 잘할 자신이 있다. 항상 뭐든지 하면 잘했고 욕심도 많았기 때문에 내 자신이 자랑스러웠던 것 같다. 나를 자랑스럽게 만들어준 건 우리 엄마이다. 우리 엄마가 나와 같이 공부를 하고 옆에 있어줘서 지금의 내가 있는 것 같다. 또 이런 성과들을 보고 사람들이 잘한다고 해주고 부러워해 줘서 자신감도 생기고 자존감도 높아진 것 같다.

나는 공부하는 것이 재밌다. 그런데 시험을 치기 위해 공부하는 것 이외의 것을 배우고 싶은데, 집에 오면 지쳐서 잘 안 하게 된다. 시험을 치기 위해서가 아니라 취미로 공부를 하고 싶다.

다른 사람들에게 인정받고 신뢰받는 나

어린 시절에 뭐든 잘할 거라는 믿음이 있었던 것 같다. 주변 사람들은 항상 내가 잘한다고 생각하고 믿는다. 그래서 난 그 기대에 실망시키지 않으려고 나 또한 잘하고 잘될 거라고 믿었던 것 같다.

항상 주변에서 뭐든지 잘한다고 좋은 말을 많이 해주셔서 자신감을 얻게 된 것 같다. 그래서 나는 자신감이 넘친다. 이 자신감이 사라지지 않았으면 좋겠다.

다들 내가 착하다고 생각한다. 그리고 항상 공부를 잘하고 내가 할 일을 알아서 하는 줄 안다. 나는 내가 착하다고 생각한다. 하지만 공부는 내가 노력한 만큼의 결과가 나오는 건데 그건 몰라주고 그냥 공부 잘하는 애로 알고 있는 사람이 많다. 또 내가 할 일을 내 스스로 잘 안 한다. 약 먹는 것도 엄마 아빠가 시켜서 먹고 책상 청소도 시켜야 한다. 그런데 사람들이 그런 나의 모습은 잘 모른다. 뭐든지 잘하는 사람으로 보이려고 항상 노력하는 것 같다.

두려움을 느낀 적은 많다. 그 중 하나는 내가 다른 사람들 기대에 못 미칠까 봐 두려운 것이다. 다른 사람들은 내가 뭐든 잘한다고 생각하기 때문에 내가 그 기대를 만족시키지 못한다면 분명 나에게 실망할 것이다. 그래서 뭐든 열심히 했다.

아직 끝나지 않은 나의 삶

내가 20대가 되면 부모님의 간섭을 받지 않고 내가 스스로 모든 것을 해나가는 그런 미래가 될 것 같다. 처음에는 내가 스스로 무언가를 한다는 것이 설레고 기쁘겠지만 나중에는 부모님께 죄송할 것 같다.

결혼하기 전까지 나의 자유를 마음껏 누릴 것이다. 내가 하고 싶은 것, 못 해본 것 등 다양한 경험을 할 것이다 좀 더 나에게 투자하는 데 신경 쓰고 싶다.

아이가 태어나면 나보다 내 아이를 더 생각할 것 같다. 아이가 생기면 그때야 부모님이 힘들었던 것, 상처받았던 것 등 우리에게 느꼈을 감정을 알게 될 것 같다. 아기가 태어나는 날 내 남편이 밖에서 기다리고 있을 것이고, 엄마랑 아빠도 함께할 것이다. 엄마랑 아빠가 제일 기뻐하실 것 같다. 나도 아이가 태어나서 매우 기쁠 것이다.

내가 40대쯤 되고, 내 자식들이 청소년기가 되었을 때 미래의 하루는 내 자식들과 한바탕 소동을 벌일 것이다. 회사에 갔다가 집에 왔는데 자식들의 사춘기 때문에 싸우게 될 것 같다. 그렇게 나와 자식들은 서로에게 상처를 주고 하루를 마무리할 것 같다. 혼자 울거나 내가 좋아하는 것을 할 것 같다. 엄마라는 하나의 이름을 달고 약 15년을 살면서 자식들을 위해 투자하고 있고 정작 나에게는 투자하고 있지 못한 현실이 비참하고 그 마음을 몰라주는 자식들에게 상처를 받을지도 모른다. 그래도 엄마니깐 참고 살아야 할 것이다. 그래서 이런 상황일 때 하루 정도는 나한테 투자를 할 것이다.

노년에는 내가 자식을 잘 키웠다는 것에 뿌듯해하고 그들을 낳았다는 게 가장 잘했다고 생각할 것 같다. 하지만 이제 내 곁에서 보내주어야 한다는 것이 두려울 것이고, 혹시 그들을 놔두고 먼저 죽을까 봐 걱정될 것이다.

내가 나이가 들어서 부모님이 이 세상에 안 계시면 뭔가 허무할 것 같고 잘 못 살 것 같다. 진짜 너무 슬플 것 같고 이 세상에 나 혼자 남아 있는 느낌이 들 것 같고 부모님께 죄송할 것 같다.

손자가 태어나면 내가 진짜 할머니가 되었음을 직감할 것 같다. 손주가 생기면 매우 기쁠 것 같다. 믿기지가 않을 것 같고 감격스럽고 행복할 것 같다.

내가 늙고 자식들이 성인이 되어도 자식들과의 관계는 매우 좋을 것이다. 이제 자식들이 성인이 되면서 떨어져서 지내는 것이 슬플 것 같다. 자신들만의 가정을 꾸려서 점점 사이가 멀어지게 될 것 같다.

나는 아마 부산 어딘가에서 즐겁게 잘 살고 있을 것이다. 그때는 내가 하고 싶은 일을 하면서 돈을 벌고 여가 생활을 즐기면서 살고 있을 것이다. 의학 기술도 발달해서 건강하게 다닐지도 모른다.

죽기 전엔 내가 바란 꿈을 다 이루지 못해서 아쉬울 것 같다. 사회에 나와 보니 내가 원하는 대로 이루어지지 않는 것을 알게 되었는데도 꿈들을 이루지 못해서 불만족스러울 것이다. 그래도 내 가족과 함께 살고 있다는 것은 매우 만족스러울 것이다.

노년에 내가 이 세상에 없어도 내 자식들이 잘 살아갈지 내 눈으로 보지 못하니까 걱정되고, 내 인생 전부를 나를 위해 다 바치지 못한 것에 화가 나고, 내 자식들이 잘 자라서 기쁠 것 같다.

죽고 나서 내 주변 사람들에게 하고 싶었던 말을 유언장으로 미리 써보았다.

내 주변 모든 사람들에게

나는 태어나서부터 좋은 부모님 밑에서 자라왔어. 우리 부모님 은 나에게 매우 많은 사랑과 관심을 주셨어. 그래서 내가 잘 자 란 것 같아. 내가 받은 사랑만큼 내 자식들에게도 나누어 주고 싶었는데 많은 사랑과 관심을 주지 못한 것 같아 미안해. 그리 고 해달라고 한 걸 다 들어주지 못하고 잔소리만 하고 화내서 미안해. 그래도 너희가 내 밑에서 내 자식으로 태어나고 잘 자 라줘서 고마워. 사는 동안 너희가 있어서 매우 행복했어. 엄마 로서 매우 서툴렀겠지만 그래도 믿어줘서 고맙고 사랑해. 학생 때부터 내 친구였던 모든 친구들에게도 고마움을 전하고 싶어. 항상 힘들면 달려와 주고 고민도 들어주는 너희가 있어서 나의 슬픔을 덜 수 있었던 것 같아. 우리 놀러도 가고 맛있는 것도 먹 고 해서 정말 즐거웠어. 진짜로 고마워.

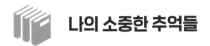 ## 나의 소중한 추억들

정의진

소중한 사람들

이은주, 정상원, 정의훈, 방영자, 정문득, 삭종섭, 정인자, 석우라, 석유진, 정인숙, 구정복, 구창법, 구창민. 우리 가족의 이름들이다. 나는 2004년 5월 27일에 장림에 있는 산부인과에서 태어났다. 조부모님의 삶에 대해 알고 있는 것은 일제강점기 시대 때 태어나셨고, 한국전쟁도 겪으셔서 엄청 힘든 삶을 사셨다고 알고 있다. 할아버지는 젊으실 때 어부를 하셨다고 들었고, 할머니는 잘 모르겠다.

어머니는 대구에서 태어나셨는데, 누나 한 명과 오빠 한 명이 있었다는 것 말고는 어린 시절에 대해서 아는 게 없다. 아버지는 울진의 시골에서 태어나셨고, 어린 시절에 축구를 엄청나게 잘하셨다고 들었다. 선수를 해도 될 정도였단다. 축구 하는 것을 한번 보고 싶다. 얼마나 잘했었는지 궁금하다.

나의 어린 시절을 떠올려 보면, 경제 상태는 그냥 보통이었던 것 같다. 당시 옆집에 할머니 한 분이 사셨고, 엄마 아는 사람과 아는 형과 누나, 동생도 살았었다. 그 사람들과 같이 학교를 가기도 했다. 가장 좋아했던 곳은 친구들과 같이 놀 수 있는 집 앞에 있는 주차장이었고, 싫어했던 곳은 학원이었다.

다시 돌아가고 싶은 어린 시절

나는 어릴 때 다대포에 살았는데 초등학교 1학년 때 감천으로 이사를 와서 지금까지 살고 있다. 어린 시절에 대해 엄마한테 들은 얘기가 있는데, 나는 태어나서부터 주사를 맞을 때 한 번도 울지 않았다고 한다. 믿을 수가 없긴 하지만 참 신기한 것 같다. 그리고 내 얼굴 눈 옆에는 흉터가 하나 있는데, 그건 내가 두 살 때 기어다니다가 티비 모서리에 박아서 생긴 자국이라 하셨다. 잘못하면 실명될 뻔했다고 한다.

나의 가장 어릴 적 기억은 네 살 때 어린이집에 대한 기억이다. 어린이집에 가면 친구들과 놀 수 있고 놀이터도 많아서 어린이집 가는 것을 좋아했던 것 같다. 그리고 어린이집은 오후에 매일 간식을 줬었는데, 그 간식이 너무 맛있어서 하루 종일 그 간식을 기다리기도 했다. 그냥 만두나 시리얼 같은 것들이었는데, 그 시절에는 그게 왜 그렇게 좋았는지 모르겠다. 참고로 그 간식들 중에서 물만두가 젤 맛있었다.

어린 시절에 살았던 집은 거실 하나, 방 하나에, 부엌이 있는 크지 않은 아파트였다. 집에 들어가면 바로 주방이 보였고, 요리하시는 엄마의 모습도 보였다. 집에 혼자 있을 때는 주로 장난감을 가지고 놀거나 아님 티비를 봤었던 것 같다. 집 밖으로 나오면 바로 주차장이었고, 아파트 뒤쪽에는 산책로와 놀이터가 있었다. 나는 주로 놀이터나 주차장에서 놀았다. 제일 좋아했던 놀이는 자전거 타기였다. 어릴 때부터 자전거를 탔었고 친구들과 자주 자전거를 타고 놀았다.

내가 어린이집 차를 타고 왔을 때나 학교를 갔다 집에 왔을 때, 늘 나를 기다리던 건 엄마였다. 집에 오면 늘 씻어야 했는데, 그때 는 너무 귀찮아서 엄마가 계속 씻으라고 해도 나중에 씻는다고 말 하고 계속 미뤘던 기억이 난다.

어린 시절 나에게 여름은 매우 신나는 계절이었다. 그래서 제일 좋아하는 계절이 여름이다. 여름만 되면 나와 가족들은 시골에 있 는 할머니 집에 갔다. 할머니집이 좀 멀어서 1년에 몇 번 못 가기 때문에 할머니 집 가는 날만 되면 설레고 기분 좋았다. 할머니 집은 동해와 가까워서 집 바로 앞에 바다가 있다. 그래서 매일 거기 가 서 놀았다. 거기 살던 아빠 친구들과도 같이 놀았는데 너무 재밌고 신났다. 같이 라면도 끓여먹고, 한 번씩 아빠 친구들이 물속에 잠수 해서 전복을 따오기도 했다. 진짜 그땐 너무 신기했다. '어디서 저 렇게 전복을 따오는 것이지?'라고 생각했다. 바다에서 신나게 놀고 다시 할머니 집에 오면 같이 밥을 먹고 밤이 되면 나는 마당에 나 갔다. 마당이 꽤 넓은데, 거기에 누워서 하늘을 보면 별이 보인다. 누워 있을 때의 느낌이 진짜 좋은데, 어떤 느낌이냐면 여름인데 바 람이 조금씩 불어 그렇게 덥지도 않고 시골이니까 차 소리나 소음 같은 것은 하나도 안 들리고 곤충 소리만 들린다. 진짜 고요하고 마 음이 안정될 정도로 누워 있으면 기분이 좋아진다. 그 느낌은 진짜 말로 표현할 수 없을 정도로 좋다. ASMR 듣는 것 같은 느낌이라고 생각하면 될 것 같다. 별을 보면서 "너는 왜 그렇게 예쁘니?"이런 대화를 한 것 같고, 나도 나중엔 저 별처럼 아주 예쁘게 빛나는 사람이 되고 싶다 그런 생각을 했다. 지금 생각해 보면 거기서 공부하면 진짜 잘 될 것 같다.

그리고 그곳에는 작은 풋살장이 하나 있었다. 진짜 시골에 그런 풋살장이 있을 줄은 몰랐는데 신기하기도 했다. 그래서 거기서 아는 친척들과 축구도 했다. 어릴 때 축구를 좋아해서 진짜 좋았었던 것 같다. 이게 내 어린 시절 여름날의 기억이다.

내가 알았던 가장 사랑스러운 장소는 방방 트램펄린을 탈 수 있는 곳이었다. 그곳은 나를 가장 신나게 하는 장소였다. 하지만 자주 가진 못해서 아쉬웠다.

어릴 때 재미삼아 하던 일 중 다시 해보고 싶은 것이 있다. 내가 초등학교 1학년 때 피아노를 배웠었는데 이사를 가는 바람에 끊을 수밖에 없었다. 그때 너무 재밌게 배워서 지금이라도 할 수 있다면 다시 배워보고 싶다.

어릴 때 주로 듣던 음악은 딱히 없고 애니메이션에 나오는 동요 같은 것들을 주로 들었던 것 같다.

어릴 때 나는 책 읽는 것을 좋아했다. 동화책을 주로 읽었는데, 엄마가 매일 자기 전에 읽어주셨다. 나는 매일 자기 전에 읽고 싶은 책을 몇 개 들고 와서 엄마에게 읽어달라고 했던 기억이 난다. 엄마가 읽어주는 책은 너무나 재밌어서 책을 좋아했던 것 같다. 엄마가 하루라도 안 읽어주면 떼를 쓸 정도였다. 그런데 지금은 책을 거의 안 읽는다. 그냥 싫어졌다. 왜 그런지 모르겠지만, 엄마가 안 읽어줘서 그런건가…… 어쨌든 난 어린 시절 책 읽을 때 정말 즐거웠다. 그리고 어릴 때 티비 보는 것도 좋아했는데, 애니메이션을 즐겨 봤었다. 가장 좋아했던 것은 '뽀로로'였다.

초등학교 때 게임하는 것도 좋아했었는데, 한때 '클래시 로얄'이라는 게임이 유행하던 때가 있었다. 애들 대부분이 그 게임을 했고 재미도 있었다. 그 클래시 로얄에 나오는 캐릭터 중에 고블린이라는 캐릭터가 있었는데, 그 캐릭터가 나와 닮아서 내 별명이 고블린이었던 적도 있다.

어릴 때 앓았던 병은 딱히 없었다. 한번은 처음으로 독감에 걸렸었는데, 그렇게 아프지가 않아서 걸린 줄도 몰랐다. 학원 선생님이 독감인 것 같다고 해서 병원에 가서 검사를 해봤다. 뭐 이상한 막대기 같은 걸로 코구멍을 쑤셔서 검사를 했는데, 기분이 좀 이상했다. 어쨌든 독감이 걸렸었는데, 그때 하필 봄방학이어서 학교를 쉬지도 못 하고 참 운이 안 좋았다. 그 이후로는 독감에 걸린 적이 없다.

명절이 되면 우리 가족은 할머니 집에 간다. 가서 차례를 지내고 며칠 쉬고 온다. 차례를 지내고 산소에 가서 또 차례를 지낸다. 어릴 땐 절하는 것이 신기하기도 했다. 차례가 끝나면 명절 음식을 먹었는데 정말 맛있었다. 나는 생선이 가장 맛있었는데, 그 중에서도 고등어를 제일 좋아했다. 그래서 고등어를 많이 먹었던 기억이 난다. 그리고 명절이 되면 가장 설렜던 일이 저녁에 가족들과 윷놀이 하는 것이다. 돈도 걸었는데, 이겼을 때의 짜릿함은 아직도 잊지 못할 정도이다.

난 어릴 때 착한 아이라고 생각했다. 집에서 착하다는 의미는 어른들 말씀 잘 듣고, 집안일 잘 도와주고, 자기가 할 일 잘하는 것이었는데, 대체로 그랬던 것 같다.

나는 나 자신을 특별하고 소중한 존재라고 생각한다. 이 세상에 하나밖에 없고, 우리 부모님이 사랑으로 키워주셨으니까. 내가 사랑받는다고 생각하는 이유는 특별한 것이 아니다. 그냥 부모님이 내가 아플 때 간호해 주시고, 힘들 때 도와주고, 슬플 때 위로해 주고 칭찬도 해주신다. 이런 것들이 특별하진 않지만 내가 사랑받는다는 경험이다.

난 어릴 때 늘 새로운 일을 하는 것을 좋아했다. 신기한 문제를 풀어본다던가 새로운 모형 같은 것을 만드는 것같이 말이다. 그럴 때마다 흥분되거나 모험심을 느꼈다.

내가 위험에 처했다고 느꼈던 때는 길을 잃어버렸을 때였다. 백화점에 갔다가 길을 잃어버린 적이 있었는데, 그때 너무 불안하고 초조하고 다시 못 만날 것 같아 무서웠다.

누군가가 부럽다고 느낄 때는, 나는 배고픈데 다른 애가 뭘 먹고 있을 때, 아니면 무언가 나보다 좋은 것을 가지고 있을 때 등이다.

그리고 내가 잘하는 것을 하게 되었을 때 자신감을 얻었던 것 같다. 1학년 때 자전거 경주 대회에 나간 적이 있었는데, 내가 좋아하고 잘하는 것이어서 자신감을 갖고 잘할 수 있었다.

난 어린 시절에 산타할아버지가 있었다고 믿었다. 물론 어린 시절에 산타 같은 건 없다는 얘기를 듣기도 했지만, 정말 믿게 되었던 계기가 있었다. 성탄절에 어린이집에 누군가 산타할아버지로 변장을 해서 반에 들어와서 선물을 나누어주었던 것이다. 조금 더 커서 그 산타가 변장했다는 것을 알았을 때는 진짜 충격적이었고 실망스러웠고 믿을 수 없었다. 지금 생각해 보면 참 어이가 없다. 어쨌든 그때 산타를 보고 정말로 산타할아버지가 있다고 믿었었다.

어린 시절 나는 두려웠던 것이 있는데 바로 시험이다. 초등학교 때 시험 치는 날이 다가오면 무서웠다. 잘 치면 칭찬을 받겠지만 못 치면 혼나고 기분이 안 좋아지니까.

내가 아이로서 가장 상처받을 때는 차별을 당할 때이다. 물론 지금도 그렇지만, 차별당하는 것은 너무 싫다. "넌 못하니까 하지 마." 이런 말을 어린 시절에 많이 들었었는데, 너무 짜증나고 싫었다. 또 비교당하는 것도 싫어했다. "다른 애들은 잘하는데 넌 왜 그렇게 못 하니?" 이런 말도 진짜 싫었다. 이런 말들 때문에 상처를 많이 받았었던 것 같다.

나는 어릴 때 운전이 정말 재미있어 보였다. 아빠 차를 탈 때마다 아빠가 운전하는 모습을 보면 '나도 해보고 싶다.'라는 생각이 계속 들었다. 그리고 내가 엄마와 함께 버스를 처음 타본 적이 있었는데, 그때 버스 운전하는 것을 보고 아빠 차보다 더 크고 재밌어 보였다. 그래서 정말 해보고 싶었는데 할 수는 없었다. 그래서 어른이 되면 제일 하고 싶은 것이 운전이다. 진짜 빨리 해보고 싶다. 운전은 성인이 되면 바로 배우고 싶다. 자동차는 돈이 있을지는 모르겠지만 20대 때 사고 싶다. 무슨 차를 살지는 아직 정하지 못했지만 어떤 차든 살 수 있었으면 좋겠다.

난 1학년 때 여기 감천으로 이사를 왔다. 1학년 1학기 때까지는 다대포에 있는 학교를 다녔기 때문에 이사 가기가 너무 싫었다. 주변의 친구들과 다 헤어져야 하고 그동안 쌓아왔던 정을 뗄 수가 없었다. 그리고 새 초등학교에 가면 어떻게 다시 친해질 수 있을까 싶어 두렵고 무섭기도 했다. 그래서 이사 가는 것이 괴롭고 슬펐다. 그래도 어쩔 수 없이 이사를 왔고 두려움과 걱정은 그리 오래가지 않았다. 금방 친구들과 친해졌고 전보다 더 많은 친구가 생겼다. 이사를 온 것이 한편으로는 슬펐지만, 한편으로는 더 좋은 기억이 되기도 했다.

전학 온 초등학교에 잘 적응하고 4학년이 되었을 때, 지울 수 없을 만큼 강하게 남을 기억이 생기게 되었다. 바로 4학년 때 만난 선생님인데, 그 쌤은 잊을 수가 없다. 그 쌤 덕분에 내가 이 자리에 있는 것일지도 모른다.

처음 그 선생님과 수업했을 때부터 다른 선생님들과는 달랐다. 정말 재밌고 멋지게 수업을 해주셨다. 난 그 전까지만 해도 공부엔 관심이 1도 없었고 잘하지도 못했다. 그러나 그 선생님의 수업을 계속 받다 보니 공부에 흥미가 생기고 열심히 해야겠다는 생각이 들었다. 그래서 나는 성적이 계속 올랐고 올백을 맞기도 했다. 진짜 그때의 기분은 말로 표현할 수 없을 만큼 좋았다. 또 그 쌤은 비가 오는 날에 무서운 얘기를 해주셨는데, 그 얘기도 아직 잊을 수 없다. 어쨌든 그 선생님에게 나는 진정한 가치 있는 배움과 깨달음을 얻었다. 언젠가 다시 또 만났으면 좋겠다.

어린 시절의 나에게 하고 싶은 말이 있다면, 부모님 말씀 잘 듣고, 동생이랑 싸우지 말고, 중고등학교 올라가면 공부 열심히 해야 되니까 많이 놀아두라는 것이다.

고마운 사람들

어린 시절 이웃에는 엄마 아는 친구분과 아는 할머니, 내가 아는 형과 동생, 누나 들이 살았다. 그 사람들과 같이 놀면서 친하게 지냈고 사이도 좋았다. 내가 사는 마을은 아파트가 많았고 공원도 있었다. 쾌적하고 좋았던 것 같다.

특별한 의미가 있던 곳은 우리 아파트 뒤의 산책로인데, 벚꽃나무가 있었고 꽃도 많았다. 힘들 때마다 거기에 가서 쉬었었다. 지금은 가지 못하지만 정말 편하고 좋은 장소였다.

어린 시절의 내 영웅은 아빠였다. 힘도 세고 물건도 잘 고치고 뭐든지 다 잘했기 때문이다. 애니메이션에 나오는 영웅들보다 훨씬 멋지고 좋은 영웅이다.

초등학교 때 나는 교통사고를 당한 적이 있었다. 학원 가는 길이었는데 골목길에서 갑자기 차가 튀어나와서 부딪혔다. 그렇게 세게 박지는 않았다. 근데 나는 그 순간에 '아, 벌써 죽는 건가.'라고까지 생각했다. 차와 부딪히는 순간, 뭔가 편안하고 날아다니는 듯한 느낌이 들어서 그랬던 것 같다. 지금 생각해 보면 참 웃기다.

약하게 부딪혔고 다행히도 가방이 얼굴을 막아주어서 많이 다치지는 않았다. 그러나 충격 때문인지는 몰라도 그 순간 잠시 기절했고 눈은 떠보니 사람들이 몰려 있었다. 그래도 많이 안 다쳐서 분행 중 다행이라고 생각한다. 이게 어린 시절 일어난 가장 잊을 수 없는 사건이다.

하나 더 뽑으라고 하면 선생님이다. 앞에서 말했다시피 4학년 때 쌤은 내 삶에 중요한 역할을 했고 인생에 많은 도움이 되었다.

처음으로 가족과 멀리 떨어진 것은 수학여행 갔을 때이다. 신나기만 했지 가족과 떨어져서 힘들거나 슬프거나 그렇진 않았던 것 같다. 그래도 처음으로 가족이랑 떨어져 있으니까 허전하고 걱정되기는 했다.

어린 시절에 가족들이 지켰던 규칙 중 하나는 집에 늦게 오지 않는 것이었다. 그래서 난 어릴 때 무조건 학교 마치면 바로 집으로 갔다.

어린 시절 할아버지 할머니는 나를 많이 사랑하고 아끼셨다. 가끔 충고도 해주시고 좋은 말도 많이 해주셨다. 그리고 할아버지 때문에 깨닫게 된 것도 많다. 그래서 할머니 집을 방문하는 일은 나에게 행복한 일이었다. 그렇기 때문에 부모님과 조부모님은 내 어린 시절에 가장 중요한 역할을 한 사람이다.

어린 시절 엄마는 바깥일은 하지 않으셨고 집안일을 하셨다. 어린 시절에 나는 엄마가 부엌에 있는 모습이 계속 생각난다. 부엌에서 가족들을 위해 맛있는 식사를 준비하시는 모습이 왜 자꾸 생각나는지 모르겠다. 엄마는 나를 소중하고 없어서는 안 되는 존재라고 생각하고, 나에게도 엄마는 소중하고 사랑하는 존재이다.

어린 시절 아빠는 일을 하셔서 저녁 9시에 들어오셨다. 그래서 평일에는 많은 시간을 보내지 못하고, 주말에 시간을 많이 보냈다. 주말에 아빠는 주로 스포츠 경기 보는 것을 좋아했다. 아빠에게도 마찬가지로 나는 아주 소중하고 없어서는 안 될 존재일 것이다. 나도 마찬가지다. 사랑하고 소중하다.

나는 아빠가 조선업과 관련된 일을 하시는 걸로 알고 있었다. 어린아이의 관점으로 볼 때 두 분은 싸우긴 하시지만 행복해 보였다. 서로 잘 대해주시고 사랑하시는 것 같았다. 부모님은 내 미래에 대해 그냥 힘든 일 안 하고 편하게 돈 많이 버는 직업을 가지면 좋겠다고 하신다. 나도 그렇게 생각한다. 돈 많이 벌면 좋겠다.

나에게는 동생이 있다. 남동생이고 나와 두 살 차이다. 동생은 나와 같은 산부인과에서 태어났는데, 그때 난 고모집에 맡겨져 있어서 동생이 태어나는 걸 보지는 못했다. 나는 동생이 있어서 좋다. 외롭지 않고 같이 놀 수 있으니까. 외동이었다면 혼자 외롭게 어떻게 살았을까 하는 생각이 든다. 하지만 짜증날 때도 있다. 말도 잘 안 듣고, 내 물건 마음대로 가져가서 나한테 자꾸 대들 때는 정말 화가 난다. 그래도 나한테는 없어서는 안 될 소중한 존재이다. 아마 동생도 그렇게 생각하겠지? 그렇게 생각할 것이다.

이렇게 나의 어린 시절에 대한 이야기를 했다. 추억도 많았던 것 같고 가족에 대한 이야기도 많이 했다. 내가 기억하지 못하는 다른 이야기들이 더 있겠지만, 내가 기억나는 것은 거의 다 말한 것 같다. 내 어린 시절은 어떤 무엇과도 바꿀 수 없을 정도로 행복했고 좋았다. 다시 어린 시절로 돌아가고 싶은 마음이 들 정도로 말이다.

신나는 학교생활

나의 10대 시절을 한마디로 표현하면 '그냥 학생'이다. 학교 가고, 친구들과 놀고, 학교 마치면 집에 가서 놀고…… 하루하루를 이렇게 보냈다.

그때 내가 살던 곳은 부산 사하구에 있는 감천동이다. 지금도 이곳에 살고 있다. 학교나 집 외에 자주 갔던 곳은 친구 집이나 공원이었고, 그곳에서 놀거나 종종 쉬곤 했다.

나의 이웃은 옆집에 사는 할머니와 동생, 친구들밖에 없었다. 이사 오기 전과 비교하면 아는 이웃이 별로 없었다. 그 할머니와는 지나가다 보면 인사만 할 정도였고, 친구나 동생과는 놀이터에서 자주 놀곤 했다. 그리고 같은 아파트에 사는 아저씨도 있었다. 그 아저씨는 내가 놀이터에 갈 때마다 운동을 하고 계셨고, 어쩌다 한번 축구를 같이 하게 되었는데 그 아저씨가 엄청 잘하셨다. 축구를 그렇게 잘하는 사람을 처음 볼 정도로 잘했었다. 그 이후로 그 아저씨가 있을 때마다 축구를 같이 했고 그러다 친해졌다. 요즘에는 잘 만나지 못하지만 그 아저씨와 다시 축구를 한번 해보고 싶다.

당시에 계절별로 기억나는 때를 떠올려 보면, 일단 봄에는 벚꽃보러 갔었던 게 생각난다. 진짜 너무 예뻤고 '한 해의 새로운 시작이구나.'라는 생각이 들었다. 새로운 학년과 학기가 시작되고 새로운 반, 새로운 친구들을 만나는 계절이니 말이다. 설레기도 하면서 한편으로는 걱정되기도 하는 그런 계절인 것 같다.

　여름 하면 딱 생각나는 것은 여름방학, 바다, 계곡 이런 것들이다. 난 방학만 되면 할머니 집에 가서 놀았다. 바닷가도 있고 시골이라 푹 쉴 수 있기 때문이다. 그리고 바다뿐만 아니라 계곡도 좋아해서 매년 계곡에도 놀러 갔다. 계곡에서 놀고 고기 구워 먹고 라면 끓여 먹고 이런 일들이 생각난다. 나한테 여름은, 덥지만 즐겁고 푹 쉴 수 있는 계절이었던 것 같다.

　가을은 내가 가장 좋아하는 계절이다. 가을 하면 생각나는 건 낙엽, 추석, 단풍, 바람 등이다. 가을은 새로운 학기의 시작이기도 하며 추수를 하는 계절이다. 가을에는 추석도 있고 내 취미생활을 하기에 가장 좋은 계절이라서 내가 가장 좋아한다. 추석이 되면 할머니 집에 가서 차례를 지내고 보름달도 보고 송편도 먹을 수 있다. 그리고 내 취미인 축구를 하기에 딱 좋은 계절이다. 덥지도 춥지도 않고 딱 적당한 그런 날씨. 그리고 가을은 등산하기도 좋은 계절이다. 낙엽, 단풍 이런 것들을 볼 수 있어서, 평소엔 등산을 잘 가진 않지만 가을이 되면 많이 가는 것 같다. 이렇게 가을은 가장 좋아하는 계절이고, 내 마음을 달래주기도 하고, 시원한 계절이라고 말할 수 있을 것 같다.

　겨울 하면 생각나는 게 눈밖에 없다. 근데 부산은 눈이 오질 않아서 눈에 대한 추억이 거의 없다. 부산에도 눈 좀 많이 오면 좋겠는데……. 그리고 겨울은 한 해가 끝나면서 학년이 끝나는 계절이다. 그래서 난 겨울이 되면 뭔가 홀가분하면서도 새 학년이 되는 것을 생각하면 불안하고 힘들기도 하다. 겨울은 내게 그런 계절인 것 같다.

나는 노는 것 중에서 게임 하는 것을 가장 좋아했는데, 학교 갔다 와서 집에서 할 것이 그것밖에 없었기 때문에 그랬던 것 같다. 나는 초등학교 6학년 때 '클래시 로얄'이라는 게임을 했었다. 그때 모든 친구들이 했을 정도로 그 게임이 유행하던 시절이었고 나도 그 게임이 좋아서 그 게임만 죽어라 했었다. 학교 마치면 친구들과 그 게임을 하고, 집에 와서도 하고, 그렇게 실력도 늘고 친구들과 대결도 하고 하루하루가 재밌었었다.

그때 부모님은 두 분 다 일을 하셨다. 아빠는 여전히 조선업 관련된 일을 하셨다. 아빠 회사를 한 번도 가본 적이 없어서 정확히 무슨 일을 하는지는 모르겠다. 엄마는 판매원 같은 일을 하셨다. 두 분이 하시는 일에 대해 느낀 것은 딱히 없는데, 그냥 '힘들게 일하시는구나.' 이런 생각은 막연히 들었다.

평일에는 부모님과 같이 보낼 시간이 거의 없었다. 주말에는 같이 시간을 보냈는데, 엄마가 등산을 좋아해서 등산 갈 때도 있었고 아니면 영화를 보면서 시간을 보내기도 했다. 어린 시절이나 10대 때나 관계는 딱히 달라진 것이 없이 계속 좋게 유지된 것 같다.

난 부모님께 바라는 것이 딱히 없다. 그냥 지금처럼만 해주셨으면 좋겠다고 생각한다. 어느 가족보다 행복하고 좋은 가족이라 생각한다.

가장 기억에 남는 가족여행은 전라도 광양에 갔던 것이다. 아마도 중1 여름방학 때였을 것이다. 아빠의 친구가 광양에 살고 있었는데 놀러 한번 오라고 해서 갔던 것 같다. 원래부터 잘 알고 지내는 사이여서 놀러 갔던 것 같다. 다른 아빠 친구들도 같이 갔었는데, 전라도니까 일단 맛있는 게 많았다. 첫날에는 염소고기를 먹었고, 또 '고로쇠물'이라는 것도 먹어봤다. 태어나서 처음 먹어봤다. 뭔가 그렇게 맛있지는 않았지만 먹을 만했다. 그냥 물보다는 좀 달고 몸에 좋을 것 같은 그런 맛인데, 실제로 몸에도 엄청 좋다고 했다. 다음 날에는 계곡에 가서 놀고, 골프장도 가보고 신나게 놀았던 것 같다.

나는 2017년 2월에 초등학교를 졸업했다. 그때 나는 6년 동안 지냈던 초등학교를 떠나고 싶지 않았다. 새로운 시작이라는 생각에 설레기도 했고 흥분되기도 했지만, 쌓아왔던 추억도 있고, 중학교 가면 어떻게 생활하지 하는 불안한 마음과 선배들을 어떻게 대할까 하는 두려움도 있었기 때문이다. '다시 새로운 친구와 친해질 수 있을까?' 이런 생각들을 졸업식 내내 했던 것 같다. 하지만 그런 걱정도 잠시였다. 중학교도 잘 적응했으며 새로운 친구도 많이 사귀게 되었다.

초등학교를 졸업하고 들어간 중학교는 감천중학교이다. 거의 산 꼭대기에 있어서 처음엔 올라가는 게 힘들었다. 학급의 학생 수는 25명 정도였고, 한 학년에 4반까지 있었다.

그때 제일 관심 있었던 것은 스포츠였는데, 지금 생각해 보면 그때 영어 단어에 관심이 있었다면 좋았을 것 같다. 지금 나는 영어를 너무 못하고 단어도 많이 목라서 힘들다 그때로 돌아갈 수 있다면 영어 단어를 매일 외울 것이다.

나는 매일 등교하는 것이 너무 힘들었다. 땀을 많이 흘려서 학교 앞에 딱 서 있으면 들어가기 싫다는 생각이 들었던 것 같다. 그래도 들어가야지 어쩌겠나. 문을 열고 교실에 들어가면 친구들이 보인다. 떠들고 있거나 게임을 하고 있었다. 친구들을 보면 기분이 좋아지긴 했는데, 막상 책상에 앉아 있으면 수업하기 진짜 싫다는 생각으로 바뀌게 된다. 1교시가 시작되어 선생님이 들어오시면 친구들은 "오늘만 쉬면 안 돼요?"이런 말을 하곤 했다. 모두가 수업하기 싫은 것 같았다. 지루한 수업이 끝나고 학교를 마치면 나는 수요일마다 방과후 수업을 했다. 방과후 수업은 축구였다. 내가 가장 좋아하는 운동이고 취미생활이기 때문에 신청해서 참여했다. 힘들긴 해도 재밌었고, 방과후 하는 날만 기다릴 정도로 좋아했다.

가장 친했던 친구 하나를 꼽으라고 하면 이○○이다. 자연스럽게 친해졌고 만나서 보통 게임을 하거나 재밌는 이야기를 하곤 했다. 내 말을 잘 들어주고 장난도 잘 받아주고 아주 편하고 좋은 친구다. 우정이 지금도 지속되고 있고, 그때보다 더 친해진 사이가 되었다.

나의 중학교 생활이 익숙해지기도 전에 시험 기간이 되었다. 중학교에서의 첫 시험이라 나는 시험을 잘 치고 싶었다. 그래서 열심히 공부했다. 시험 치는 날이 되었다. 너무 떨렸지만 최선을 다해 시험을 쳤다. 그 결과 반에서 3등을 했다. 기분이 너무 좋았다. 난 너무 만족했다. 노력한 만큼 결과가 나온 것 같았다. 그런데 이 시험을 치고 너무 자만했다. 다음 시험도 당연히 잘 칠 것이라고 생각하고 제대로 공부하지 않았다. 대충했다. 기말고사 시험 기간에 친구가 물었다.

"이번 시험도 잘 칠 자신 있어?"

"당연하지."

이렇게 자만하고 있었다. 그리고 기말고사를 쳤다. 결과가 나왔는데, 중간고사 때보다 훨씬 등수가 떨어졌다. '아, 더 열심히 할걸. 자만하지 말았어야 했는데…….' 후회되었다. 하지만 후회해 봐야 소용은 없었다.

잘한다고 자만하다가 나중에 후회하는 경우가 많다. 축구 경기만 해도 그렇다. 2018 러시아 월드컵 당시 우리나라와 독일과의 경기 때였다. 우리나라는 2패, 독일은 1승 1패. 우리나라는 마지막 희망의 끈을 놓지 않고 독일과 싸웠다. 우리나라는 2-0으로 이겨야 했고, 독일은 우리를 이기기만 하면 16강에 올라갈 수 있었다. 피파 랭킹이 우리나라는 57위, 독일은 1위였으니까 다들 독일이 이길 거라고 생각했을 것이다. 결과는 2-0으로 한국이 이겼다. 그때 한국은 너무 기뻤을 것이고 독일은 많은 비난과 욕을 먹었을 것이다.

자만하다 한 대 얻어맞은 기분이었을 것이다. 이렇게 자만심은 실패를 불러오게 된다. 한 번 잘했다고 자만하지 말고 항상 부족하다고 생각하면서 더 노력을 해야 한다고 말하고 싶다. 계속 노력하면 항상 실패가 아닌 성공을 불러오게 될 것이다.

내가 1학년 때 정말 좋지 않은 일이 있었다. 등교할 때 교문을 들어와서 반으로 가는 길이었는데 민수가 뒤에서 나를 불렀다. 나는 뒤를 돌아보며 걷다가 개똥을 밟아버렸다. 살면서 개똥 밟은 건 처음이었다. 너무 화가 나고 짜증이 났다. 진짜 신발에 냄새가 너무 많이 나서 씻느라 애를 좀 먹었었다. 길을 걸을 때도 방심하면 안 되겠다는 생각을 했다.

이 시절 나는 조심성이 없었는지 깁스를 두 번이나 했다. 한 번은 걷다가 혼자 발목을 접질러서 발목에 깁스를 했고, 한 번은 축구 하다가 접질러서 깁스를 했다. 걷다가 접질렀던 건 지금 생각해 봐도 어이가 없다. 목발을 짚고 다녔었는데 너무 힘들었다. 등교할 때도 하교할 때도 힘들었다. 나 때문에 고생한 사람들이 너무 많았다. 그래서 다음부터는 절대 안 다치기로 마음먹었는데, 2학년 때 축구 하다가 또 다쳐버렸다. 다행히 목발 짚고 다닐 정도는 아니었는데, 그래도 가족들한테 미안했다. 그리고 그때 축구 대회도 얼마 안 남아 있어서 선생님께 꾸중을 듣기도 했다.

청소년기에 나는 음악을 즐겨 들었다. 딱히 좋아하는 장르는 없었고 뭐든지 다 좋아했다. 그 중에서도 랩을 좋아했었는데 처음엔 어려웠었지만 들을수록 재밌고 간지나고 좋아졌다. 노래를 들으면 마음이 안정되고 편안해진다. 그래서 힘들 때나 지칠 때 노래를 듣는다. 그래서 나에게 음악은 소중하고 잠시 동안이라도 신나고 힘을 내게 해주는 그런 존재이다.

일상에서 첫눈에 반한 일은 없지만, 티비를 보다가 연예인에게 반한 적은 있다. 어릴 때 티비를 보다가 아이유라는 가수를 본 적이 있는데 그 목소리에 반해버렸다. 얼굴도 예쁜데 목소리도 정말 좋다. 그렇게 완벽한 사람은 처음이었다. 노래가 정말 좋고, 노래를 너무 잘 부르고 못하는 게 없다. 그래서 첫눈에 반했었다.

나에게 가장 중요하면서도 가장 어려운 것은 공부이다. 하기도 싫었고 한번은 포기할까도 생각했을 만큼 너무 힘들었다.

그래도 어른들은 다른 힘든 일에 비하면 공부가 가장 쉽다고 한다. 그래서 포기하지 않고 잘하기 위해서 엄청 노력했고 지금도 계속 잘하기 위해 노력하고 있다. 난 공부를 좀 잘하는 편이었다. 난 학원을 안 다니고 혼자 공부한다. 그렇지만 공부를 잘해서 가족들이 항상 시험 성적에 대한 기대를 했었던 것 같다. "지난번보다 더 잘 쳐야 돼."라는 말을 많이 들었다. 나는 그 말이 조금 부담스러웠다. 난 내 성적에 만족했고, '여기서 어떻게 더 잘하나?'라는 생각이 들고 짜증나기도 했다.

나의 꿈은 좋은 직업을 가져서 돈을 많이 버는 것이었다. 딱 그것뿐이다. 돈 많이 벌어서 여행도 가고, 하고 싶은 일을 하고 싶다.

그리고 다른 사람의 삶을 부러워했었던 적이 있는데, 바로 먹방 크리에이터이다. 나는 먹는 것을 엄청 좋아해서, 그 영상들을 볼 때마다 행복했고 부러웠다. 자기가 먹고 싶은 것 맘껏 먹으면서 돈도 많이 벌고 '이보다 더 행복한 게 어디 있겠나.'라고 생각했다. 그래서 아까 말했다시피 돈 많이 벌어서 맛집 탐방도 하고 먹고 싶은 거 매일 먹으면서 살고 싶다.

당시 가장 존경했던 사람은 설민서 선생님이었다. 역사 강사인데 어려운 역사를 쉽고 재미있게 풀어 가르쳐주어서 역사를 싫어했던 나도 가장 좋아하는 과목이 되게 해주었다. 그리고 그 사람은 우리 역사를 전 국민에게 알리기 위해 강연도 많이 하고 티비 프로그램에도 나와서 역사를 알려주는 사람이다. 그걸 보고 정말 그 사람을 존경하게 되었다.

승리감을 느끼게 한 일은 당연히 게임이나 스포츠 경기 할 때밖에 없다. 친구들과 게임을 해서 이기면 기분이 좋고 스포츠 경기도 그렇다. 이기면 짜릿하고 신난다.

10대로서 가장 가치 있다고 생각하는 일은 꿈을 찾는 것이라 생각한다. 중1 때 자유학기제를 했었는데, 그때 내가 좋아하는 것이나 하고 싶은 일을 찾는 것이 좋은 것 같다. 꿈이 없으면 나아갈 방향이 없기 때문에 꿈을 미리 찾아놓는 것이 중요하다고 생각한다.

마지막으로 내 10대 시절에 가장 감사한 사람은 일단 응원해 주시고 격려해 주시는 부모님, 가장 많은 것을 가르쳐준 선생님, 같이 학교생활을 하고 놀았던 친구들이다. 또한 이 사람들뿐만 아니라 내 주변에 있는 모든 사람에게 감사하다고 말하고 싶다. 마지막으로 내 스스로한테도 여태까지 잘 살아왔다고 말하고 싶다.

힘들었던 일들

내가 어른이 되었다고 느낀 적이 있었다. 철이 들었다고 느꼈을 때, '나는 점점 더 크고 있구나.' 하는 생각이 들었다. 그냥 자연스럽게 시간이 지나면 어른이 되겠지만, 나는 어른이 되는 것이 아직까진 싫다. 왜인지는 잘 모르겠는데, 어른이 된다고 해서 좋은 것만은 아닌 것 같다. 지금이 가장 좋은 것 같다.

지금도 나는 스포츠에 관심이 많다. 그래서 학교에서 하는 스포츠 클럽인 축구부에 가입해서 참여하고 있다. 예전이나 지금이나 축구가 좋고 점점 더 흥미를 갖게 되는 것 같다. 가끔씩은 대회도 나가서 경기를 하곤 한다. 질 때가 더 많지만 재미있다.

가족, 친구, 공부. 지금 내게 가장 중요한 것들이다. 가족은 두말할 것 없이 가장 소중하다. 친구는 가족보다 더 많은 시간을 보내는 존재이다. 같이 놀고 웃고 떠들고 내 말도 잘 들어주는 친구. 이런 친구가 있어서 나는 하루하루가 행복하다. 그리고 공부도 중요하다. 내 꿈을 이루려면, 원하는 직업을 가지려면 결국 공부를 해야 되기 때문이다. 그러니 나에게 공부도 매우 중요하다.

공부를 열심히 해서 성적을 잘 받기도 했고 만족감을 느끼기도 했다. 하지만 순조롭지만은 않았다. 공부가 잘 안 될 때도 많았고 힘들 때도 많았다. 잘해야 한다는 부담감도 만만치 않다.

내가 공포나 두려움을 느낄 때는 일단 공포영화를 볼 때다. 처음으로 본 공포영화가 〈애나벨〉이었다. 인형이 나오는 공포영화인데 진짜 무서웠다. 눈을 감아도 생각나고, 꿈에 나올까 봐 너무 무서웠다. 진짜 어두운 곳에만 가면 생각이 났다. 진짜 좀 심각했다. 그래서 그 이후로는 쫄아서 공포영화를 다신 보지 않는다.

두려운 것도 많지만 하나를 뽑아보면 시험이다. 삶이란 시험의 연속이라 하지 않는가? 난 그 연속되는 시험이 다가올 때마다 너무 두렵다. 시험 기간인데도 공부에 집중도 잘 안 되고 책을 읽는 것조차 싫을 때가 많다. 공부하다가 딴짓할 때도 많고, 공부를 하고는 싶은데 내 몸이 안 따라와 줄 때도 있고, 그럴 때마다 성적이 떨어지면 어쩌지 하는 생각을 하게 된다. 이런 생각을 할 때마다 너무 지치고 힘들고 두렵다.

시험 기간에 공부가 잘 안 될 때도 많았고, 새벽까지 공부했던 적도 많았다. 그러다 보면 스트레스가 많이 쌓이는데 풀 데는 없고, 그래서 건강이 나빠질 때도 있었고 버티기도 너무 힘들었다.

공부를 열심히 했는데도 결과가 좋지 않을 때는 정말 크게 낙심하기도 했다. 나는 시험을 잘 쳤다고 생각했는데 결과는 그렇지 않을 때가 있었다. 그때 '진짜 이렇게 열심히 했는데도 안 되나? 얼마나 더 노력해야 되는 거지?' 하는 생각이 머릿속에 계속 맴돌았다. 포기할까 하는 생각도 들었다.

하지만 처음 해보는 일이나 잘 못하는 것을 열심히 노력해 잘하게 되었을 때, 무슨 일이든 잘할 수 있을 것 같은 자신감이 생겼다. 또 누군가에게 칭찬을 받았을 때 기분도 좋아지고 자신감도 많이 생긴다.

나와 내 주변의 삶을 성찰해 깨달은 것도 많다. 일단 노력하면 된다는 것. 노력한다고 모든 게 잘되지는 않지만 그래도 안 되지는 않는다는 것을 깨달았다. 두 번째는 꿈을 찾아야 한다는 것. 꿈을 찾는 것은 어려운 일이다. 그래도 찾아야 한다. 꿈이 없으면 살아갈 가치가 없다. 꿈이 없으면 내가 어떻게 살아야 할지도 모르고 목표가 없기 때문에 뭘 해야 될지도 모르게 된다. 그러니 꿈은 무조건 있는 게 좋다. 세 번째는 공부가 가장 쉽다는 것. 부모님이 항상 하시는 말이다. 나는 처음에 이해가 안 되었다. 나한테는 공부가 제일 어렵고 힘들기 때문이다. 그렇지만 내가 경험을 못해봤을 뿐 공부보다 어려운 일이 많다는 걸 알게 되었다.

눈이 번쩍 뜨였던 경험도 있다. 첫째는 무서운 것을 봤을 때다. 둘째는 엄청 맛있는 음식을 먹었을 때다. 내가 어렸을 때 비싼 레스토랑 같은 곳에서 스테이크를 처음 먹어본 적이 있었는데, 내가 생각했던 것보다 훨씬 맛있었다. 진짜 그렇게 부드럽고 살살 녹는 음식일 줄 상상도 못 했다. 진짜 그 맛은 잊을 수가 없다. 또 처음 대게를 먹어본 날도 눈이 번쩍 뜨였다. 할머니집이 영덕 근처라서 할머니 집에 가면 대게를 먹었다. 진짜 맛있었다. 아직 대게 내장에 비벼 먹는 밥보다 맛있는 것을 먹어본 적이 없다. 진짜 너무 행복했고 세상을 다 가진 기분이었다.

마지막은 너무 충격을 받아서 눈이 번쩍 뜨인 경험이다. 2학년 때 시험 결과를 보고 너무 충격을 먹었다. 내가 공부를 그렇게 잘하는 것은 아니지만, 한 번도 받아본 적이 없는 60점대 점수를 받았다. 현실을 부정하고 싶을 만큼 충격이었다. 그날 하루 종일 멘탈이 나갔었고, 내 자신에게 너무 화가 나고 짜증났었다.

누군가가 필요하다고 느꼈을 때도 많다. 힘들 때, 지칠 때, 우울할 때, 화가 날 때, 무서울 때……. 난 힘들거나 우울할 때는 펑펑 울기도 했고, 부모님께 위로를 받기도 했다. 그럴 때마다 다시 힘을 낼 수 있었다. 화가 나거나 무서운 것은 친구에게 털어놓았던 것 같다. 이렇게 옆에 있어준 사람이 있어서 좋고 행복하다.

미래에는 내가 하고 싶은 일, 꿈을 이루리라 마음먹었다. 나는 먹방 크리에이터들을 보면서 너무 부러웠다. 하루는 치킨, 하루는 피자, 하루는 고기…… 이렇게 먹는 모습을 보는 게 말이다. 그래서 나는 매일 먹고 싶은 거 먹을 수 있을 정도로 돈을 많이 버는 게 꿈이다. 또 돈 많이 벌어서 부모님께 좋은 거 많이 사드리고 효도도 많이 할 것이다. 꼭 이루어지면 좋겠다.

게으름

난 어린 시절 학교나 지역공동체 활동을 참여한 적이 없다. 친구들과 노는 것만 좋아했지 그런 건 관심도 없었고, 그런 귀찮은 일을 왜 하나 생각했다. 학창 시절에도 동아리나 조직에 속하지 않았다. 마찬가지로 이때도 모든 게 귀찮았다.

키웠던 애완동물은 없었다. 지금도 없다. 난 키우고 싶은 애완동물은 많았다. 만약에 키운다면 하늘다람쥐나 고양이 같은 것을 키우고 싶었다. 하지만 나는 키우지 않았다. 내 게으른 성격에 잘 돌볼 수 없을 것 같았기 때문이다. 중간에 키우다가 그만두는 것도 좀 그렇다고 생각해 키우지 못했던 것 같다.

이렇게 나는 아주 게으른 사람이다. 늦게 자고 늦게 일어나고 학교 가는 것도 귀찮고 공부하는 것도 귀찮고, 할 일 있어도 계속 미루는 그런 사람이다. 맨날 늦게 일어나서 학교에 지각할 뻔한 적이 많다. 맨날 아슬아슬하게 교문을 통과했다. 이 성격을 고쳐야 한다고 생각해서, 일찍 자고 일찍 일어나는 습관을 기르는 데 노력했다. 그래서 3학년이 되어서 한동안은 학교에 일찍 가기도 했다. 그러나 요즘엔 다시 늦어지고 있다. 아침에 좀 일찍 일어나라고 아빠한테 잔소리를 들을 때도 많다. 나도 고치려고 노력하는데 이게 내 맘대로 잘 되지 않는다. 난 언제쯤 부지런한 사람이 될 수 있을까.

포기하지 말고 노력해라

할 수 없으리라고 생각했지만 끝내 해낸 일도 있다. 첫째는 축구할 때 왼발을 사용하는 것이다. 나는 오른발잡이다. 그래서 왼발을 잘 못 썼다. 왼발로는 패스도 제대로 못 할 정도였다. 축구 선수들 보면 양발잡이가 많은데 특히 손흥민이 그렇다. 양발을 다 잘 쓰는 게 너무 부러웠다. 그래서 나는 왼발도 잘 쓰기 위해 연습을 많이 했다. 신기한 게, 진짜 노력하니까 잘 써지게 되었다. 오른발만큼은 아니지만 패스도 어느 정도 되고 슛도 할 수 있을 정도로 잘 쓰게 되었다. 노력하면 된다는 말이 틀린 말은 아닌 것 같다.

둘째는 성적에 관한 것이다. 난 중학교 올라올 때 전교 1등 해보는 게 꿈이었다. 진짜 그때는 말도 안 되는 일이었다. 그래도 한 번 해보고 싶어서 노력을 엄청 많이 했다. 그러다 1학년 첫 시험을 쳤다. 결과가 나오고 이렇게 생각했다. '아, 전교 1등은 너무 어렵구나. 엄청 노력했는데, 얼마나 더 해야하는 거지.' 나와는 너무 거리가 먼 것이라 생각했다. 하지만 포기하지는 않았다. 2학년이 되어서 다시 도전했다. 1학년 때보다 훨씬 더 많이 공부했다. 결과는 1학년 때보다는 좋았지만 1등은 못 했다.

그래서 그냥 여기서 만족하고 포기해야겠다고 생각했다. 그리고 3학년이 되어서 다시 중간고사 기간이 다가왔다. 왠지 모르겠지만 1, 2학년 때와는 다른 자신감 같은 게 생겼다. 공부를 하면 할수록 잘하면 1등 할 수 있겠다는 생각이 들었다. 시험 기간에 새벽까지 열심히 공부하면서 내 목표를 달성하기 위해 2학년 때보다 더 노력했던 것 같다. 그렇게 시험을 치고 나는 드디어 그렇게 원하던 전교 1등을 하게 되었다. 기분이 엄청 좋았다. 지금 생각해 보면 게으른 내가 어떻게 1등을 했는지는 모르겠다. 1등 하고 싶다는 내 마음이 게으른 몸을 이긴 것 같다. 내 자신의 힘으로 가장 잘했다고 생각하는 일이 바로 이 일이다. 포기하지 않았던 내가 너무 자랑스러웠다.

어쨌든 노력하면 이룰 수 있다. 물론 안 되는 것이 있을 수는 있으나 안 된다고 생각하고 미리 포기하면 안 된다. 내 목표를 달성하고 싶다는 간절한 마음을 가지고 끊임없이 노력하면 자신이 이루고 싶은 것을 이루게 될 것이다.

좋았던 친구들

어린 시절 나는 아파트 앞 주차장이나 놀이터, 학교 운동장에서 놀았다. 가장 좋아했던 놀이는 자전거 타기였다. 그냥 자전거 타는

게 재미있었고 탈 때마다 스트레스도 풀렸다. 그래서 매일 친구들과 자전거를 탔던 기억이 난다. 놀이터에서는 친구들과 술래잡기도 하고 미끄럼틀도 타고 축구도 했다. 학교에서는 쉬는 시간만 되면 운동장에 나가서 친구들과 놀았다. 이렇게 아이로서 가장 즐거웠던 게 친구들과 노는 것이었다. 즐겨 떠올리는 어린 시절의 추억도 친구들과 신나게 노는 것이고, 그때로 돌아가고 싶다는 생각도 종종 한다.

지금도 친구들과 게임을 하거나 축구를 하면서 노는 것을 즐긴다. 게을러서 주말에는 잘 나가서 놀진 않지만 평일에는 자주 논다. 이렇게 나는 노는 것을 매우 좋아하는 사람이다.

그 시절에 나는 부모님께 잔소리를 많이 들었다. 내가 워낙 게임을 좋아해서 집에 오면 하루 종일 게임만 했기 때문이다. 부모님은 게임 그만하고 공부하라고 맨날 말씀하셨다. 학교에서 거의 하루에 반을 공부를 하다 오는데, 더 공부하라니. 그럼 나는 언제 쉬나? 스트레스 풀려고 하는 건데. 그때는 잔소리가 너무 듣기 싫었다. 지금 생각해 보면 내가 잘못한 거지만, 그때는 철이 안 들어서 그런 생각을 못 한 것 같다. 어쨌든 그 시절에 가장 듣기 싫었던 말은 잔소리였다.

나의 꿈

인생의 한 시기로서 20대와 30대는 나에게 가장 중요하고 좋은 때가 되지 않을까 싶다. 내 직업이 결정되는 시기고, 하고 싶은 것을 할 수 있는 시기일 것이기 때문이다.

연애도 해보고, 해외여행도 가보고 싶다. 또 나와 평생 함께할 배우자를 찾을 수도 있을 것이다. 결혼하기 전까지는 돈을 많이 벌어놓고 싶다. 그래야 집도 사고 뭐든지 할 수 있으니까. 그리고 결혼 초기에는 당연히 일보다는 아내에게 많은 신경을 쓰고 싶다. 아내가 생기면 함께 해보고 싶었던 일을 하고 싶다. 해외여행도 가보고, 어릴 적부터 꿈이었던 맛집 탐방 같은 것도 해보고 싶다. 물론 아내가 하고 싶다는 것도 할 것이다.

아이가 태어나면 아이에게 신경을 많이 쓸 것 같아서, 아내와의 관계가 조금은 달라지지 않을까 생각한다. 그래도 최대한 변하지 않았으면 좋겠다. 부모님과의 관계는 잘 모르겠다. 아이 키우느라 바빠서 많이 신경 못 쓰지 않을까 싶다. 그래도 최대한 신경 쓰도록 노력할 것이고, 좋은 관계가 유지되었으면 좋겠다.

아이가 태어나면 나는 말로 표현할 수 없을 만큼 기분이 좋을 것 같다. 내 아이가 태어난 거고 새로운 생명이 태어난 것이니까 그보다 좋은 일이 없을 것 같다. 가족들도 엄청 좋아하지 않을까 생각한다. 축하한다고 말할 것 같다.

중년으로 접어들어 40대의 어느 날, 나는 아침밥을 먹고 자식과 아내에게 인사를 하고 회사에 갈 것 같다. 회사에서는 열심히 일을 하고 있을 것 같다. 회사를 마치고 집에 들어오면 가족들과 저녁을 같이 먹고 얘기도 하며 하루를 보낼 것 같다. 이 정도로도 하루하루가 행복할 것 같다.

나는 취미생활을 하며 모든 압박과 스트레스를 풀 것 같다. 그때도 지금처럼 스포츠를 좋아할 것 같다. 그래서 집에서 스포츠 경기를 보거나 직접 보러 가기도 할 것이다. 아니면 게임 같은 것을 할 수도 있다. 혹시나 내 자식들도 좋아한다면, 같이 게임도 하고 스포츠 활동도 같이 하지 않을까.

할아버지가 되어 나의 부모님이 더 이상 세상에 없다는 것은 상상할 수가 없다. 나이가 들어서 돌아가시는 건 당연하지만, 난 받아들일 수가 없을 것 같다. 한동안 우울하고 힘든 삶을 보낼 것 같다. 상상하고 싶지 않다. 그렇지만 계속 내 곁에 있을 순 없으므로 보내드려야 한다면 후회 없이 보내드리고 싶다. 하고 싶은 일 다 할 수 있게 해드리고 싶고, 평소에도 효도하며 내가 할 수 있는 일을 다 해드리고 싶다. 그러면 조금이라도 마음 편하게 보내드릴 수 있지 않을까 생각한다.

태어난 손자를 처음 봤을 때는 내 아이가 태어날 때처럼 행복할 것 같다. 그래도 손자가 태어나면 내가 할아버지가 되었다는 생각에 좋지만은 않을 것 같다. 늙었다는 것은 어떤 느낌일지 잘 모르겠지만 늙기가 싫다.

노년에는 살기 좋은 시골 같은 곳에서 살면 좋을 것 같다. 내 아내와 행복하게 살면서, 종종 자식들이 찾아와 함께 시간을 보내면 좋겠다. 무슨 일을 하고 있을지는 모르겠지만, 무슨 일이든 하고 있지 않을까.

젊은 시절 꿈과 비교해 만족스러운 것은 그냥 내 소원대로 잘 먹고 잘 사는 것, 그게 다인 것 같다. 원하는 직업을 얻어서 돈도 많이 벌고 하고 싶은 것도 많이 하면서 사는 것이 제일 만족스러울 것 같다. 불만족스러운 것은 딱히 없을 것 같다. 잘 먹고 잘 살았는데 불만족스러운 게 뭐가 있겠는가.

노년의 마지막 순간에 가장 걱정되는 것은 자식들 남겨두고 먼저 죽는 것이다. 한편으로는 자식들에게 짐이 안 되니까 떠나는 게 기쁘기도 할 것 같다. 자식들에게 많은 도움을 못 주고 먼저 가는 것 같아서 화나기도 할 것 같다. 원하는 것을 다 이루고 하고 싶은 일들 하면서 살아왔다는 것이 가장 기쁠 것 같다.

내가 세상을 떠난다면 자식과 손자들도 아마 나의 부모님이 떠날 때처럼 엄청 슬프고 안 받아들여지지 않을까 생각한다. 계속 자기들 곁에 있어주길 바랄 것 같다. 그러니 후회 없이 자식들과 마지막까지 많은 시간을 보내고 나도 끝까지 잘해주고 떠나고 싶다. 마지막으로 자식과 손자, 친구와 친척들에게 남길 유언장을 남기면서 길었던 내 자서전을 끝마치도록 하겠다.

유언장

난 지금까지의 모든 삶에 만족한다. 이렇게 행복하게 살 수 있어서 너무 감사하다. 나는 내 꿈을 이루어 성공한 삶을 살았고 원하던 것도 많이 했고 많은 행복을 누렸다. 이렇게 살 수 있었던 건 내 주변의 모든 사람 덕분이라고 생각한다.

일단 나의 아버지 어머니 감사합니다. 덕분에 제가 많은 것을 이루어냈고 성공한 삶을 살 수 있었던 것 같습니다. 많이 사랑하고 고마웠습니다. 나의 자식들, 건강하게 태어나 주어서 고맙고 내가 떠나도 많이 슬퍼하지 말고 행복하게 살아라. 내 손자들, 부모님 말씀 잘 듣고 좋은 사람 만나서 행복하게 살기를 바란다. 그리고 내 친구들, 너희 덕분에 학창 시절을 좋게 보낼 수 있었던 것 같고 많이 신나고 행복했다. 정말 고맙고 마지막으로 한 번만 봤으면 좋겠다. 또 나를 가르쳐주셨던 선생님들 정말 감사합니다. 덕분에 많은 것을 배웠고 좋은 직업을 가지고 꿈도 이룰 수 있었던 것 같습니다. 이 외에도 나와 함께 해준 모든 사람들 감사했습니다.

그리고 내 재산은 모두 자식들에게 줄 터이니 알아서 좋은 일에 쓰길 바란다. 난 지금까지 살아온 내 삶을 후회하지 않는다. 그러니 맘 편하게 떠날 수 있을 것 같다. 내 주변의 모든 사람들도 후회하지 않는 삶을 살았으면 좋겠다는 말을 남기며 난 이만 떠나겠다. 모두들 안녕!

 **나의 자서전**

김류경

배경

우리 가족은 나, 김병두, 김수겸, 이영하, 정서이, 김병국, 이서진, 박달순, 이민령, 김희태, 정지온 등이고, 나는 영도병원에서 2004년 5월 7일에 태어났다. 한두 달 정도 서면에서 살다가 지금 살고 있는 동네로 이사 왔고, 2011년에 구평초등학교에 입학해 2017년에 졸업하고 감천중학교에 입학해 현재까지 다니고 있다.

외할머니가 되게 예쁘셔서 인기가 많았고, 엄마가 어릴 때 요리를 되게 잘하셔서 맛있는 음식도 많이 해주셨다고 들었다. 외할아버지께서는 내가 태어난 지 얼마 안 되어 심장마비로 돌아가셔서 얼굴도 모르고, 오빠 말로는 되게 잘해주시고 좋았다고 한다. 친할아버지는 공부를 잘하셨고 아빠에게 엄하셨다고 들었다. 나는 할아버지가 너무 보수적이셔서 상처를 받은 적이 있다. 친할머니는 조곤조곤하시고 잘 챙겨주셔서 항상 같이 있으면 마음이 나른해지는 느낌이 든다.

우리 엄마는 눈이 엄청 크다. 크면서 쌍꺼풀이 생겼는데 너무 진해서 '쌍수 했냐'는 소리도 많이 들었다고 한다. 근데 나는 눈이 큰 편이 아니라 엄마가 부럽다. 우리 집에서 나만 쌍꺼풀이 없고 작아서 슬펐다. 근데 최근에 나도 쌍꺼풀이 생기고 친구들에게 엄마 닮았다는 소리도 많이 들어서 좋았다.

우리 아빠는 공부를 잘했다고 하셨다. 태권도도 잘하셨고, 몸도 좋으셨고, 엄마랑 아빠랑 연애할 때 엄마 친구들이 잘생겼다고 부럽다는 얘기를 많이 했다고 들었다. 어릴 적 나는 항상 아빠가 뭐든지 잘해서 좋았고, 나도 아빠같이 다재다능한 사람이 되고 싶었다.

어린 시절의 나

나는 2004년 5월 7일 영도병원에서 태어났다. 엄마가 오빠를 낳기 전에 유산을 한 번 하셨다고 들었다. 그래서 다니던 직장도 그만두었고, 오빠를 임신하고 나서 그 다음에는 나를 가지셨다고 들었다. 한편으로는 내가 원래 태어날 사람이 아니었다는 생각이 들어서 슬펐지만, 엄마가 "내가 태어나 주어서 정말 좋다"고 해서 좋았다. 아기 때 얼굴이 너무 컸다고 했고, 낯을 많이 가려서 엄마 곁을 떨어지지 않아 엄마가 힘드셨다고 했다. 어렸을 때부터 엄마한테만 붙어 있어서 엄마는 항상 나에게 '쭈꾸미'라고 불렀다. 요즘에는 잘 안 쓰지만, 가끔 엄마가 "어릴 땐 안 떨어져서 안달이더니만 요즘엔 너무 안 와서 서운하다"고 하셨다. 그래서 죄송했다.

우리 집은 1층이었는데, 친구들이 놀고 싶으면 우리 집에 와 만날 나를 불러서 밖에서 여러 친구들과 뛰어놀았다. 매일 학교에 갈 때면 엄마가 머리를 예쁘게 땋아주셨다. 나는 계란과 우유를 가장 좋아했고, 청바지를 싫어해서 추리닝이나 치마를 입고 다녔다.

언제인지는 모르겠지만 초등학생 때 아버지가 본인의 방을 나에게 주셨다 정사각형의 아주 작고 이담한 방이었는데, 무서울 땐 엽마랑 같이 자면 포근하고 좋았다.

태어난 지 얼마 안 됐을 때는 서면에 살았다고 들었다. 사실 나는 그곳이 어딘지, 어떻게 생겼는지, 내가 그곳에 얼마나 살았는지 모르겠다. 외할머니께서 엄마 곁을 안 떠나는 나를 잘 봐주셨다고 들었다. 낯을 너무 많이 가려서 엄마 곁에서 떨어지면 많이 울었다는데, 돈을 받고 그쳤던 적도 있다고 한다. 어릴 때부터 돈을 밝히면 안 되는데……

그러다가 구평에 이사 와서 4학년 때까지 살다가 지금의 집으로 이사 왔다. 집이 넓어지고 예뻐진 건 좋지만, 가끔은 안락하고 따뜻한 느낌이 드는 옛날 집이 그립기도 하다. 요즘 따라 친해지고 다정해진 오빠와 든든한 우리 아빠, 항상 내 편인 우리 엄마…… 지금 내가 이렇게 성장하게 해줘서 고맙고, 커서 행복하게 해드리고 싶다.

집 앞 놀이터에서 자주 놀았는데, 영은이나 우진이, 강현이, 수현이랑 술래잡기나 무궁화꽃이피었습니다 같은 놀이를 자주 했다. 여자 친구들이랑은 모래랑 풀로 소꿉놀이를 하고 놀았다. 지금 생각하면 친했던 그 친구들을 보고 싶고 어릴 때처럼 같이 놀고 싶다.

학교를 마치고 집에 오면 매일 엄마랑 수다를 떨거나 텔레비전을 봤다. 아빠는 일하시고 늦게 오시고, 오빠는 학원이나 학교에 있어서 거의 보지 못한 것 같다. 요즘엔 엄마랑 지낼 시간이 줄어들고 있는 것 같아 슬프다.

어릴 때 인형을 되게 좋아했었다. 그런데 엄마가 너무 많다고 버릴 때 엄청 슬펐다. 그 중 가장 좋아했던 토끼 인형을 버리던 기억은 생생하다. 어릴 적 사진을 볼 때마다 신기하고 새롭고 재밌다.

즐겨 떠올리는 나의 어린 시절 추억은 초등학교 때 학교를 마치고 친구들이랑 아파트에서 놀 때이다. 너무 좋았고 좀 더 놀지 못한 것이 아쉽고 그리울 때가 많다. 다시 매일 놀던 친구들과 동심으로 돌아가 놀고 싶다.

여름에는 밤에 창문을 열고 자면 뒷산에서 귀뚜라미 소리가 들렸다. 그 소리가 자장가처럼 들려, 신선한 바람과 함께 잠이 들었다. 낮에는 더워서 짜증났지만 밤마다 나른해지고 잘 잤던 것 같다.

내가 알던 사랑스러운 장소는 결혼식장이다. 초등학교 2학년 때 신부가 사진 찍는 곳에서 엄마가 아빠랑 내 사진을 찍어주셨는데, 자그마한 공간이었지만 예쁘고 기분이 좋았다. 내가 힘들 때는 엄마랑 친구가 가장 도움을 많이 주었다.

어릴 때 재미삼아 물감으로 색칠하고 노는 것을 좋아했다. 지금은 시간이 많이 없어서 하고 싶어도 못 하는 게 미술이라, 방학같이 시간이 많을 때 무언가를 만들든지 색칠을 한다. 미술을 좋아하고 무언가를 내 손으로 만드는 걸 좋아하고 잘한다고 생각하지만, 나보다 뛰어난 사람이 많아서 나는 공부를 해야 되는 것 같다.

어릴 때는 주로 오빠가 듣던 노래를 들었다. 친구들 사이에선 내가 딱히 노래에 관심이 있는 편이 아니어서, 노래를 잘 몰라 소외당

하는 느낌을 받은 적이 있다. 그래서 음악을 좋아하지도 않고 관심이 많지도 않다

나는 나의 상황과 비슷하고 내가 고치고 싶은 것들을 알게 해주는 책을 읽을 때마다 공감되고 인상 깊고 기억에 오래 남는다. 책 읽는 걸 좋아하지 않지만 그런 책은 시간 가는 줄 모르고 밤늦게까지 읽은 적 있다. 생일선물로 내가 받고 싶던 책을 받은 적이 있다. 너무 좋았고 힘들 때마다 꺼내 보고 싶었다. 그 책을 준 친구는 내가 힘들 때 도와주기도 하고, 나도 그 친구를 많이 도와준다. 요즘에는 서로 둘도 없는 친구가 된 것 같고 의지할 친구가 생긴 것 같아 좋다.

어린 시절 나에게 강한 인상을 준 〈7번 방의 선물〉이라는 영화는 지금 생각해 봐도 슬픈 것 같다. 사회적 약자인 예승이 아빠의 말을 누구도 믿어주지 않는다. 그래서 예승이 아빠는 살인자로 억울하게 사형선고를 받고 하늘나라로 간다. 예승이는 아빠를 위해 커서 변호사가 되고, 재심을 해서 무죄를 받아냈다. 이렇게 장애인이란 이유로 차별하는 이 현실이 처참하고 너무 슬펐다.

어릴 때 앓았던 병 중에 장염이 가장 잊을 수 없고 끔찍하다. 초등학교 3학년 때 추석 연휴가 수요일부터 일요일까지였는데, 수요일에 할머니 집에 간다고 아빠 차를 탔는데 너무 추워서 에어컨 때문이라 생각했다. 그런데 열이 너무 많이 나서 외할머니 집 돌침대에서 이모가 링거를 꽂아주시고 한 번도 나가지 않았다. 명절 음식을 좋아해서 많이 먹을 생각에 추석이 오기만을 기다리고 행복해

했었는데, 5일 내내 누워 있다가 추석이 끝나고 병원에 가서 입원을 했다. 학교는 추석까지 합쳐 2주를 못 나갔다. 평소엔 가기 싫던 학교가 그땐 너무 가고 싶었던 것 같다. 지금도 그때를 생각하면 너무 끔찍하다.

집에서 부모님 말씀 잘 듣고 내가 해야 하는 일을 다 할 때 착하다는 말을 듣는데, 힘들어도 착하다는 말을 들으면 기분이 좋아지고 더 열심히 해야겠다는 생각이 든다. 공부 열심히 하고 친구들과 사이좋게 지내는 것이 나에게 주어진 일이라고 생각했다. 지금 생각하면 친구랑 놀 시간이 없어서 어릴 때 많이 못 논 것 같아서 후회된다.

내가 사랑받고 있다는 걸 느끼게 해준 사람은 엄마이다. 언제든 내 편이 되어주고, 내가 힘들면 위로하고 다독여 주고, 누구보다 나를 잘 알아준다. 내가 너무 힘들어서 며칠 동안 우는데, 엄마가 "난 네가 무슨 일이 있어도 언제나 우리 딸 편이야."라고 해줄 때 너무 좋았다.

어렸을 때 엄마 도움 없이 가스레인지로 요리하고 싶었지만 엄마가 위험하다고 해서, 전자레인지로 계란찜을 하거나 음식을 따뜻하게 한 적이 있다. 요리하는 게 신기하고 내 손으로 직접 한다는 느낌이 들어 재밌었다. 엄마랑 불 안 쓰는 음식도 많이 해봤다. 이제는 간단한 요리 정도는 할 수 있고, 엄마가 걱정도 안 하시는 것 같다.

5학년 때 첫 해외여행은 새롭고 설렜다. 비행기도 신기하고, 내가 진짜 다른 나라 말을 써야 해서 신이 났다. 아직도 그때 기억은 생생하고, 기대한 만큼 실망도 했지만 태어나 처음 한 경험이라 잇을 수 없을 것 같다. 처음으로 승무원을 봤는데 너무 멋져서, 당시 꿈이 없었는데 승무원이 되고 싶다는 생각이 들었다. 첫 해외여행인 태국 여행은, 코끼리를 탄 기억과 승무원이라는 꿈을 준 멋진 여행이었다. 매번 해외에 가면 그 나라의 역사를 많이 배웠고 지식이 늘어난 것 같다.

중학교 2학년 수학여행도 기억에 남는다. 같은 초등학교 나온 친구들이 있는 장평중학교와 대동중학교는 모두 롯데월드로 갔고, 우리는 에버랜드로 갔다. 우리가 에버랜드에 간 날 소나기가 오고 우박도 떨어져서 놀이기구를 3개밖에 못 탔고, 비 오고 추워서 기분도 안 좋았다. 수학여행이 아니라면 에버랜드 같은 곳에 올 일이 거의 없는데, 아쉽기도 했지만 더 이상 놀고 싶지 않았다. 숙소에 빨리 와서 쉬면서 초등학교 친구들과 연락했는데, 롯데월드는 실내도 있어서 그래도 잘 놀았다고 했다. 그래서 더욱더 아쉽고 슬펐다.

나 자신에게 스스로 자신감을 얻은 때가 있다. 친구들이랑 처음으로 청소년 단체 덕분에 에버랜드에 갔는데, 나는 놀이기구를 거의 안 타봐서 무서웠다. 타지 말까 하는 고민도 많이 했는데, 친구들이 용기를 줘서 하나씩 타면서 늘었던 것 같다. 그게 지금 생각하면 자랑스럽고 자신감도 올라간 것 같다.

어렸을 때 나는 산타할아버지가 있다는 것을 굳게 믿고 있었다. 한번은 아침에 엄마가 인형을 주시면서 산타할아버지가 주셨다고 했다. 그 당시는 진짜라고 믿었고, 너무 좋았다. 점점 자라면서 아니라는 걸 깨닫고 슬펐던 것 같다.

나는 내가 특별하다고 생각한다. 사람의 생김새가 다 다르듯이 잘하는 것, 좋아하는 것, 성격, 취향도 다 다르다. 나는 그림을 잘 그리고, 공부도 꽤 하고, 키 크고, 운동 잘하고, 좀 착하다고 생각한다. 내가 못하고 부족한 것만 생각하면 내 자신이 점점 싫어지고 미워질 것을 알기 때문에, 나는 내가 잘하는 것이나 좋은 점만 보려고 한다. 나의 가장 큰 장점은 하나에 빠지면 끝까지 하는 것과 뭐든지 잘하려고 최선을 다하는 것이라 생각한다.

나는 친구가 소외감 든다고 해서 잘 챙겨주었는데 오히려 내가 소외당한 느낌이 든 적도 있다. 하루아침에 따 된 것 같고 무시당한 것 같았다. SNS에서 공개 저격 당해본 적도 있고, 쓸데없는 뒷담화로 진짜 많이 까였다. 한동안 너무 힘들고 서러워서 매일 울었다. 하루는 자유학기제라 반별로 다른 곳에 체험하러 가는데, 같이 가기로 한 친구들이 다 당일에 같이 못 간다고 해서 선생님께 사정을 말했더니 선생님이 병결로 해주신다고 하셨다. 담임 선생님이 남자라서 잘 모르실 줄 알았는데, 나랑 얘기도 잘해주시고 위로도 많이 해주셔서 정말 감사했다.

내가 초등학교 때 가장 좋아했던 선생님은 양현승 선생님이다. 나에게 많은 것을 알려주셨고, 선생님께서 다른 학교로 가셨는데도 유일하게 연락해 본 선생님이다. 지금은 어디에 계시는지 모르지만 알게 된다면 찾아뵙고 싶다.

난 중학교 1학년 때도 그렇고 지금까지도, 친구들이나 남에게 내가 하고 싶은 말을 잘 못한다. 혼자 말 못 하고 힘들던 때를 생각해 시를 써보았다.

말

내가 하고 싶은 말
떠날까 봐 두려운 말
상처 줄까 미안한 말
정색할까 무서운 말
멀어질까 조마조마한 말

그렇게 나는 결국 하지 못했다.

나에게 하는 말
나를 놀리는 말
나를 괴롭게 하는 말
나를 상처 주는 말
나를 불안하게 하는 말

그래도 나는 하지 못한 말
나는 겨우 말을 한다

"이젠 나를 만만하게 보지 마"
무섭고 두렵고 조마조마하지만
마음은 후련한 말

하지만 후련함은 잠시
떠날까 봐 두렵고
상처 줄까 미안하고
정색할까 무섭고
멀어질까 조마조마한
나는 또 말하지 않고 있다.

어린 시절 나를 돌이켜보았을 때, 친구들과 욕도 하고 험담도 하고 싸우기도 했다. 하지만 나와 함께 지내는 친구들을 나쁜 친구로 만들어서 좋을 일이 없다는 생각이 들었고, 그때부터 마음이 바뀌면서 오늘날처럼 더 좋게 지내고 있는 것 같다.

아침마다 엄마가 머리를 양갈래로 예쁘게 땋아주셔서 어른들에게 예쁘다는 소리를 많이 들었다. 이렇게 나를 예쁘게 해주신 엄마에게 짜증낸 것이 미안하고 더 잘해드리겠다고 말해주고 싶다.

엄마와 아빠는 결혼하신 지 꽤 오래됐음에도 불구하고 서로 잘 챙기고 알콩달콩하다. 그런 부모님 모습을 보면서, '결혼은 자신이 정말 좋아하는 사람과 해야 행복한 거구나.'라는 생각을 했고, 엄마와 아빠는 진심으로 서로 아끼고 행복해하시는 것 같았다.

어린 시절의 타인들

옛날 집에서 나는 오빠 방이 붙박이식 침대를 좋아했는데, 엄마가 먼지 난다고 꺼내지 않아 아쉬웠다. 같은 아파트로 이사를 했는데, 지금 집이 넓고 깔끔해서 공부하기 좋은 분위기인 것 같다.

우리 집 이웃에는 같은 어린이집, 초등학교 나온 친구들과 오빠친구들과 친한 언니들이 있었다. 모르는 사람과 마주쳐도 인사를 했고, 승강기에서 어른들에게 인사하면 웃으면서 칭찬도 해주셨다.

우리 부모님은 지역사회의 일인 대통령 선거나 아파트에서 무언가를 할 때 잘 참여하셨다. 투표하고 나서 누굴 찍었는지 물어보면 비밀투표라며 얘기해 주시지 않으셨다. 무엇보다 아빠께선 경찰이시니 하는 일 자체가 지역사회의 일일 것 같다. 나도 학교에서 두발길이 제한을 없애달라고 한 적이 있다. 지금도 아닌 것에 대해서는 학교장과의 대화나 전교 대위원회 같은 데서 적극적으로 말하고 있다.

부모님 조부모님 이외에 나에게는 작은이모가 중요한 역할을 해주신 것 같다. 이모는 외할머니랑 같이 사시는데, 외할머니 집 갈때마다 나를 반갑게 맞이해 주시고 매번 먹고 싶은 것을 다 사 주신다. 빼빼로데이나 초콜릿 행사 같은 날이 있으면 초콜릿을 같이 만들어주셨다. 그 덕분에 지금은 나 혼자 초콜릿을 만들 줄 알게 되었다. 또 이모한테 이것저것 만드는 것을 많이 배워서 지금의 내 취미는 무언가를 만드는 것이 되었다. 이모가 이번 봄방학 때 집 만드는 것을 사 주셨는데, 만들다 말아서 시간 될 때 완성하고 싶다.

우리 아빠는 우리 가족 중에서 특별한 재능이 있는 것 같다. 경찰이라는 일을 하시면서도 취미로 자전거를 만드셔서 친구들이랑 타러 다니신다. 손재주가 뛰어나 붓글씨도 쓰시는데, 한번은 붓으로 달마도 그리는 것에 빠져서 부채나 벽걸이 등을 많이 만들어 나눠주기도 하셨다. 또 중국어학과를 나오셔서 그런지 중국어도 잘하신다. 거의 완벽에 가까우신 멋진 우리 아빠가 정말 자랑스럽고, 나도 아빠처럼 완벽에 가까운 사람이 되고 싶다. 요즘엔 아빠와 함께하는 시간이 줄었는데, 볼 때마다 표현해 드리고 잘해드려야겠다.

가족 전체가 참여하는 행사에는 친척의 결혼식이나 캠핑 등이 있다. 이때 아이들은 아이들끼리 모여 놀고, 사진도 찍고 많은 얘기도 했다. 다른 지역에 사는 사촌들이랑 얘기를 하면 말투가 달라 신기해서 더 기억에 남는다. 요즘엔 가족 전체가 함께하는 일이 딱히 없는 것 같다.

엄마가 턱 쪽이 안 좋으셨는데 뭔 수술을 하신다고 엄마랑 친한, 내 친구의 집에서 처음으로 가족이랑 떨어진 채 얼마 동안 지냈다. 사실은 수술이 맞는지는 잘 모르겠다. 그래도 친구 어머니께서 되게 잘 챙겨주셨고 친구와 친구 언니도 잘 놀아줘서 힘들진 않았지만, 엄마를 가장 오랫동안 못 봤던 게 잊을 수 없다.

나는 친척 중에 할아버지를 싫어했던 적이 있다. 우리 엄마는 친할머니 댁에 가셔도 요리를 한다. 그게 어릴 땐 당연하다고 생각했다. 그런데 커서 생각해 보니 엄마는 손님으로 가는 것인데, 매번 엄마가 음식 하시는 게 좀 이상했다. 제사 때 한번은 내가 작은

방에 가서 휴대폰을 가져오는데 할아버지가 "넌 저기 가서 요리나 해,"라고 하셔서 정말 화가 났지만, 힐아버지 날씀이라 뭐라 대꾸할 수도 없어서 참았다. 이후로 할아버지를 싫어한다.

할아버지 할머니는 나를 보면 귀엽고 챙겨주고 싶은 마음이 드셨을 것 같다. 그런데 친할머니 집보다는 외할머니 집을 더 좋아한다. 내가 좋아하는 이모도 있고, 외할머니가 잘해주시기 때문이다. 항상 내가 하고 싶은 것을 할 수 있고, 매년 맛있는 음식을 해주셔서 방학 때는 금요일마다 갔었다.

우리 가족은 딱히 규칙을 정한 적은 없지만 서로 지킬 것은 알아서 잘 지키는 것 같다. 최근엔 다들 폰을 너무 많이 해서 12시까지 폰 내는 걸 규칙으로 정한 적이 있지만, 지내다 보니 까먹어서 요즘엔 하고 있지 않다.

어릴 때 내가 본 우리 엄마 모습은 밥하고, 청소하고, 빨래하고, 나를 잘 챙겨주는 것이었다. 요리하는 걸 재미있어 해서 밥하는 법, 미역국 끓이는 방법, 떡볶이 만드는 방법 등 항상 재미있게 잘 가르쳐주셨다. 지금도 하나씩 배워가고 있고, 엄마가 매번 나에게 해준 것처럼 나도 엄마한테 맛있는 음식을 해드리고 싶다. 잘 못하더라도, 항상 스스로 해 드시던 엄마한테는 내가 해준 음식이 의미 있을 것 같다.

내가 어릴 때 아빠는 주로 운전을 하셨다. 가족끼리 캠핑을 자주 갔었는데, 피곤해서도 잠을 이겨내시며 우리를 위해 여러 곳을 데려가 주셨다. 캠프파이어도 해주시고 바비큐, 고기 등 맛있는 것들을 숯불에 구워주시면 그 무엇보다도 맛있었다.

엄마는 나와 오빠가 태어나기 전까지 치과에서 간호사 일을 하셨고, 아빠는 그때나 지금이나 경찰관으로 일하고 계신다. 경제적인 상태가 좋은 편은 아니지만 나름 행복하게 재미있게 잘 살고 있다. 부모님의 주요 관심사는 항상 나와 오빠였던 것 같다. 어린 눈으로 볼 때 부모님이 행복한지는 잘 모르겠지만, 힘들어 보이실 때는 걱정이 됐다.

부모님에게 꿈에 대한 얘기는 들어본 적이 없지만, 나에 대한 꿈은 있으시다. 부모님은 내가 커서 아빠처럼 경찰이 되면 좋겠다고 하신다. 그렇다고 강요하진 않으시고, 내 꿈을 항상 응원해 주시고 힘이 되어주셔서 든든하다.

우리 집만의 독특한 점인지는 모르겠지만, 시험 기간만 되면 나에게 자라고 하신다. 불안해서 공부하려고 하면 피곤하면 더 시험을 못 친다면서 매일 나를 재우셨다. 근데 시험 기간이 아닐 때는 공부하라고 하신다.

엄마와 관계가 좀 나빴던 적이 있다. 한번은 시험을 잘 쳤는데 엄마가 "국어만 조금 더 잘 쳤으면 좋았을 텐데."라고 하셨다. 나도 처음에는 "나도 진짜 아쉽다."라고 했는데, 엄마가 또 한 번 아쉽다고 말씀하셨다. 그 순간 짜증이 나서 짜증을 내다가 엄마와 싸웠다. 시험 잘 쳤다는 칭찬을 듣기는커녕, 며칠 동안 엄마와 얘기를 하지 않았다.

나는 엄마가 오빠를 더 좋아하는 것 같다는 생각이 들 때 오빠를

질투한다. 하지만 한 번씩 오빠가 잘 챙겨줄 때 오빠가 있어서 좋았
다. 생각이 많이 달라서 싸우기도 했지만, 학업 스트레스 때문에 예
민해져서 그럴 거라고 생각했다. 요즘엔 어른이 돼서 편해지고 살
만한지, 해달라는 것 다 해준다. 예전엔 오빠 있는 게 부럽다는 소
리가 이해 안 됐는데 요즘엔 이해되고 오빠가 좋다.

학창 시절

나의 10대 시절 모습은 돌에 비유할 수 있을 것 같다. 크고 모난
돌은 부딪히고 쪼개지며 점점 작고 둥글어진다. 나도 부딪히고 깨
지며 점점 부드러워져 가고 있는 것 같다.

내가 열정적으로 임했던 일이 있다. 초등학교 때 '동물실험'에 관
한 주제로 토론할 때였다. 내 생각을 열심히 말하고, 뭐라고 반박하
고 질문할지 고민을 많이 했다. 내가 말하면서도 되게 잘하는 것 같
아서 놀라기도 했다.

그때는 친구들이 같은 아파트에 많이 살았고, 오빠의 친구들이
나 아빠 친구 가족들과도 만난 적이 많다. 최근에도 만났는데, 어릴
때는 재미있게 놀았는데 커서 보니 어색했다. 엄마 친구들은 엄마
가 새 폰으로 바꾸면서 연락처가 사라진 다음에는 만난 적이 없다.

우리 엄마는 주부라서 이모가 일 때문에 바쁘면 가끔 사촌동생
들을 봐주셨다. 아빠는 지금도 경찰을 하고 계신다. 공무원이라 돈
을 많이 벌진 않지만, 멋지고 좋은 일이라 생각한다. 뭐든지 잘하고
멋진 우리 아빠 같은 경찰이 되고 싶다는 생각을 많이 했다.

중학교 1, 2학년 때는 사춘기여서 엄마 아빠랑 자주 싸우고 짜증도 많이 냈다. 요즘은 부모님이랑 잘 지낸다. 엄마도 훨씬 밝아진 것 같고, 내가 걱정이 없어 보여서 좋다고 하신다. 항상 내 편이 돼 주는 엄마 아빠가 너무 고맙다.

우리 부모님은 내 성적보다는 건강을 먼저 생각해 주신다. 그래서 "공부해."라는 말 대신 "일찍 자."라는 말을 더 많이 하신다. 그리고 아빠는 내가 물어보는 것을 잘 몰라도 어떻게든 찾아서 알려주시려고 한다.

봄 하면 벚꽃이 생각난다. 아침마다 학교 가는 길에 피어 있던 벚꽃. 여름에는 워터파크에 가서 친구들이랑 재미있는 놀이기구를 많이 탔다. 어느 여름, 새벽 비행기를 탔을 때 창문으로 별똥별을 본 적이 있다. 갑자기 떨어져서 놀랐지만, 너무 인상적이어서 지금도 생생하게 기억이 난다. 가을에는 떨어진 낙엽 위를 걸을 때 나는 바사삭 하는 소리를 좋아한다. 겨울에는 경주월드에 가서 친구들이랑 재미있는 놀이기구를 많이 탔었다. 나는 추운 걸 싫어해서, 춥지도 덥지도 않고 내 생일이 있는 봄이 가장 좋다.

나는 구평초등학교를 다녔다. 한 반에 20~25명 정도였는데, 2학년 때와 5학년 때가 가장 좋았다. 그때 꿈은 선생님, 아나운서, 승무원이었던 적이 있고, 그림 그리는 거랑 만드는 활동을 좋아했다.

3학년 1반이 되었을 때 걱정도 했지만, '우리 반 되게 편하고 아늑하구나.'라는 생각이 들었다. 시끄럽고 활발해서 친구들끼리 사이좋을 거란 생각이 들었다. 그때 반장이었는데, 시끄러울 때 조용히 시키기 힘들었다. 그래도 사이가 틀어지진 않아서 다행이고, 매번 선생님께시 나에게 살해수서서 좋았다.

중학교 2학년 때 내가 처음으로 진짜 좋아했던 아이가 있었다. 그 아이는 남자아이였고, '학교생활은 어떤지, 어떻게 지내는지' 등 할 얘기가 진짜 많았다. 내 생일 3일 전에 나는 그 아이에게 내 생일을 알렸다.

"나, 3일 뒤에 생일이다."

"알아."

나는 '알아.'라는 말을 듣고 놀라서 기분이 묘했다. 그러고는 잊고 있었는데, 생일 몇 시간 전에 그 아이가 보낸 페메를 보았다.

'야 야, 자냐?'

'아니.'

'좀 있으면 니 생일이다.'

저번에 연락한 사실을 잊고 있던 나는 생일을 알고 있었다는 사실에 놀랐지만, 같이 놀 사람이 생겨서 좋았다.

'어 아네- ㅎㅎ'

'내가 12시 되면 젤 먼저 생일선물 줄게.'

생일선물이 무엇인지 궁금했지만 '설마 줄까' 하는 생각에 별 기대를 하지 않았다. 그렇게 12시까지 얘기를 하다가 12시가 되었는데 진짜로 선물이 왔다.

'CGV 영화쿠폰 〈123456〉'

'헐 나 영화 진짜 좋아하는데, 고마워!'

평소에 나는 친구랑 영화 보는 걸 좋아했고, 영화를 볼 수 있다는 생각에 너무 즐겁고 고마웠다. 내 생일을 계기로 계속 연락을 하게 되었다. 그 아이는 매번 나에게 설레고 좋은 말을 해주었고, 나는 그 아이에게 마음이 가기 시작했다. 하지만 너무 답답했던 나는 친구한테 그 아이의 마음을 떠보라고 했다. 친구가 그 남자아이에게 메시지를 보냈다.

'너 좋아하는 애 있음?'

이라고 물었지만 읽고서 답이 오지 않았다. 그래서 나는 '아, 뭐지.'라는 생각을 하고 슬펐는데, 나에게 페메가 왔다.

'자꾸 ○○이 말 거는데 어쩌지? 걔가 내가 너랑 페메 하는 거 알아?'

나는 이 메시지를 읽고 기분이 좋으면서도 미묘했다. 분명히 내 친구가 좋아하는 사람 있는지 물어보았는데, 내게 이렇게 물어보니 좋아하는 애가 나일 수도 있겠다는 생각이 들고, '어쩌면 서로 좋아하고 있겠구나.'라는 생각에 행복했다.

어느 날은 내게 페메로,

'학교에서 너 괴롭히는 애 있어?'

'음, 그냥 장난치다가 맞지. ㅎㅎ'

'누구야? 이름 뭐야?'

'왜? 어떻게 하려고?'

'누가 너 괴롭혀? 담에 또 괴롭히면 말해. 내가 혼내줄게.'

공부든 뭐든 좀 힘든 하루를 보낼 때 이 아이랑 페메를 하면 왠지 힘이 나고 행복했다. 한 달 정도 페메를 했는데, 그 아이가 원래 착해서 잘해주는 건지 아니면 내가 신짜 좋아서 그러는 건지 너무 궁금해서 끝장을 보기로 결심하고 페메를 했다.

'너 요즘 호감 가는 애 있어?'

'너 말고 더 있겠냐?'

'ㅎㅎ 나랑 사귀고 싶은 마음 1~100까지 골라봐.'

'지금 몇 시지?'

'12시 10분.'

'120%'

'나랑 사귀자.'

'좋아.'

그렇게 나는 그 아이와 사귀게 되었고, 시험 기간이라 아주 조금의 대화만 하고 지냈다.

'너 금요일에 시험 끝나니깐 나랑 놀래?'

'나 그때 친구랑 약속 있어.'

친구랑 약속을 취소할 수는 있었지만 피곤한 모습을 보여주기 싫어서 안 만났다.

그 이후로 좀처럼 날을 잡지 못했고, 어느 날부터 그 아이는 마치 잠수함처럼 잠수를 타기 시작했다. 그래서 나는 따졌다. 그런데 갑자기 "이제 그냥 그만하자."라는 말을 듣고 짜증났다. 이때까지 그 아이와의 모든 것이 가짜인 것 같아서 너무 마음이 아팠다. 내가 쉽게 마음을 안 준다고 생각했지만, 이 일을 계기로 쉽게 마음을 주면 안 된다고 생각했다. 나의 이런 점은 누구를 닮았을까? 엄마 아빠도 이런 기분을 아실까? 어느 정도로 친하게 지내야 믿음이 가고 상처를 받지 않을까? 쉽게 마음을 주고 상처받기 싫었다.

그 뒤로 나는 쉽게 마음이 가지도, 마음을 주지도 못했다. 처음부터 너무 많은 걸 경험하고 상처도 많이 받았기에, 그것도 5년 넘게 봐왔던 친구여서 배신감도 컸다. 잘해준다고 좋아하는 게 아닌데, 내가 왜 그랬는지. 왜 잠수를 타도 계속 좋아하고 기다렸는지. 그 아이는 나에 대해 어떻게 생각했을까? 내가 이러는 걸 알고는 있었을까?

초등학교 때 나에게 잘해주고 말도 많이 해서 좋아했던 아이가 다른 친구를 좋아한다는 소릴 듣고 상처를 받았던 기억이 났다. 세상엔 이상한 사람도 많고, 내가 좋다고 막 마음을 주면 상처받을 수도 있으니, 쉽게 마음을 주지 말자는 생각을 하게 되었다.

나는 내 주위의 친구들이 너무 많이 신경 쓰였고, 친구들이랑 활발하게 잘 지내지 못했다. 그래서 재미있고, 친화력 좋고, 말 잘하는 것을 너무 부러워했다. 매일 컴퓨터 게임을 해도 시험을 잘 치는 친구들을 보면서는, 나도 저렇게 되면 좋겠다고 생각했다. 나는 한동안 친구와의 관계에 되게 스트레스를 많이 받았지만, 요즘엔 활발한 친구들이랑도 같이 다니고, 나를 도와주고 좋아해 주는 친구가 있어서 성격도 많이 밝아지고 훨씬 나아져서 친구 관계에 대한 걱정이 많이 줄어들었다.

엄마와 친구들이 나에게 많은 걸 가르쳐준 것 같다. 친구 관계에서 많이 힘들 때 힘도 돼주고, 스트레스를 받지 말라며 조언과 좋은 말도 많이 해주었다. 엄마는 항상 내 편이 되어주겠다고 하시면서 나를 다독여 주셨다. 어릴 때보다는 많은 걸 알게 되었고, 이럴 땐 이렇게 해야 한다는 요령을 터득하면서 점점 잘 지내는 것 같다.

중학교 졸업사진을 찍는 날에는 아침 일찍 일어나 준비하고 평소에 학교 갈 때 안 하던 화장도 하고 신경을 많이 썼다. 사진을 찍으러 들어가기 직전까지 얼굴을 보면서 긴장했다. 초등학교 졸업사진을 찍을 때와는 또 다른 기분이 들었다. 중학교 입학한 지 얼마되지 않은 것 같은데 벌써 졸업을 앞두고 있다니⋯⋯. 이제 좀 적응한 것 같은데, 떠날 생각을 하니 좀 무서웠다.

학교 수업 외 학교 행사로는 간부수련회를 다녀왔고, 토성초등학교에서 하는 '서부 수학 축전'에 5학년 때부터 꾸준히 갔다. 기회가 된다면, 체험만 하는 것이 아니라 친구들과 부스를 만들어서 도우미를 하면 옛날 생각이 나고 좋을 것 같다.

나는 친구들과 만날 약속을 잡거나 중요한 얘기가 아니면 전화를 하지 않았다. 진짜 친한 초등학교 친구랑 한두 번 해본 게 다인 것 같다. 중학교 올라와서는 여러 친구를 만나고 친해지면서 그냥 심심하면 친구한테 전화도 걸고 별거 아닌 이야기를 나누면서 시간을 보낸 적이 있다. 방과후에는 친구들이랑 코인노래방에 가거나 편의점, 토스트 가게, 떡볶이집에 가서 군것질도 많이 했다. 셀카도 자주 찍고, 시험이 끝나면 남포동에 가서 놀곤 했다. 나는 친구랑 영화 보는 걸 좋아한다. 처음으로 친구랑 둘이서 봤던 영화가 아직도 기억이 난다. 가족이 아닌 친구와 함께 영화를 본 것이 좀 색달랐던 것 같다. 시험 끝나면 친구랑 남포동이나 서면에 가서 놀았는데, 그 시간이 행복하고 좋았다. 좋은 친구는 내가 힘들 때 언제나 도움이 되어주고 힘을 북돋아 준다. 그럴 때면 '정말 좋은 친구가 내 곁에 있구나.'라는 생각이 들었다.

엄마한테 공부하러 도서관에 간다고 해놓고선 남포동에 가서 논 적이 있다. 들키진 않았지만 마음이 불편했다. 그 뒤로는 거짓말하고 다른 곳에 간 적은 없다.

공부를 열심히 하고 중학교 첫 시험인 배치고사를 잘 쳐서 아빠의 기대가 엄청 컸다. 늘 10등 언저리를 유지하다가 최근에 2등을 해서 아빠의 기대가 더 커졌는데, 나는 그게 부담스럽고 힘들 때가 종종 있다. 전교 10등 안에 드는 걸 목표로 했는데, 항상 11등을 해서 '안 되나 보다.' 생각했었다. 그러다가 누군가에게 '내가 이렇게 똑똑하고 멋진 사람이다.'라는 것을 보여주고 싶어서 이 악물고 공부를 했는데 반에서 1등, 전교 8등을 하게 되었다. 그다음에는 반에서 1등, 전교 2등을 했다. 나는 이때 시험을 잘 못 쳤다고 생각하고 울기도 했는데, 전교 2등을 하게 돼서 기분이 이상했지만 정말 행복했다. 역시 노력하면 안 되는 게 없는 것 같다. 등수가 무조건 정해져 있는 것이 아니고 내가 깨부쉈다는 생각이 들어 기쁨과 뿌듯함이 컸다.

나는 어릴 때 바이올린을 배웠다. 바이올린으로 음악을 처음 접하면서 악보도 배웠고, 처음 배운 악기라 신기했었다. 바이올린은 아직도 내가 유일하게 할 수 있는 악기인데, 이거 하나라도 할 줄 알아서 다행이다.

운전면허는 대학 졸업하고 취직할 때쯤 딸 생각이다. 혼자 차근차근 혼자 공부하든지 아빠한테 배우든지 해서 운전면허를 딸 것이고, 경제적으로 어느 정도 좋아지면 차도 사고 싶다.

소라게를 제일 처음으로 키워보았다. 우리가 먹는 과일도 먹고 밥도 먹어서 신기하고 귀여웠다. 그러다가 점점 질려서 신경을 안 썼는데, 몇 마리는 죽고 한 마리는 갑자기 다리 하나가 떨어지고 해서 너무 미안했다. '이제 다시는 동물을 안 키워야지.' 생각했는데, 다시 햄스터를 키우게 되었다. 그리고 한때는 강아지를 키우고 싶다는 생각도 했다. 주위에 강아지를 키우는 친구들이 많아서 부러운 마음 때문이었다. 그런데 나는 강아지가 여전히 무섭다.

나는 초등학교 5학년 때 첫 해외여행으로 태국에 갔다. 그때 처음으로 비행기도 타봤다. 그때 '승무원'이라는 직업을 알게 되었는데, 너무 멋있었다. 그 뒤로 〈응답하라 1988〉이라는 드라마를 즐겨 봤는데, 덕선이가 승무원을 하는 모습을 보고 더 깊게 관심을 가지고 알아보았다. 여러 나라를 다니면서 일하는 직업이고, 내가 여행 다니는 것을 좋아해서, 진짜 하고 싶은 일을 찾은 기분이었다. 지금까지 승무원이 되고 싶다는 꿈은 변함없다. 중학교 1학년 때는 '외고를 가서 인하공전을 졸업하고 승무원 해야지.'라는 계획을 가지고 있었다. 하지만 영어를 못해서 멀리하고 싫어하게 되다 보니 요즘은 '포기해야 하나?'라는 생각을 하곤 한다.

공부로 스트레스를 받긴 하지만, 친구들과 신나게 어울려 놀 수 있고, 청소년이라 영화 같은 것도 할인되고, 몸도 마음도 성장할 수 있는 지금이 좋다. '많이 놀면서도 할 건 하자.'라는 생각도 자주 하고, 친구 관계를 더 잘하고 싶다는 생각도 자주 한다. 지금 나에겐 친구관계가 가장 중요한 것 같다.

지금 현재

지금 나에게 중요한 것은 친구와 가족, 공부이다. 하지만 결국에는 내가 하고 싶은 것을 찾는 게 가장 중요한 것 같다. 한 번 사는 인생, 막 살기보다는 자기가 하고 싶은 거 다 하면서 하루하루를 행복하게 살고 싶다.

초등학교 6학년 때 내가 정말로 좋아하고 아끼던 친구가 두 명 있었다. 하지만 두 명 다 전학을 가버려서 2학기 때 친구들이랑 어울리는 게 많이 힘들었다. 6년 동안 같이 학교를 다녔는데 나 혼자만 겉도는 기분이라서 진짜 힘들었다.

같이 다니던 친구가 어느 순간 없어졌을 때, 나의 힘든 얘기를 들어줄 친구가 없다고 생각했다. 그때 내 얘기를 잘 들어주고 매번 위로해 주고, 심지어 정성들여 편지도 써주어서 엄청 고마웠던 친구가 있다. 그 친구는 내가 힘들 때 나를 도와주었는데, 정작 그 친구가 힘들 때 나는 나한테 피해가 있을까 봐 도와주지 않고 외면했다. 지금 생각해 보면 너무 어리석고 후회가 되고 그때의 내 자신이 너무 싫다. 그 뒤에 그 친구에게 미안하다고 많이 얘기했다. 하지만 그래도 그 친구의 상처는 없어지지 않았을 것이다. 그래도 요즘 다시 친해지고 살갑게 대해줘서 고맙다. 다시는 그런 나쁜 행동은 하지 않을 것이다.

내가 무엇을 위해 사는지, 이렇게 힘들게 살아야 하는지…… 내가 너무 싫고 아무것도 하기 싫었던 적이 많았다. 그래도 하고 싶은 걸 이룬다는 생각으로 견디고, 주위 친구들이 많이 도와줘서 극복할 수 있었던 것 같다.

1학년 때 글로벌 빌리지에 가서 부산 곳곳에서 온 친구들을 만나 같이 수업을 들었다. 다른 친구들이 다들 너무 잘해서 기가 죽었고, 이런 식으로 하다간 아무것도 못 할 것 같다는 생각에 크게 낙담했다. 하지만 그래도 나름 열심히 하고 있고 '아직 늦지 않았으니까.' 하고 생각하면서 마음을 다잡았다.

나에게 힘을 주고 의지가 되어주는 친구들과 다니면서 자신감도 좀 생기고 훨씬 활발해졌다. 예전엔 사소한 것 하나하나에 스트레스를 받았지만, 요즘은 '또 저러네.' 하면서 넘길 수 있어서 마음이 훨씬 가벼워지고 편해진 것 같다.

며칠 전 학교 앞에 있는 길고양이를 어떤 차가 치고 그냥 지나갔다. 우리 학교 친구들과 삼성중학교 학생들은 고양이가 걱정되어 신고도 하고, 다른 차가 고양이를 치고 가지 않게 옆으로 치워주기도 했다. 그 모습을 보면서 모두들 착하다는 생각이 들었다.

미술을 끝까지 하지 않은 것은 좀 아쉽다. 계속했다면 더 잘할 수 있었을 것 같다. 하지만 미술 말고 다른 것들도 해볼 수 있었고,

다른 것들을 잘할 수 있게 되었으니, 후회는 되지만 좋게 생각한다.

수학을 가르쳐주시는 어떤 선생님이 계셨는데, 내 기분도 잘 이해해 주시고, 내가 수학에 흥미를 가지게 해주었다. 힘들 때마다 의지할 수 있었고, 만약 그 선생님이 아니었다면 지금처럼 수학을 잘하지 못했을 것이고, 해결하지 못한 고민이 많아 하루하루가 괴로웠을지도 모른다.

뭐든지 열심히 하는 나

나는 작은 일이든 큰 일이든 잘하려 하고, 열심히 최선을 다하려고 한다.

어떤 한 친구가 나를 별로 좋아하지 않는다고 느껴졌다. 내가 잘한 일에 대해서 인정을 안 하고, 뭐든지 내가 하는 것은 별로라 하고, 매일 나에게 상처 주는 말을 했다. 힘들 때마다 그 말들이 하나씩 생각나서 나를 더 힘들게 했다. 최선을 다해서 공부했는데, 시험을 잘 치면 학원빨이라고도 했다. 그 애가 나보다 시험 못 치고, 반장에서 떨어졌을 때 되게 고소했다. 그리고 개보다 내 편이 더 많다는 걸 알았을 때 승리감이 느껴졌다.

무슨 일이든 쉽게 포기하지 않고, 뭐든지 열심히 하려고 하는 내가 너무 자랑스럽다. 지금까지 잘 견뎌내 준 나에게 너무 고맙다. 앞으로도 할 일 잘하면서, 나중에는 나를 항상 도와줬던 엄마와 여행을 같이 다니면서 행복하게 해주고 싶다.

승무원이 될 거라고 마음을 먹었는데, 결정적으로 영어를 못해서 포기할까 생각했었다. 근데 여행을 다니고 가족을 행복하게 해주고 싶다는 생각이 너무 커서, 포기하지 않고 할 수 있는 한 최선을 다해 꿈에 가까워지고 싶다.

내 행동 하나하나로 내 미래와 내 인생이 좌지우지된다는 걸 생각하면 너무 무섭고 부담스럽다. 주변의 기대 때문에 더 힘들기도 하다. 그래도 이 모든 것들을 이겨내면 더 큰 행복이 찾아올 거라고 믿는다.

열심히 하면 되게 잘하는 나

중학교에 들어가기 전 예비 소집일 날 배치고사를 쳤다. 학원에서 배치고사 대비 수업을 했었는데, 시작하기 전에 독감에 걸려 다른 친구들보다 일주일이나 늦게 수업에 들어갔다. 다른 친구들보다 일주일 뒤처진 공부를 따라가려고 주말에 친구랑 처음으로 독서실이란 곳을 가서 공부했다. 독서실이 깜깜하고 조용해서 공부가 잘 되었다.

그렇게 배치고사를 쳤다. 배치고사 친 건 잊고 방학 때 친구랑 치킨을 먹고 있었는데, 전화가 와서는 배치고사 성적이 4등 안에 들었다며 몇 월 며칠에 감천중학교에 오라고 했다. 되게 얼얼하면서도 좋았고 열심히 한 대가인 것 같아서 기뻤다.

배치고사 성적은 2등이었다. 그 후로 전교 10등 언저리를 머물다가 한번은 전교 2등도 했었다. 그때는 정말 기분이 좋고 행복했다. 노력하면 안 될 게 없다는 것도 깨달았다. 순위가 무조건 정해져 있는 것이 아니었고 내가 그 사이를 비집고 들어갔다는 생각에 무척 기쁘고 뿌듯했다.

상처받고 힘들고 슬펐던 나

친구랑 싸웠는데 어떻게 해야 할지 모를 때 가장 마음이 불편하고 조마조마했다. 그게 싫어서 참고 버티다가 힘든 적도 많았다. 그러다가 하고 싶은 말을 못 하는 습관이 생긴 것 같다. 내 말을 잘 들어주고 입이 무거운 친구나 엄마한테만 비밀 얘기를 한다. 친구랑 지내는 시간이 더 많아서 엄마보다는 친구에게 주로 얘기하는데, 힘든 마음 때문에 울컥할 때도 있지만 얘기하고 나만 마음이 편하고 내 마음을 잘 알아주는 것 같다. 나에게 용기를 주는 사람은 아빠인데, 말이 많으셔서 귀찮긴 해도 다 좋은 말이라 생각하고 듣는다. 어떨 때는 감동받아서 울기도 했다. 나는 누군가의 인정보다는 내 자신의 만족이 가장 중요하다고 생각하는데, 스스로 나 자신을 인정한 적은 거의 없는 것 같다.

나는 친구들이 뒷담화를 할 때 그 대상이 나였던 적이 꽤 많았다. 차라리 몰랐다면 좋았을 테지만, 알고 나서는 친구들한테 배신당한 기분도 들고 진짜 엄청 힘들었다. 뒷담화 당하면 기분이 안 좋은 것을 알기 때문에, 그리고 내가 친구를 뒷담화하다가 들키면 친구와 사이가 안 좋아질 것 같아서, 나는 뒷담화를 안 한다. 요즘도 친구들이 가끔 내 뒷담화를 하는데, 들을 때마다 여전히 힘들지만, 옆에서 위로해 주는 친구가 있어서 큰 도움이 되는 것 같다.

학교에서 힘든 일이 있어도 엄마가 걱정할까 봐, 학교에서 무슨 일 있냐고 물으실 때마다 '없다'고 말한다. 한번은 버티고 견디다가 너무 힘들어서 엄마한테 털어놓고 운 적이 있다. 엄마는 늘 내 편인 걸 아니까 의지도 되고 힘도 나는 것 같다.

반 친구들은 나를 만만하게 생각하는 것 같다. 한 친구는 매번 내가 짜증도 안 내고 가만히 있고 화를 안 내니깐 나를 만만하게 봐서 내가 하는 일마다 태클 걸고 시비 걸고 해서 한동안 스트레스를 되게 많이 받았었다. 그런데 요즘엔 주위 친구들이 그걸 알았는지 내 편이 되어주어서 너무 고맙고 든든했다. 나는 하고 싶은 말을 잘 못하지만, 말하기 전에 생각을 많이 하기 때문에 다른 사람들에게 상처는 잘 안 주는 것 같다.

새로운 것을 해야 할 때 힘들고, 내가 한 일도 아닌데 나에 대한 안 좋은 얘기가 친구들 사이에서 퍼질 때도 힘들었다. 안 좋은 얘기를 하던 친구들은 대개 곁에 있던 친구들이 하나 둘씩 떠나고 있는 것이 보였다.

나는 열심히 하고 최선을 다하고 잘해줬는데, 정작 나를 만만하게 보고 필요할 때만 찾고 뒤에서는 욕도 했다. 나보고 소외감 든다고 말하던 친구가 있어서 잘 챙겨주고 신경 썼는데, 어느 순간부터 나랑 같이 다니던 애랑 둘이서만 다니면서 나는 혼자 남겨졌었다. 친한 친구도 없어서 정말 힘들었는데, 담임 선생님께서 정말 도움을 많이 주셨다.

나의 미래

20대와 30대에는 고민이 많을 것 같지만, 기쁘고 행복한 일도 많을 것 같다. 그때는 나의 사소한 행동 하나하나가 중요할 것 같다.

결혼하기 전까지, 그리고 결혼 초기에는 우리 가족에게 좀 더 신경 쓰고 싶다. 뭐 이사하면 끝이기야 하겠지만……. 결혼 생활은 좋은 곳에서 새로운 시작을 하고 싶다. 그래야 앞으로의 일도 잘될 것 같기 때문이다.

아이가 태어난다면 배우자와의 관계가 더욱더 돈독해질 것 같다. 서로 연결되는 매개체가 하나 생겨 더 행복하고 새로운 느낌일 것 같다. 그리고 부모님은 신기해하고 자랑스럽게 느끼실 것 같다. 아이가 태어나는 날에는 남편이 옆에서 지켜주고 잘 돌봐주면 믿을 수 있고 안심될 것 같다. 아기를 처음 봤을 때 무척 행복할 것 같다. 엄마도 보시고 되게 좋아하실 것 같다. 엄마가 되는 것이 신기하고 부담감이 있을 것 같지만, 잘 키워보고 싶을 것 같다.

40대가 되면 아이들을 학교에 보내고, 일하러 다니고, 여행 갈 계획도 세우고, 꼬박꼬박 저금도 하고, 하루하루 행복한 추억을 만들고 있을 것 같다. 매일 똑같은 일상이 지루하다고 느낄 수도 있지만, 지루한 날이 있으면 그만큼 행복한 날도 있으니, 그런 날을 기다리면서 보내고 있을 것 같다. 친구들과 꾸준히 연락도 하고 아이들이 자라는 모습을 매일매일 보면서 지낼 것이다. 만약 하고 있는 일이 힘들고 스트레스를 받을 때, 나는 혼자 노래를 부르거나 친구랑 전화를 하거나 아무것도 안 하고 자거나…… 다른 사람에게 피해를 주는 행동을 해서는 안 되기 때문에 혼자 잘 다스리는 요령도 터득할 것 같고, 오래 살면서 여러 가지를 배우고 깨달은 것이 많을 것 같다.

내가 할머니가 돼서 부모님이 세상에 없으면 세상을 다 잃은 것 같고 믿기지 않고 진짜 상상할 수 없을 만큼 슬플 것 같다. 언젠가 내 곁을 떠나겠지만 나에게 가장 소중한 사람이 없다면 하루하루가 정말 힘들 것 같다.

태어난 손자를 보면서는 '벌써 세월이 이렇게 됐구나.' 하며, '나도 이럴 때가 있었는데.'라고 생각하면서 기분이 매우 이상할 것 같다. 너무 귀엽고 사랑스러울 것 같고, 내 아이를 봤을 때랑은 다를 것 같다. 한편으로는 나이를 먹었다는 게 실감나서 슬프기도 할 것 같다.

나는 보수적인 할아버지 때문에 상처도 많이 받고 화도 많이 났다. 나는 할아버지 같은 보수적인 사람이 되지 않도록 노력할 것이다. 하지만 나이가 들면 아이들과는 생각이 다를 수도 있고 못마땅하게 생각할 수도 있을 것 같다. 그래도 화목하고 행복한 가정이 유지되도록 노력할 것이다.

노년에는 영도에서 가족이랑 평화롭고 여행도 다니면서 살고 있을 것 같다. 아들딸이 보내주는 용돈과 모아두었던 돈, 연금으로 나오는 돈으로 열심히 살고 있을 것 같다. 그런데 늙어서 내 몸이 내 뜻대로 되지 않는다면 매우 화날 것 같다. 하지만 손주들을 보면 또 새로운 힘이 생길 것 같다.

죽을 때를 상상하며 유언장을 써보았다.

나는 이제 곧 이 세상을 떠날 것 같아 이렇게 유언장을 쓴다. 내가 없더라도 잘 지낼 수 있을 거라 믿고, 행복하게 지냈으면 좋겠다. 뒤에서 잘 지켜보고 있을게. 나도 저세상이 어떨지는 잘 몰라서 무섭고 두려워. 그래도 난 너희를 항상 응원하고 지켜줄게. 다음에 다시 내 아들딸로 태어나줘. 정말 행복했고 고마웠어. 그리고 내 남편, 나를 좋아해 주고 이때까지 내 성격 받아주고 무엇보다 나한테 힘이 돼주어서 고마워. 다음 생에도 다시 만나서 우리 행복하게 결혼하자. 그리고 나 때문에 힘들어하면 나도 마음 편히 못 가. 다들 힘내고 앞으로 행복하고 좋은 일만 있길 바랄게. 사랑해.

국어시간에 자서전쓰기

1판 1쇄 발행일 2020년 4월 27일

지은이 김중수

발행인 김학원
발행처 (주)휴머니스트 출판그룹
출판등록 제313-2007-000007호(2007년 1월 5일)
주소 (03991) 서울시 마포구 동교로23길 76(연남동)
전화 02-335-4422 **팩스** 02-334-3427
저자·독자 서비스 humanist@humanistbooks.com
홈페이지 www.humanistbooks.com
유튜브 youtube.com/user/humanistma **포스트** post.naver.com/hmcv
페이스북 facebook.com/hmcv2001 **인스타그램** @humanist_insta

편집주간 황서현 **편집** 문성환 **디자인** 박인규
용지 화인페이퍼 **인쇄** 청아디앤피 **제본** 정민문화사

ⓒ 김중수, 2020

ISBN 979-11-6080-389-1 43800

이 도서의 국립중앙도서관 출판예정도서목록(CIP)은 서지정보유통지원시스템 홈페이지(http://seoji.go.kr)와
국가자료공동목록시스템(http://www.nl.go.kr/kolisnet)에서 이용하실 수 있습니다.(CIP제어번호: CIP2020016199)